少年绘

我"亲爱的"法医小姐 2

Ⅱ

（全两册）

酒暖春深·著

本故事纯属虚构，若有类似，纯属巧合。

长江出版社
chang jiang press

图书在版编目（CIP）数据

我"亲爱的"法医小姐. 2 / 酒暖春深著.—武汉：长江出版社，2022.5
ISBN 978-7-5492-8285-2

Ⅰ.①我… Ⅱ.①酒… Ⅲ.①长篇小说－中国－当代 Ⅳ.①I247.5
中国版本图书馆CIP数据核字（2022）第069054号

我"亲爱的"法医小姐. 2 / 酒暖春深著.
WO QINAIDE FAYI XIAOJIE.2

出　　版	长江出版社
	（武汉市解放大道1863号 邮政编码：430010）
市场发行	长江出版社发行部
网　　址	http://www.cjpress.cn
责任编辑	陈辉
印　　刷	嘉业印刷（天津）有限公司
版　　次	2022年5月第1版
印　　次	2025年2月第5次印刷
开　　本	710×1000mm 1/16
印　　张	33.5
字　　数	570千字
书　　号	ISBN 978-7-5492-8285-2
定　　价	69.80元（全两册）

版权所有，侵权必究。如有质量问题，请与本社联系退换。
电话：027-82926557(总编室)　　027-82926806(市场营销部)

目录

第 108 章	缅怀	001
第 109 章	追捕	008
第 110 章	接触	016
第 111 章	搏斗	020
第 112 章	物证	027
第 113 章	协议	031
第 114 章	失望	039
第 115 章	询问	046
第 116 章	故交	054
第 117 章	劫数	060
第 118 章	火海	069
第 119 章	拷打	078
第 120 章	钉子	085

目录

第 121 章　忠诚　　　　　　　093

第 122 章　前夕　　　　　　　100

第 123 章　终局之战（1）　　　107

第 124 章　终局之战（2）　　　115

第 125 章　终局之战（3）　　　122

第 126 章　终局之战（4）　　　132

第 127 章　终局之战（5）　　　146

第 128 章　终局之战（6）　　　158

第 129 章　青蘋之末（1）　　　172

第 130 章　青蘋之末（2）　　　182

第 131 章　青蘋之末（3）　　　189

第 132 章　青蘋之末（4）　　　195

目录

第 133 章　青蘋之末（5）　　205

第 134 章　青蘋之末（6）　　210

第 135 章　青蘋之末（7）　　214

第 136 章　回忆终结（1）　　227

第 137 章　回忆终结（2）　　243

第 138 章　薪火相传（1）　　259

第 139 章　薪火相传（2）　　263

第108章 缅怀

等人走后,刘志看着躺在地上的王强道:"红姐,这怎么办?"

林厌手指抚上眉心:"好歹恩爱一场,找个地方好好埋了吧。"

"是。"几个身强力壮的喽啰戴着手套进来拖起王强往外走去,剩余几个人拎了桶水进来擦洗着地板上的血迹。

刘志把沾了血的地毯扔进火堆里付之一炬。

林厌坐在车里,手指无意识地敲打着膝盖盘算着下一步该怎么办。

王强死了,这个消息她得尽快传回去。如今她在欢歌夜总会的地位已经无人能撼动,她进一步接近了这个神秘组织的核心领导层。

下一步就是找货源,数目如此巨大的新型毒品幕后一定隐藏着一个庞大无比的生产工厂,她不把这个工厂揪出来,再查多少批货也是白搭。

"红姐,都处理好了。"刘志敲了敲车门,跑过来报告。

林厌回过神来,见他额上都是汗,微微笑了笑,把自己的手帕递给了他:"给,擦擦吧。"

他跟王强做事,哪有这种嘘寒问暖的待遇?

刘志犹豫着,见她一直伸着手,那手腕白皙又纤细。

他心里一热,捏着帕子一角拿了过来,虚虚抹了一下汗,闻到那帕子上还有一股好闻的香味，顿时脸色微红："谢红姐。"

林厌又开始闭目养神，刘志坐进了副驾驶座，吩咐司机开车，然后转过头去低声问："红姐，那批货……？"

林厌没睁眼："还给老虎吧。"

小不忍则乱大谋，看来这个顶爷比她想象中的还要难以对付。

刘志怔了怔："是。"

等回到欢歌夜总会，锁上门，林厌就靠着门板滑坐了下来，手撑着额头。这一晚上经历的事，只让她觉得疲惫至极。

良久之后，林厌起身，从橱柜里倒了一杯红酒，按下了床头柜旁边的暗格，弹出了一个木匣子。

她从里面取出了几粒白色的药丸扔进酒里，杯沿冒出气泡，药丸很快消弭于无形。

林厌晃荡了两下酒杯，仰头将酒一饮而尽，打算起身去洗澡的时候，却莫名觉得有一丝不对劲。

她从床上坐了起来，床铺还是她走之前的样子，枕头放得好好的，被子四个角一丝皱褶都没有。

林厌拧亮了台灯，掀开被子一寸寸摸索过去，手指终于抓到了一丝细软的东西。她拿到台灯底下一看，是一根黑色的短发。

宋余杭来过。

林厌一时之间心绪翻涌，攥着那根头发没动。

她多么想冲出去告诉宋余杭自己还活着。这个地方真是太冷了，她时时刻刻都得提心吊胆，过得如履薄冰。

她没有一个夜晚能安眠，在盛夏的夜晚里都会出一身冷汗，被自己冻醒。

林厌最终拿出打火机，把这根头发烧掉了。

雨下了一整夜，她彻夜未眠，第二天清早就通知人来帮她搬家。本来裴锦红住得近些也只是为了方便管理会所，如今王强一死，所有人都只当她是触景生情，搬家合情合理，倒也没怀疑什么。

林厌则在盘算着，一来那地方宋余杭已经知道了，对方难免会来找她，未必安全。

二来，夜总会里人多眼杂，住外面传递消息方便一些，至于夜总会里的一些动静，自然会有刘志帮她盯着。

第108章 缅怀

她现在搬去的这所房子也是裴锦红名下的私人房产，江城市某高档小区的复式公寓，二十四小时安保，电梯、走廊都有监控摄像。

林厌很满意，站在走廊上看着手下人忙进忙出。

"红姐，都收拾好了。"刘志拿袖子擦着汗走过来道。

"你看看还有什么需要添置的？我们再弄。"

"辛苦了。"林厌从钱包里抽了几张红票子出来，两根手指夹着递给他，"请兄弟们吃顿好的吧。"

其他人也都嘿嘿笑起来："还是红姐对我们好。"

房间上下两层加起来二百来平方米，比她从前的别墅小了点，不过勉强能住。

林厌四下打量了一圈，从电视柜旁边拿起了一个倒扣在桌上的相框，里面夹着的是年代久远的黑白照，被人撕毁了一角，只留下了小女孩一个人，看模样像是裴锦红。

不知为何，她总觉得这照片有一丝眼熟。

林厌蹙眉。

刘志的话打断了她的思绪。

"红姐，都收拾好了，那我们就先走了。"

他嘴上说着要走，却站在原地一动不动，其他人都不见了，大抵是被他遣走了。

林厌内心冷笑，放下相框："好，回去休息吧。"

刘志没动，反倒上前一步，脸色有些急切："红姐，王哥死了，我……"

林厌抬眼看着他，笑容暗藏锋芒："那我依然是你嫂子。"

"不是，我想……"看着她的脸、她因穿着吊带裙而裸露在外的雪白肩头，刘志咽了咽口水，逼近她，手落在了她的肩膀上，"你懂我的意思的，我会比王哥对你还要好。"

眼看着他的手轻轻拉下了自己的肩带，林厌不动声色，仍然冲他笑着。

可是就在刘志还想进一步动作的时候，一把小刀抵在了他的心尖上。

林厌鲜红的指甲抚上了他的胸膛，柔声道："我让你叫我嫂子，是把你当弟弟看，没想到你跟你哥一样龌龊，瞎了老娘的眼。"

她说到最后，神色已越发冰冷，刀尖进去了一寸。刘志头上渗出冷汗来，脸色变得苍白。

"我想你可能忘了，我不光是你嫂子，还是红姐，是心狠手辣的'锦鸡'，别把我对你的好当成你得寸进尺的理由，想想你王哥——"林厌嫣然一笑，替他把衬衣扣子系上,"是怎么死的。"

刘志不是蠢蛋,只是被热血冲昏了头脑,林厌的警告点到为止,此人还有用。

她收刀之后,刘志也退了一步,气喘吁吁,难以置信地看着她。

林厌扯了张纸巾给他:"别这么惊讶,任何人死过一次之后总是会变的。"

"你……"刘志咬牙,还想说些什么。

林厌打断了他的话:"对了,你有好几年没回家了吧?最近没什么事,给你放个假,你回老家看看父母吧。"

刘志瞳孔一缩:"你……你怎么会……"

她怎么会知道他有父母?自从他跟着王强做事以来,为了不牵连家人,对外都说自己是孤儿。

她怎么会知道?那自然是警方的消息咯。

林厌皮笑肉不笑地虚扶了他一把:"我把你当弟弟,你的父母自然也就是我的叔叔阿姨,我能看顾就看顾点嘛。"

她往他手里塞了一张银行卡:"跟着王强,那点肉渣不够你塞牙缝吧?现在不一样了,百分之十的成交额,不是个小数目,好好干,钱、货少不了你的。"

林厌这番威逼利诱的话,直叫他遍体生寒。

刘志捏着这卡,如坐针毡:"你想要什么?不要动我爸妈。"

"那是自然,你姐姐我可没那么薄情寡义。"

林厌说着,在沙发上坐了下来,伸手摸烟:"至于想要什么……"

她嫣然一笑,摁亮了打火机:"你猜。"

宋余杭在欢歌夜总会附近蹲守了几天,都没能再看见"裴锦红"。

她拿着郑成睿复制给她的卡溜进去几次也没能再撞上对方,问店员也都纷纷表示不知道,再问就有暴露的风险了。

宋余杭只得作罢,这一日下班后琢磨着再进去一次看能不能找到什么线索的时候,手机铃声响了。

她接起来,顿时面色一冷。雨刷刷蹭着车玻璃,宋余杭轻轻踩下了油门:"好,我知道了,马上到。"

有命案发生,组织上抽调她过去看看。

记者撑着伞,披着雨衣,对着镜头声嘶力竭地喊道:"案发地点在郊区的一处废弃工地里,由于连日大雨,把土地表层冲刷得松软,这才暴露出了掩埋在下面的尸体。家里近日有失踪人口未归,或者有其他破案线索的,请及时与警方联系。"

宋余杭掀开警戒线,戴上了白手套。

技侦的人已经在忙活了,她走过去一看,尸体旁边蹲着个穿白色防护服的法医。

宋余杭怔了怔,对方转过脸来,是个面生的人,大概是新来的。

薛锐走过来,嘴角有一丝苦笑,还是用的老称呼:"宋队,来了,给指点一下迷津吧。"

宋余杭走过去:"该怎么叫怎么叫,这不合适。"

薛锐怔了怔,宋余杭已蹲下去打量着尸体。

"什么时候发现的?"

段城看见她明显有些激动,扛着摄像机抢答:"下午4点,派出所的人在做笔录了。"

目击者是附近的居民,来工地上捡钢筋的。

宋余杭粗略了解了一下案情,又瞥了那尸体一眼,惨不忍睹,浑身烧得焦黑,跟炭块一样,面目全非,连是男是女都看不出来。

面对这样的尸体,即使是经验丰富的法医也束手无策了。

"算了算了,雨太大了,抬回去解剖吧。"

几个人一齐动手把尸体装进了裹尸袋。

这场大雨几乎把所有痕迹冲刷得一干二净。

等把尸体抬走后,宋余杭抓了一把泥坑里的土,凑到鼻尖闻了闻。

"土质很硬,大雨冲走的只是表面盖上去的松散的土,坑里的土没有被火烧过,这里不是第一案发现场。"

薛锐怔了怔,问道:"您是说,死者是在其他地方被杀,然后抛尸至此的?"

"没错,等尸检结果吧。"宋余杭拍掉手上的土起身,暗自叹息,如果是林厌的话,多半现在就能给她说出个所以然来。

"先找尸源,查监控摄像头,走访附近居民,找到尸源后排查死者的社会关系,进一步锁定犯罪嫌疑人,一一求证。"

她来现场也没多久,已大致替他们梳理出了侦查思路。

她脑中一闪而过刚才尸体的手腕上被烧得黑黢黢的一块腕表的画面。

能被火烧而不化,多半是名牌手表。

宋余杭想了想,把这个点提了出来:"死者的右手腕上有一块腕表,火烤不化,多半是奢侈品,这种奢侈品在购买的时候,柜姐一般会留下客户信息,回去好好查一查。"

多亏了和林厌相处的那段日子，宋余杭对富豪们的生活还算是略知一二。

薛锐被她的一番话点醒，顿时眼睛一亮："还好今天找宋队帮忙了，不然这个案子真的是一点头绪都没有。"

都是老队员了，有几个同事见她回来了，纷纷上前问好，甚至说要请她吃饭。

宋余杭摆手拒绝了，摘了手套："不了，还有事，先回家了，你们忙，有需要再找我。"

段城去追："欸，宋队……"

方辛一把将人拉了回来："算了，算了，干活吧。"

其他人也都在窃窃私语。

"你们有没有觉得宋队像变了一个人似的？"

"那可不？以前宋队还会笑，你看看现在性子多孤僻，听说在派出所也没个朋友。"

…………

宋余杭收伞坐进车里，径直开车去了陵园。

她却没有想到，他也会在。

林舸撑着一把黑伞，墓碑上靠着一束新鲜的白菊，听到脚步声渐近，他微微弯起了嘴角："你来了。"

低语声近似叹息。

宋余杭看看墓碑旁边的白菊，再看看他，点头道："原来是你。"

对比林舸拿来的那一大束名贵鲜花，自己手里这一捧路边随手采摘的野菊和几朵沾了雨水越发娇艳欲滴的白玫瑰就有些寒酸了。

林舸扯了一下嘴角："她怕孤单。"

宋余杭点头，俯身下去，用袖子把墓碑上的雨水擦干净："所以我常来。"

林舸偏头看着她，夜幕低垂下来，他明明是笑着的，笑意却并没有到达眼底。

他开玩笑一般说道："你应该下去陪她的。"

这场雨，不，或者说是林厌的死，让两个人中间原本就有的一些东西变得更明朗了。

林舸撕毁了伪善的面具，宋余杭也不必再装什么大度。

宋余杭没回头，看着照片上的林厌，一字一顿说得斩钉截铁："我会替她报仇。不管，那人是谁。"

她用余光看过去，林舸的身子微微一僵。

他转过身，讽刺地笑了："你要是真有这个本事，她也就不会死了。"

等人走后，宋余杭蹲下身，把林舸带来的那束花扔了老远，把墓碑前打扫干净，放上了自己那捧花，看着墓碑上的那行字。

——为生者权，替死者言。

林厌果然还是用了这句话当作墓志铭。

宋余杭刚坐回车里，还来不及擦头发，扔在副驾驶座上的手机就响了。她拿起来一看是薛锐的信息："尸源已找到，死者王强，浩然实业运输有限公司总经理，有吸毒史。"

下面列了一长串关于王强的社会关系信息。

宋余杭一一往下翻，手指猛地顿住，看着那熟悉的一张脸震惊得说不出话来。

情妇——裴锦红。

又是她。

第 109 章 追捕

"老爷,这笔钱一旦拿出去的话,景泰现有的全部资金链都会彻底断掉……"面对管家的苦口婆心,林又元只是抖着手把签好字的文件递了过去。

"不必再劝,去做吧。"

林管家默然半响,长叹了一口气,拿着文件出去了。

漆黑的房间里,林又元披着睡衣独自一人面朝窗口坐在轮椅上,看着外面的滂沱大雨,手里抚摸着一把有些生锈了的手枪,唏嘘道:"老宋啊,他终究是回来了呢。"

晚上七八点,正是人们茶余饭后放松的好时间。

茶楼里人声鼎沸,往来的服务员都是古装打扮,肩上搭着一条白汗巾,腰上系着灰布围裙,恭恭敬敬地往楠木桌上放了一壶茶:"先生,上好的碧螺春,请用。"

服务员放下茶盏想替客人温杯,被人摆手止住了。

"谢谢,不用了,有需要会再叫你的。"

服务员怔了怔,迎上老人的视线。老人虽然两鬓斑白,但眼神自有一股威严在。小年轻心头一跳,鞠了一躬退出去,还不忘替他关上包间门。

隔了一扇雕花木窗,楼下嗓音清脆动听的刀马旦正唱道:"许多女英雄,也把功劳建，为国杀敌，是代代出英贤，这女子们是哪一点不如儿男……"

梆子声起，刀马旦正唱到激越处，女人推门而入，摘下了雨衣的风帽，露出清丽的一张脸。

"来了啊。"老人招呼。

女人二话不说，夺过他温杯的茶水一饮而尽，拿手背抹去嘴角的水渍："再倒一杯，再倒一杯，渴了。"

冯建国无奈地摇头，温杯的水都喝，这人真是粗鄙啊，完全看不出豪门大小姐的架子。不过这样也好，正是因为林厌有出身底层的经验，和三教九流的人混迹在一起，本身可塑性极强，才是卧底的最佳人选。

他替她斟了一杯好茶推过去："辛苦。"

林厌扯了一下嘴角，摇头轻蔑地笑了，接过那杯好茶，囫囵吞枣地一饮而尽，没喝出个滋味来："闲话少说，出来一趟不容易。王强死了，我没见到顶爷。"

冯建国淡淡地点头："知道。"

从工地里挖出尸体的事都上新闻了，正是市局管辖范围内的命案。

"我会往下压一压，查到你头上的话……"

林厌捏起一粒花生米抛进嘴里："不劳费心，你们的人在我这儿套不出东西。"

冯建国嘴角泛起一丝微笑，替自己倒茶。

林厌似突然想起了什么似的，盯着他执壶的手没动，语气有些冷："宋余杭带人去欢歌夜总会也是你安排的？"

"喀喀……"对面喝茶的人顿时被呛了一下，连连摆手，"可不是我，指挥中心下发的指令，传到我这里我立马就叫他们回来了。"

林厌脸上的表情一言难尽，花生米也不香了。

冯建国继续说道："阴错阳差，也算是个考验吧。"

林厌喝了今天的最后一杯茶，再次开口："好了，来是有重要情报要告诉你，有一批货价值……"

林厌用手指蘸着茶水，在桌上一笔一画地写下了"两个亿"三个字。

"并且，已经找到了买主。"

往常技侦一起聚餐的火锅店里冷气开得足，红油锅底翻滚着辣意，几个人却都没什么食欲。

"宋队，这个案子市局里已经成立了专案组，不让我们继续跟了。"郑成睿说着，还是把从内网上搜集到的资料从包里翻了出来递给她。

宋余杭捏着薄薄的一张纸，有些感激："谢谢。"

段城也放下筷子道："今天解剖的时候我在场扛着机器，我虽然学艺不精，但一个人是生前被烧死还是死后被焚尸还是看得出来的。

"死者王强的致命伤是心脏的刀伤，一刀毙命，还是从后心刺入，说明行凶者非常有力量，极有可能是个人高马大且心狠手辣的男人。"

"不过……"他嗫嚅了一下，似是不敢再说。

宋余杭嘴角泛起一丝笑意，用眼神鼓励他："不错，进步很大，反正都是猜测，大胆说没事的。"

"若是力量不足,精通人体解剖、脏器位置的法医或者医生,也可以一击毙命。"

宋余杭嘴角那抹淡淡的笑容彻底消失了。

方辛安慰她："这案子市局上下齐心协力，一定会查个水落石出的。"

宋余杭又怎么忍心告诉他们，在市局他们信赖的同事里就有看不见的内鬼盯着他们的一举一动？所以她被调岗降职未必是一件坏事。

她只能含蓄地点到为止："谢谢你们，我就先走了，对外别说你们见过我，今天这顿我已经买单了，你们敞开肚皮吃。"

她看了段城一眼，对方会意，拿起外套起身。

"宋队，我送送你。"

等出了包间门，宋余杭就不让他接着送了，而是转身看着他的眼睛说："我不在的这段时间，你们三个最好一起行动。方辛是个女孩子，又是文职，你多照顾点，老郑也是。"

宋余杭想起以前每次执行任务时，老郑都跑得上气不接下气的样子，顿时有些好笑。

段城点头，但仍有些不解："为什么，市局里不是很安全吗？"

宋余杭不欲多说，拍了拍他的肩膀离去："有事打电话给我，下次见。"

沿着郑成睿给的地址，宋余杭接连找了两个地方都没人，这是第三家。

甫一进去她就被门口的保安拦下了。

"欸，什么人，干什么的？"

宋余杭眨了眨无辜的眼睛，递过去一包中华烟："找个人，裴锦红，住这儿吗？"

保安收了烟，但仍是有些警惕地看着她。

宋余杭笑了笑："嗐，您放心，不干吗，这女的欠了我哥好多钱，等把钱要回来少不了您的辛苦费。"

她说着，主动递上了打火机替他点烟。

保安很受用："前几天搬过来的那个吧？"

宋余杭眼睛一亮："对对，您见过？"

"嗐，见过，住5栋一单元1808。"

得到了满意答案的宋余杭仍是不骄不躁，笑眯眯地说："有劳师傅。"

"看你是个女的才告诉你的，男的来找女住户我们一般不让进的。"

保安从岗亭里探出头来，拿走了她手里的打火机："行了，可别说是我说的啊。"

宋余杭点头如捣蒜："那是自然，那是自然。"

等进了电梯，宋余杭戴上了鸭舌帽和口罩，到了十八楼，走廊里放着清洁工具和手推车，四下无人。

她想了想，走过去推着手推车，径直走到了1808门前，轻轻敲了敲门。

门上有微型摄像头的红光一闪一闪的，做了伪装。

宋余杭不动声色地按下门铃："小姐，小姐，您在吗？"

上完洗手间的清洁工出来一看，洒扫工具不见了，气得大骂："嘿，哪个龟孙子连扫帚都偷？！"

今天下雨，门口光可鉴人的地板上难免留下了人进出的痕迹，说明有人住，但她敲了这么久无人回应，可能是人不在家吧。

宋余杭退后一步，打量着电子锁，锁自带警报器，估计她前脚刚撬，后脚物业带着安保就上来了。

耽搁的时间有点久了，宋余杭又把手推车推回了电梯口，自己钻进电梯，按了负一层。

遍寻不见工具的清洁工又倒回了电梯间里，看见清洁工具完好无损地放在那里，顿时揉了揉眼睛："奇怪了，见鬼吗？"

宋余杭下到负一层停车场，仍然是有监控的，按照楼层指示牌找5栋的停车位。

她终于在一处角落的地上看见了剐蹭得差不多了的白色油漆，草草写着几个阿拉伯数字：180。

"8"字的半边被一辆白色轿车后轮挡着。

这应该就是裴锦红的停车位了。

宋余杭打量着这车，不算太高调，但也不是很差，符合裴锦红的身份和地位。

家里没人，出门也不开车，说明裴锦红去办的事很神秘，不想让别人知道，且地方不是很远。

无论她是坐公交车还是打车，都有被监控摄像头捕捉到的风险，只有走路才可能淹没在人群里不那么显眼。

宋余杭掏出手机，打开地图，锁定了几个地点之后快步离去。

一曲《花木兰》还未结束，台上戏子"咿咿呀呀"唱得正起劲，林厌已走出茶楼，又戴上了雨衣风帽。

她沿着长街特意挑了与来时不同的路往回走，巷子深，路上的积水映出了身后的人影。

林厌瞥了一眼，不动声色地转进了胡同里。

身后那人脚步匆匆，跟进了胡同。

林厌加快脚步，那人也加快了脚步。

她放慢速度，那人就不远不近地跟着，看来自己是被跟踪了。

林厌嘴角勾起一丝冷笑，一个闪身进了岔道，贴着墙根，看着那人左右看了看，似在犹疑，然后朝着这个方向走了过来。

林厌抬手掀了雨衣往垃圾桶里一扔，轻装上阵踩在积水里，开始疾奔。

眼看着那人脚步声渐远，她即将冲出巷口，巷子对面停了几辆出租车，坐上去她就逃出生天了。

林厌神色一喜，快步跑了过去，然后脸色一僵，愣在了原地。

宋余杭扔了烟，从路灯下站起来，没打伞，细雨纷纷落在她的脸上。

她盯着林厌的脸，似要看进林厌的灵魂里："哟，裴小姐，又见面了啊。"

林厌两眼一翻，险些晕死过去。

身后脚步声渐近，宋余杭又在前面拦路，虎视眈眈，脸色不善，自己现在是前有狼后有虎。

林厌咬牙，退了几步，皮笑肉不笑地开口："哟，您谁啊？"

她话音刚落，倏地转身，脚底抹油，溜得比兔子还快。

宋余杭脸色一变，拔腿跟上："别跑，站住！"

身后追着林厌那人听见动静，眼瞅着一抹黑影蹿进了自己身前那楼里，"噌"

的一下弹出弹簧刀也钻了进去。

这是一栋城中村里常见的筒子楼,东西相连,南北相通,楼里隐藏着各式各样的麻将馆、饭馆、歌舞厅、按摩店及拆迁户。

宋余杭咬牙追到楼下,往上看了一眼。林厌拨开拦路小孩的玩具车,孩子哇哇大哭着,她径直从人家的洗衣盆上蹿了过去,夺路狂奔。

宋余杭恨得牙痒,看着她在楼上跑,自己也在楼下飞奔,眼看着前面那栋楼的楼道和这栋楼是相通的,拔腿就爬了上去打算从前面拦林厌。

林厌瞥了一眼,楼下那人已无踪迹,多半是在前面拦她呢,而身后的跟踪者还穷追不舍。

她一咬牙,忍着嗓子眼里的血腥味,抬脚跑上了三楼,掀起一家麻将馆的门帘,跌跌撞撞地闯了进去。

"哟,哪儿来的女人对爷投怀送抱啊?"

"快点啊,该你了,出不出呀?"

"出,出,碰。"

"清一色,自摸,和了!"

…………

麻将馆里人声鼎沸,烟气熏天,男的女的、老的少的都有。

林厌捏着鼻子从人堆中间穿过,也亏得这人多给了她片刻喘息之机。

跟着她的男人也一头扎了进来,众人面面相觑,都在看他手里的刀。

安静了半晌,搓麻将的声音又响起。

"来来来,继续,下注啦,下注啦!谁输谁赢,买定离手啦!"

余光瞥见一抹黑色衣角蹿进了人群里,提着刀的男人不动声色地跟了上去。

林厌拨开人群,不住往身后望着,筒子楼虽小却别有洞天,各家商铺都连在一起,过了麻将馆一掀门帘便是一家足疗店。

说这是店面倒不如说是家庭小作坊,不大的房间用劣质粉色纱幔隔开,从竹席上传出了男男女女暧昧的低语。

林厌一阵头皮发麻,跌跌撞撞地往前跑着,推开贴满老旧报纸的木门,迎面撞上了男人的胸膛。

男人戴着口罩,她不认识。

林厌倒退几步,眼睁睁地看着他举起了刀,寒光一闪而过。

她侧身一躲,狠狠地撞翻了茶几,刀砍在了木门上,划烂了报纸。

第109章 追捕

"谁？！"听见动静正在按摩的一男一女终于回过神来，就看见一个披头散发的女人一头滚进了纱幔里。

按摩女失声尖叫。

男人抄着刀扑了进来。

林厌一脚踹在男人的膝盖上，没什么力气，没把人踹翻。

男人怔了怔，林厌抄起掉落在地上的衣服劈头盖脸地砸了过去。

他忙把罩在脑袋上有味道的衣服掀开，林厌一个箭步跳上桌子，用肩膀撞开了玻璃窗，滚到了走廊里。

那男人总算把有味道的衣服甩开了，拿着刀连呸了好几声，扒上窗子一看，地上只有满地碎玻璃碴子以及几滴鲜血。

他不由得连骂了好几声，转身冲出了房门。

坐在床上的一男一女面面相觑，惊魂未定："这是咋的了？"

林厌捂着肩膀步履蹒跚地往前跑着，呼吸跟扯风箱一样沉重。

宋余杭已经上了四楼，往楼下瞥了一眼，正好瞧见林厌进了一家歌舞厅。

宋余杭转身下了楼，也摸了进去。

舞厅里音乐声震耳欲聋，灯光又开得昏暗，倒是没人留意到林厌受了伤又狼狈不堪的样子。

林厌拨开人群，溜到后门，推开沉重的防火常闭门，就到了消防通道上。

她靠着墙微微闭上眼睛缓了一会儿，不停吞咽着口水，胸口上下起伏着，脸色苍白。

几个深呼吸后，那嗓子眼里的铁锈味才逐渐消散，林厌抬脚往下走，从黑暗里钻出个人影，把楼道里仅有的一丝光亮遮挡完了。

宋余杭步步紧逼："裴小姐，怎么一见到我就跑？去哪儿啊？还是说，你自知做了亏心事，不敢面对警察，或者……"

她盯着那张和林厌极为相似的脸，嘴角的笑容有些危险和意味深长："有什么不可告人的秘密啊？"

林厌本已下了楼，又被她一步步逼了回来。

她全盛时期尚且只能和宋余杭打成平手，更何况是现在这副孱弱的身体，又负了伤，能打的话，早就对那个男人动手了。

林厌干笑了两声："秘密？我就是个做小本生意的正经人，哪能有什么秘密啊？"

"那你跑什么？"宋余杭欺到身前，居高临下地看着她。

林厌往后缩，又上了一层台阶："那自然是您太凶神恶煞了，警察追我，我能不跑吗？"

宋余杭从腰后摸出手铐："得了，平时不做亏心事，哪里会怕警察找上门？"说着"啪嗒"一声脆响传来，宋余杭把人铐上，将钥匙装进自己右边的衣服兜里，晃了晃左手和林厌连在一起的手铐，"你说是不是，裴小姐？"

第110章 接触

林厌扯了一下铁链，力气太小，宋余杭站着纹丝不动。

她气得破口大骂，用左手去推搡宋余杭，却被抓住手腕。

"刚刚那个人，想杀你吧？"宋余杭指的是刚刚看到自己将林厌铐上就消失的男人。

林厌微微喘着粗气："知道还不放我走？"

宋余杭坦然地往前走了两步，扯了扯铁链，林厌只得跟上。

"我觉得你和我在一起会安全得多。"

"我呸！"林厌狠狠啐了一口，暗自腹诽：遇上她准没什么好事。

两个人左右手相连，钥匙在宋余杭的右边兜里，走路只能并排着走，林厌眼珠滴溜溜一转，柔声道："您看啊，这样出去外面那么多人，是不是不太好啊？人要脸树要皮，您放了我，我跟您走就是了。"

林厌稍稍举起右手腕，讨好般对她笑着。

宋余杭闻言，打算脱下自己的外套遮住手铐。

林厌瞥着她的动作，灵机一动，机会来了！

眼看着宋余杭刚从衣兜里将钥匙拿出来，林厌便径直伸手去抢。

宋余杭捏住掌心里的钥匙迅速成拳，下意识地挡了回去。

只是一记简单的直拳而已,她似是没想到裴锦红居然没能躲过去,眼前瘦弱的女人弯下腰狼狈地咳了几声,额上全是冷汗。

宋余杭哼了一声:"别乱动,你打不过我,走吧。"

她说着扯着人走到外面,径直到路边拦下了一辆出租车,打开车门,让林厌先坐进去。

林厌没动,知道今晚要是跟宋余杭走的话,虽然冯建国会捞自己,可是这卧底工作就算是前功尽弃了。

她揉了宋余杭几下,气喘吁吁地说:"你放了我,我给你钱。"

宋余杭把人控制住,冷笑道:"人命能用钱买回来吗?"

她们这厢纠缠不下,司机已等得不耐烦,径直将车开走了,又来了一辆绿色出租车停在她们身边。

宋余杭把人揉了进去,锁上车门:"师傅,市公安局。"

"嗯!"林厌挣扎,被人一把捂住嘴按在了座椅上,宋余杭掐着她的脖子,低声吼道:"别动,我不想对你动粗。"

林厌仓促地抬头,心里一惊。

这种目光她太熟悉了,宋余杭以前每次看犯罪嫌疑人都是这种犀利又暗含威胁的眼神。

林厌眼珠一转,不行,得想个办法逃出去,不能叫援兵,要是让刘志他们看见她和宋余杭在一起,她就完了。

她安分下来,拼命点着头。

宋余杭见她不再挣扎,这才撒手。

车往前开着,路上有些颠簸。

宋余杭的外套遮着两人的手腕,她往外瞅了一眼:"师傅,这好像不是去江城市公安局的路。"

司机戴着墨镜,没回头:"前边修路,咱们得绕一下远路了。"

借着微弱的车灯光,林厌往外看去,看见几个施工路牌拦在前面,上面写着"车辆绕行"。

司机往后退,转向,拐上了一条小道。

宋余杭默默挺直了脊背,观察着路况。

林厌用手指戳了一下她的掌心。

宋余杭看过去。

对方正挤眉弄眼。

你猜猜，这次是来杀我的，还是杀你的？她用唇语说着。

宋余杭也用口型无声地说：下车就知道了。

眼看着出租车逐渐偏离主路，月黑风高，路上已无行人。

宋余杭倾身："师傅，就在这儿停吧，我们自己走过去。"

对方从后视镜里看了她一眼，回道："还远呢。"

她一只手不太方便地从兜里掏出钱递了过去："麻烦您，还有点事，不坐了。"

司机看了看路面，也快到地方了，靠路边缓缓停了车："好吧。"

他说着解了安全带，给宋余杭找钱，两个人手腕交错的时候，司机猛地抓住了她，从大衣兜里掏出一把水果刀直刺向她的胸口。

宋余杭一只手和林厌铐在一起，唯一能动的右手又被人抓住了，情势不可谓不危急，电光石火之间，她厉喝一声："抬手！"

林厌还没明白过来是怎么一回事，眼前一黑，只听得"咣当"一声脆响。

她高举着右手，铁链牢牢卡住了刀刃，而她整个人脸朝下倒在了宋余杭的大腿上。

林厌从嗓子眼里蹦出脏话："你怎么说打就打啊？！"

宋余杭没理她，拽着铁链把那刀卷飞出去砸在了车窗上："起来！"

这次林厌没等她动手了，自己飞快地从座椅上溜了下去。宋余杭抬起右脚对着司机当胸一下飞踹，人倒在了座椅上，司机被踢倒在了方向盘上，脑袋磕得不轻。

她去扒右边车门："走！"

林厌去开左边的车门："这边！"

惯性原因，两个人又被拽回来撞在一起。

"到底是哪边？！"林厌咆哮。

宋余杭余光瞥见那司机从兜里摸出了一把黑色东西，而那当胸一刀分明是冲着自己来的。

她面色一凛，右手揽着林厌，连滚带爬地翻了出去。

两个人倒在路边草丛里，雨水泥浆劈头盖脸而来，而那紧随其后的子弹打在了车门上，火光四溅，"砰砰"作响。

司机端着枪追了过来。

宋余杭扶起倒地的林厌，两个人一瘸一拐地往树林里跑去。

林厌"呸呸"几口吐掉嘴里的草根，没等她说话，就被人按着肩膀在一棵榕树背后藏了起来。

宋余杭从兜里掏出钥匙，三下五除二地替她打开了手铐，边解边说，语气又急又快："那个人是冲着我来的，不会伤害你，你快走，去找附近的警察局自首。我不知道追着你的那个人为什么要杀你，但是现在可能只有警方才能保护你的安全了。"

树林里噼里啪啦的雨声夹杂着枪声传来，脚步声已就在附近。

"为什么要放我？你知道我不会——"

她不会去自首。

宋余杭笑了笑，捡起落在地上的外套披在她的肩上，起身从腰后摸出机械棍，"啪"的一下甩直，准备迎战："因为这是我自己的事，和你无关。"

即使是犯罪嫌疑人，她也不该连累人家丢掉性命。

林厌读懂了她的潜台词，目光落到她手里拎着的那根机械棍上时，喉头微动。

宋余杭没听到身后的动静，回头看了一眼，雨水打湿了她的发，顺着脸颊往下淌，她低吼道："走啊！"

林厌脸色惨白地和她对视片刻之后，毅然决然地转身，一瘸一拐地奔向了相反的方向。

宋余杭则抄着机械棍扑向了敌人。

第111章 搏斗

她刚跑出去不远,身后便传来了打斗的声音。

林厌停下脚步,扶着树喘着粗气,从兜里摸出手机,抹去上面的雨水,打算找人来帮忙。

可是她能找谁呢?

为了保证卧底行动的绝密性,她没有保存任何人的联系方式,包括冯建国,此时此刻只能打电话报警。

林厌捏着手机在林中转了一圈,密密麻麻的树木遮蔽了天日,她辨不清方向,更是没看见显著的标志物。

就算她报警,警察一时半会儿也找不到这里,更重要的是,警局里面有内鬼,她露面也就相当于暴露在那人眼前,再把消息透露出去,她和宋余杭就是一个早死一个晚死而已。

不,她不能报警。

林厌死死攥着手机,浑身也湿透了,嘴里念念有词:"想想办法,想想办法……"

她话音未落,一声枪响划破了夜色。

林厌心里一惊,仓促地回头,手机掉在了地上:"宋余杭!"

噼里啪啦的雨声掩过了她略带哭腔的嘶吼。

第111章 搏斗

宋余杭从落叶堆里爬起来，那一枪打在了她旁边的树上，木屑纷飞。

趁着黑衣人愣怔的工夫，她扬起一把带沙子的树叶，身形随之而动，一脚踹在了对方的膝盖上。

男人往前一扑，宋余杭抓住他持枪的一只手往怀里一带，三下五除二地缴了械，随即胳膊肘狠狠地砸在了他的脑袋上。

男人当场吐出了一口带血的唾沫。

宋余杭连续几记戳棍，棍尖死死点在了他的腹部上，抓着他往后退。

树叶纷纷落下，男人后背抵着树，"扑通"一声跪倒在地，口吐鲜血，死死抱住了她的腰，想要把人抱摔过去。

从眼下的光景来看，宋余杭略占上风。

林厌定了定神，觉得不能再耽搁了，捡起手机准备冒着暴露的风险联络惊蛰的时候，突然怔住了。

大雨里传来了窸窸窣窣的脚步声，离她很近。

她轻轻拨开面前的灌木丛，顿时瞳孔一缩。

两个彪形大汉穿着雨衣，手里拿着枪，在丛林里搜索着什么。

这个时间，这个节点，来人又有武器在身，她不难猜到他们是干什么的。

一个人宋余杭尚且能应付，两个人、三个人呢？

林厌回头看了一眼，捏紧了自己的手机。

宋余杭，危险了。

怎么办？

那两个人还没有发现她，她只要将脚步声放得轻一些，悄无声息地绕过他们，就能避开杀身之祸。

可是……宋余杭呢？

半晌，林厌似做了一个重大决定一般，抹去手机上的雨水，拼命按着拨号键，却发现由于在雨水里泡了太久，屏幕失灵了。

眼看着那两个人往这个方向走来，即将发现宋余杭的时候，林厌想也未想，"噌"的一下站了起来，把那废铁一样的手机扔出去砸在他们脚边，随即朝着与宋余杭相反的方向跑去。

瘦弱却灵活的身形如穿梭在丛林里的矫健麋鹿，马上就引起了那两个人的注意，黑衣人纷纷抬脚跟上。

雨夜里枪口冒出了火花。

林厌离地起跳，子弹打散了她脚下的泥土，她整个人一头扎进了灌木丛里，树枝刺藤劈头盖脸而来，剌得她脸颊生痛。

亏得这里是下坡的地势，她得以连滚带爬地往下逃命，不然怎么也跑不过两个身强力壮的成年男性。

宋余杭听见林中的枪响，微微晃了一下神，随即就被对方一拳砸中了下颌。

她仰头倒退了几步，吐出一口带血的唾沫，抹了抹嘴角，又抄着机械棍扑了过去。

她得赶快结束战斗赶过去看看。

裴锦红可是重要人证，还不能死。

她打定主意，出手便狠辣了几分。

身后两个人鬼魅般如影随形，林厌已记不清跑出去多远，跌倒又爬起来，在泥浆里挣扎。

她只知道自己离宋余杭越来越远了，却离死亡越来越近了。

她感觉胸腔里剧烈跳动的心脏随时都会跳出嗓子眼，而唇齿里的血腥味也越来越浓。

大概是看出了她疲于奔命，那两个人已经不开枪了，转而步步紧逼，犹如猫捉老鼠一般耍着她玩。

林厌"呸"地啐掉嘴里的沙子，听见脚步声近在咫尺，又从地上爬了起来，跌跌撞撞地往前跑去。

那两个人对视了一眼，左边的人打了个手势，右边的人立马没入林中从另一个方向对她进行包抄。

他们决定收网了。

而这一切林厌一无所知。

长时间奔跑让她的体力迅速流失，寒冷又加重了这种状态，她能听见自己沉重的呼吸声，手脚逐渐提不起一丝力气。也许是雨下得太大了，打在身上她甚至有一丝疼痛的感觉。

林厌扶着树，不时跪倒，又挣扎着爬起来往前跑，视线开始模糊不清。

她想，自己终究不是个伟大的人，曾答应过冯建国不达目的誓不罢休，终究是要食言了。

她模模糊糊地想着，再一次跌倒在泥水里，虚弱得连手指都抬不起来了。

一切……要结束了吗？

林厌将手伸进落叶堆里,摸到了一块石头,将其攥进掌心里,掌心被磨得生疼,以此来刺激自己保持神志清醒。

没等她彻底回过神来,腰上一阵剧痛,她被人踹翻过身,眼前一黑,吐出一口带血的唾沫。

黑衣人抓着她的头发把人提了起来:"我还以为有多厉害呢——"

他话音未落就戛然而止了,似看见了什么难以置信的事一般,眼中生出了一丝恐惧。

"鬼?鬼啊!"略显尖厉失真的嗓音在雨夜丛林里尤为恐怖。

林厌弯起嘴角笑了一下,眼角的泪痣被雨水冲刷得越发鲜艳了。

她趁对方失神的时候,举起右手的石块狠狠砸向了对方的眼睛,而不是脑袋。

以她的力气砸后脑勺不足以让他毙命,砸眼睛却足以让他在一瞬间失去反抗能力,这是出于法医本能的考量。

林厌也确实做到了快、准、狠,弥补了力量上的不足。

男人惨叫一声,捂着脸后退,指缝里渗出了鲜血。

林厌扔了石头爬起来就跑,却又撞上了一堵结结实实的人墙。

另一个黑衣人及时赶到了,结结实实地甩了她一个耳光,把人揍倒在地。

"慌什么?这世上哪里来的鬼?我倒要看看……"

他扯起林厌的头发,一只手如钳子一般死死掐住了她的下颌,掰过她的脸时也是一怔。

太像了,尤其是眼睛。

林厌有一双让人过目不忘的含情眼,这是别人怎么也模仿不来的。

黑衣人愣住,又用手去撕扯她的脸颊,分明是结结实实的肌肉和骨骼,并没有什么易容面具之类的东西。

而他手下掐着的皮肤分明是温热细腻的,能感觉到血液流动,眼前的并不是个死人。

被林厌伤了眼睛的男人跌跌撞撞地爬过来,指着她的脸嘶吼道:"不是鬼是什么?她早就死了!世上怎么可能会有人长得这么像?!"

这两个人见过她,能说出这样的话说明也见过她的死状。

林厌心里"咯噔"了一下,如坠冰窟。

想杀宋余杭的是自己熟悉的人,或者说是熟悉自己的人。

她死死盯着面前这个人的脸,企图看出一丝端倪来,但她见过的人实在是太

第111章 搏斗

023

多了，一时半会儿也没能想起来他究竟是谁。

她这样直白探究暗含了杀意的眼神惹来了对方的不快，抓着她的黑衣人抬手又是一个耳光甩来，直打得林厌偏过头去，脸颊微微肿了起来，嘴角溢出了鲜血。

林厌把喉咙里的血痰咳了出去。

黑衣人抓着她的头发，枪抵上了她的额头："不管是谁，反正是和那个女人一伙的，就是敌人，杀了吧。"

反倒是被她伤了眼的那个男人犹疑不定："万一……万一真的是……"

万一他们杀错了人，林厌没死却被他们失手杀了，想到林舸会爆发的雷霆之怒，两个人面面相觑，一时都有些拿不定主意了。

抓着她的黑衣人手指抚上了她的脸颊，反复抚摸着那颗泪痣，似在确认什么。

半晌，他抿紧了唇道："验身吧。"

林厌受过枪伤是尽人皆知的事，不是什么大秘密。

那伤了眼的男人猥琐一笑："真有你的。"

林厌背靠着树，轻蔑地撇了一下唇，余光瞥见他们身后的松树的树冠无风却晃动了一下。

林厌心底的一块大石头落了地。

宋余杭还活着，她来了。

至于她为什么躲着不出来，应该是心里也有着相同的疑问吧。

也好，自己索性也让她看个分明，让她死心。

林厌狠狠一口唾沫就啐了过去。

男人结结实实地甩了她一巴掌，林厌眼前一黑，随即响起了裂帛的声音。

单薄的夏衣被人粗暴地扯开，露出了透明的肩带以及肩膀上的文身，却没有疤痕。

一朵曼珠沙华静静地在雪白的肩头上绽放。

花朵纤长又美丽，花枝蔓延进了更深的地方，惹人眼红。

"真不是啊。"眼睛受伤的男人惊叹，随即又有些庆幸。还好不是，要是这人是小姐的话，他们今晚这么对她，回去怕是怎么死的都不知道。

不过，既然不是的话，那么事情也就好办多了。

从前的林厌高高在上，睥睨众生，哪轮得到他们染指？如今遇着赝品，虽说不是林厌，可也算是满足了他有些变态的猎奇心理。

"哎，既然不是小姐，她弄伤我的一只眼睛，人就交给我处置吧。"

另一个男人读懂了他眼底的兴奋之意，有些鄙夷地撒了手："随便你，那边应该也结束了，赶紧弄，完事还得过去收尸。"

林厌被人反绑在了树上，在眼睛受伤的男人凑上来上下其手的时候，她只是微偏了头，暴露出了最脆弱的脖颈，牢牢看着那一片树林，以及藏在林中不知踪迹的某个人。

宋余杭，你看到了吧，我不是她。

林厌眼眶微红，喉头动了动，在男人靠近的时候，死死咬住了他的一只耳朵，随后将其撕扯了下来。

惨叫声划破了夜空。

就在那个瞬间，林厌抬眸，面前的树动了，树冠上晃下来一阵细雨，地面上的落叶颤了颤。

眼睛受伤的男人并未来得及发出第二声惨叫，因为很快就被人掐住了脖子。

天空中响起一阵惊雷，闪电的冷光划过宋余杭的眼角眉梢，那紧抿的唇、凛冽的眼神、手臂上凸起的青筋和肌肉无一不在昭示着她未曾说出口的杀意。

林厌也从不曾见过这样的她。

她无论何时何地出手总是留有余地，不像现在这样，从树上跳下来后就用机械棍卡住了对方的脖子，把人往后拖，用最简单粗暴的方式逼他窒息。

男人拼命挣扎，把落叶划出了两道痕迹。

宋余杭的手犹如铁钳一般死死卡住了他的命门。

一声枪响传来，不远处抽烟望风的男人跑了回来，毫不犹豫地扣下了扳机。

"宋余杭！"林厌失声惊叫。

宋余杭下意识地缩头往后一躲，面前被机械棍卡着的男人软绵绵地倒了下去。

血花四溅，黑衣人死不瞑目地躺在了她脚边。

林厌微微喘着粗气。

宋余杭滚了过来，手里利刃已经出鞘，割断捆着林厌的绳子，把人推了出去："走！"

枪声在耳边响起，子弹打飞了落叶，溅在了她们身上。

林中昏暗，一时之间"砰啪"作响，黑衣人也不知道打中了没，看她们还在跑，下意识地又开了一枪，谁知道枪声却没响起。

枪里没子弹了！

他咬咬牙，没等掏出弹夹来，就被侧面扑来的人影踹翻在地。

宋余杭翻身而起，用身体压住他，机械棍不知道掉到哪里去了，她就一拳又一拳地狠狠朝着他的面门砸了过去。

黑衣人惨叫连连，鼻血飞溅，随即又被一拳打在了下颌上，牙齿崩落出去。

宋余杭气喘吁吁，手背上全是血，有他的，也有自己的。

黑衣人得到片刻的喘息之机，知道不拼尽全力就是一死，大吼了一声，屈膝撞上她的腹部，把人撞飞出去，翻身而起，死死掐住了她的脖子。

宋余杭也不甘示弱，抬肘砸向他的脑袋，逼他松手，最终把人踹翻了过去。

宋余杭退后一步抹了一把被打出来的鼻血，又扑了上去，拦腰抱住他就是一个背摔，把人狠狠砸进了泥地里。

黑衣人痛哼，呛出了几口血沫，却在她过来抓自己的衣服的时候，抄起一把泥沙抛向她的眼睛。

宋余杭被迫拿手防御，被人当胸踹了一脚，倒在了树叶堆里。

黑衣人欺身而上，使出了吃奶的力气死死掐着她的脖子。

宋余杭目眦欲裂，手指徒劳无功地抓着地上的泥土，逐渐喘不过气来，脸色变得惨白。

林厌在满地枯枝里抓到了她的那根机械棍，提气大吼了一声："宋余杭，接住！"

机械棍稳稳地掉在了宋余杭的手边。

宋余杭拼尽最后一丝力气抓起机械棍朝着他的太阳穴狠狠抽了一棍子，用力之大径直把人抽飞了出去。

她一个鲤鱼打挺跳了起来，一气呵成地使出了一套劈、甩、扫、撩的组合动作，招招直击要害，最后跳起，一棍狠狠劈向了他的天灵盖。重击之下，黑衣人再无反抗之力，缓缓跪了下来，身子一歪，倒在了地上。

宋余杭也浑身脱力，棍子从掌心中滑落，人往后跪倒在地，缓缓躺了下去。

天地间万籁俱寂，雨停了，露出云层后的一抹月亮。

宋余杭躺在泥地里，偏头看向林厌，彼此的眼中都有劫后余生的欢喜之色。

她咬牙爬了起来，捡起机械棍，一瘸一拐地走向林厌："走吧，我送你回家。"

林厌笑了笑，坐在地上没动。

"腿麻了，起不来。"

第 112 章 物证

宋余杭退开一步,在她面前蹲了下来:"上来吧,我背你。"

林厌想起身自己走,尝试了好几次都没能成功。

宋余杭抓住她的腿弯,林厌不得不往前扑在了她的背上,宋余杭往上一托,将人背了起来,一言不发地往前走着。

"你说你一个警察,咱们俩道不同不相为谋,你何必冲出来救我啊?"

宋余杭想了想,说道:"因为是警察,任何一个公民遇到危险,我都会去救。"

哪怕是犯罪嫌疑人,也只有法律能定夺他的生或死。

林厌没再说话。

"我的手机没电了,你的呢?这林子深,不知道还要走多久才能回到公路边上。"宋余杭背着林厌转了一圈,微微喘着粗气,仰头看着林中树冠的疏密程度辨认着方向。

林厌没答话,老老实实地趴在她的背上。

天色越发昏暗了,又是一道惊雷响过,密密麻麻的雨点又落了下来。

这该死的台风天。

宋余杭暗咒,把人往上托了托:"喂,问你话呢。"

随着她的动作,林厌的脑袋微微偏向了一边,胳膊垂落下来,炙热的呼吸喷在她的脖颈上，烫得有些超乎寻常。

宋余杭心里一惊，把人放下来靠着树坐好，伸手抚上她的额头，顿时暗道不好。

她发烧了。

荒郊野岭的，又在下雨，她不能再这样淋下去了。

宋余杭看看她苍白的嘴唇，咬咬牙，又把人背了起来："我先带你找个地方避雨。别睡，醒醒，和我说说话。"

她一边背着人在林中穿梭，一边不时回头看看背上的人的状况。

林厌的脑袋抵在她的脖子上，很烫。

宋余杭快步往前走去，越过一片松树林，眼前豁然开朗。

河对面有间木屋。

可是河上没有桥，或许有，但那说不定在很远的地方，雨越下越大了，她也耽搁不起了。

宋余杭看着眼前湍急的河流，咬了咬牙，把人往上托了托："能听见我说话吗？我们要过河了，水很急，抓紧我。"

林厌没有说话，嗓子眼里似燃着一团火，烧得她五脏皆焚，神志不清。但是她隐约听见宋余杭在说些什么，于是搂着宋余杭的手紧了一点。

宋余杭大松了一口气，背着林厌小心翼翼地从低洼处下了水，深一脚浅一脚地往对岸走去。

石头湿滑，长满青苔，再加上下过雨河水暴涨，不时从上流飘来些树枝杂物。

宋余杭走得举步维艰，又要分心护着林厌，好几次呛了水，却还是稳稳地把她背在背上。

好不容易跋涉到了对岸，她踹开了木屋的大门，一股陈年腐木的气息扑面而来。

好在里面是干的，还有一张仅容一人栖身的小床，大概是护林员巡逻时的临时居所。

宋余杭把人放了上去，林厌被烧得迷迷糊糊的，睁开了眼。

"你把湿衣服脱下来比较好，这里有被子，干净的，我去外面找点东西生火。"宋余杭说着，从床上摸到有点潮的被子放在她身边，起身推门而出，去周围看看有没有什么能用的木柴。

等她捡完柴回来，林厌正抱膝缩在被子里，旁边放着湿衣服。

宋余杭走过去捣鼓火盆。所幸房子背后的木柴还有些是干的，用钻木取火的方式很快就冒出了火星，她把干草放进了柴堆里，不一会儿，熊熊的火苗腾了起来。

第112章 物证

　　林厌看着她拿走自己的衣服，在火盆旁边用木头搭了个架子烤着，喉头微动，但终是什么都没说。

　　做完这一切，宋余杭拨弄着火星，没抬头："你睡会儿吧，还在发烧。"

　　这屋子麻雀虽小五脏俱全，还有烧水的铁罐子。林厌迷迷糊糊地看着宋余杭出去，回来把什么架上了火堆，不一会儿，屋里响起了"咕嘟咕嘟"烧水的声音。

　　她就听着这人间烟火声，最终彻底昏睡了过去。

　　宋余杭等水开了后，将其端下来拿去溪水里冰了冰，回来吹了吹才把林厌扶起来小口小口地喂她喝。

　　温热的水缓解了嗓子的难受，林厌感觉整个人也暖和了许多。

　　喂完水后，宋余杭把人躺平放好："睡吧。"

　　林厌想说些什么，却虚弱到发不出声。

　　她迷迷糊糊地睁眼，就看见宋余杭把沾了水的湿帕子轻轻地放上了自己的额头。

　　帕子冰冰凉凉的，很舒服。

　　林厌再也支撑不住，彻底被倦意拉入了黑暗里。

　　等她睡着后，宋余杭也没闲着，下过雨的丛林又湿又冷，她得保证火堆彻夜不熄，还得隔一会儿就出去一趟洗洗帕子，替林厌敷着额头降温。

　　到了后半夜，林厌的脸没那么红了，体温逐渐趋于正常。

　　宋余杭这才放下心来，靠着床边坐了下来，揉了揉鼻子打了个喷嚏。

　　她看林厌睡得正香，便举起胳膊脱了衣服扔到火堆边烤着，只穿了一件黑色背心盘腿坐在地上，想着最近发生的事情。

　　林厌死了，她亲眼见过林厌的尸体，不会错。

　　可是裴锦红出现了，一个长相、性情都酷似林厌的人，除了发色不一样，眼角的那颗泪痣、身上的疤痕，林厌有的痕迹裴锦红都有。

　　世界上真的有这样的巧合吗？

　　宋余杭把头埋进自己的臂弯里，头一次开始犹疑不定了。

　　背后传来一阵窸窸窣窣的声音，林厌醒了。

　　她坐了起来，乌发垂在肩头，神情恢复了冷硬："今天你救了我，我也救了你，以命抵命，我们算是扯平了，下次再见，你有你的立场，我有我的坚持。我们……"林厌顿了顿，才继续说道，"就是敌人。"

　　光是这样还不够，她得再狠一点。

"夜总会里不少兄弟见过你,我猜你一直在找我,无非是想知道那对兄弟的事。没错,他们是找过我,要我帮他们把拐来的孩子卖到东南亚去……

"我答应了,所以某种程度上来说,你朋友的死也和我有关。

"仇人就在眼前,你不想报仇吗?救了我你不会后悔吗?不想从我嘴里套到更多的消息吗?"

连珠炮一般的问话令宋余杭死死捏住了拳头,眼底都是血丝。

林厌一瞬间几乎有种错觉,宋余杭会扑上来拧断自己的脖子,然而几个呼吸之后,宋余杭忍住了。

宋余杭松开了手:"你说得对,我现在不动你也是因为你救过我,我向来恩怨分明得很,下次见——"她略微一顿,语气逐渐变冷,"我不会再手下留情了。"

两个人言谈间,外面天光大亮,火堆熄灭了,能带来温暖的东西也消失了。

林厌仿佛做了一场不真实的梦,梦醒了,她也该回到那个尔虞我诈、如履薄冰的世界里了。

她掀开被子下床,当着宋余杭的面一件件捡起了自己的衣服穿好,身上以前留下的疤消失得无影无踪。

林厌就是要让她看得明明白白,甚至特意做得有些慢条斯理。

宋余杭也起身穿上了外套,拿砂石把火堆彻底扑灭:"走吧。"

回去的路上两人一言未发。

宋余杭把人送到公路边上,拦下了回程的客车。

车门打开,林厌上去,淡淡地点头,没打算和她同坐。

"再见,宋警官。"

宋余杭没说话,手插在兜里目送她逐渐远去,最后消失不见。

等车彻底拐过弯道的时候,宋余杭摊开掌心,露出捏得死死的一块布料。

那是她替林厌烘干衣服的时候,小心翼翼地从上面割下来的,还沾着刺目的血迹。

林厌不知道,提取物证是每个刑警的本能。

第 113 章 协议

宋余杭坐了下一班回程的客车回到市区里，在客运站附近找了个公用电话亭，四下看了看，拿起听筒，转动了号码盘。

一个小时后。

午后的快餐馆里三三两两地坐着顾客，宋余杭先回了趟家，草草梳洗后才拿着东西出来等人。即使这样，她脸上也有洗不掉的疲惫之色，遑论鼻青脸肿的，额角还有伤。

方辛甫一见着她就小小地惊了一下："宋队……"

"没事，过来坐。"宋余杭招手呼唤她，吩咐服务员上菜。

两个人边吃边闲话家常，等餐馆里的人都走得差不多了，服务员也都进里屋休息了，宋余杭才从兜里掏出两个透明 pvc（聚氯乙烯）袋，放在桌上推过去，低声道："我不知道还能找谁，思来想去只有你能做了，帮我验一下这布片上的血迹的 DNA 和这发丝是否一致。"

那一缕棕色头发自然是林厌的。

方辛瞠目结舌地问："这是……？"

宋余杭摇头，整个人憔悴得厉害，眼圈乌青，嘴唇干裂。

方辛便不再追问："行，我今天下班后偷偷做，结果最快也得三天后出来了。"

宋余杭眼底溢出一丝感激之色："谢谢、谢谢……"

"谢什么？林姐也是我的朋友，死得不明不白，我们都很难受，要是有什么需要帮忙的地方您尽管开口。"

服务员要过来收餐具了，方辛把检材装进了自己的包里。

宋余杭说道："那今天就先这样吧，麻烦你了。"

方辛看了看表起身："行，午休时间快到了，我先回去了。"

她走了两步，末了又转过身来看着宋余杭的脸："宋队，我觉得您还是去一下医院比较好。"

宋余杭笑笑摇头道："没事，小伤，你快去吧，别迟到了。"

等方辛走后，宋余杭从兜里掏出钱包结账，不等服务员找钱就戴上帽子出门了。

她径直驱车去了林宅。

正在做治疗的林又元听闻消息，勉强抬起身子，管家替他摘掉了呼吸机。

"不……不见……"林又元喘着粗气，哆嗦着嘴唇说道。

"好，好，老爷躺下，我这就去说。"

林家老宅，这还是宋余杭第一次来，上次接林厌只是在门口远远地看了一眼，当时的金碧辉煌令她印象深刻，时隔半年多，倒没有她想象中的门庭若市。这园子里的苗圃都因为无人打理而生了杂草，一片冷冷清清的景象。

宋余杭视线略转过一圈，管家出来了。

"宋小姐，请回吧，老爷不想见你。"

"我有重要的事想向他老人家请教，烦请再通报一次，不行的话，我就只能……"

她略略上前一步，微仰起下巴，居高临下地看着他："硬闯了。"

林管家长叹了一口气，无奈地道："您何必呢？"

两个人你一言我一语，最后管家终于忍不住了，跺脚道："好好好，我再去通报一次，见不见老爷说了算。"

等管家回到房间里，林又元已经起身，靠在床头坐着，透过落地窗将刚刚发生的一切尽收眼底。

"老爷……"林管家开口。

林又元闭了一下眸子，扯起嘴角笑了一下，整个人瘦得皮包骨头，脸皮耷拉着，肌肉松弛："我还以为她不会来呢。"林又元说着，又剧烈咳了起来，拿帕子捂着唇，"喀喀，让她进来吧，到会客室等我。"

"是。"林管家微微鞠了一躬，出去引人，回来后打算扶林又元起身的时候，林又元摆手止住了他的动作。

林又元看向衣柜："挑件合身的西服给我。"

地下室昏暗，不大的房间里跪了几个女孩。

林舸一一抬起她们的下巴仔细瞧了瞧，跟在身边的人点头哈腰地说道："林总，按照您的吩咐找来的，觉得怎么样？"

修长的手指抬起最后一个女孩的下巴，貌不惊人的一张脸映入他的眼底。

他索然无味地收了手："别这么叫，现在还不是。"

"那也快了，快了嘛，等……一死，公司还不都是您的？"

他把那个名字含糊地带过去了。

林舸轻轻一笑，摘了手套扔到桌子上，随手点了一个女孩过来："行吧，就你了，其他人你随意处置吧。"

"好，好。"男人脸上露出了哈巴狗一样的笑容，连推带搡地把那几个女孩赶出了房间。

来之前被教导过见到他应该怎么做，女孩很识相……

宋余杭坐着等了一会儿，林又元才由管家推着进来在主位上坐下，开门见山地问："有什么事？"

林厌的葬礼的时候，宋余杭伤还没好，卧病在床，因此没来得及赶去见她最后一面，自然也没能见到林又元，这还是她死后两个人第一次会面。

林又元明显苍老了一大截，也许是怕受风吧，戴了顶简洁的鸭舌帽，眉毛都染了白霜，有些胡子拉碴的，整个人套在宽大的西服里，即使外表收拾得再妥帖，始终有几分小孩穿大人衣服的违和感。

彼时的宋余杭还不知道这违和感是源于他已经重病在身，骨瘦如柴了。

她干咳一声，为表尊敬站起身来递上礼物："这是给您带的保健品。"

林又元瞥了礼物一眼，冷笑道："带人连东西给我扔出去。"

话音刚落，几个彪形大汉闯进了门要来拉她。

宋余杭闪身躲过，把离她最近的保镖往后一推，那人顿时跟跄着倒退了三四步。

"关于林厌之死，我有一些眉目了，您不想听听看吗？"

林又元拿帕子捂着唇咳了几声，抬眼看着她，微眯起眸子，似在打量她的用心。

半晌，他突然皱了一下眉头，动了动手指。

那离她最近的保镖暴起，手肘砸在了她的后心，把人打弯了腰。

其余人一拥而上地把她摁倒在了林又元面前。

老人用拐杖尖戳着她的额头，从嗓子眼里发出了咳痰的声音，喘着粗气，咬牙切齿地说："你有什么资格在我面前提她？要不是你，她也不会死！"

宋余杭抬起头，不躲不避，任凭棍尖磨红了她的额头："是，我欠她一条命，所以要为她找到真凶，不能让她死得不明不白。"

"哪怕死了也在所不惜？"

宋余杭扯起嘴角笑了一下："那就当是把我这条命还给她了。"

林又元剧烈咳嗽起来，狠狠抄起拐杖就朝着她的脑袋打了过去："还给她林厌也回不来了！"

劲风袭来，宋余杭闭上眼，微偏了下头，任人宰割。

这是她应该承受的。

她做足了心理准备，却没等到拐杖落下来，一抬头，按着她的保镖都消失不见了，只留下林管家轻轻替林又元拍背顺气。

他好像自从进屋来咳嗽声就没停过。

宋余杭疑惑："您……？"

林又元摆手，示意林管家也出去。

"老爷……"

林又元捂着帕子使劲咳了两声，才顺过气来："没事，去吧。"

等人走后，林又元也没让宋余杭起身，还是她自己站了起来，看桌上有壶，替他倒了一杯热水。

林又元没接水杯，窝在轮椅里咳了一声，眼窝深陷，混浊的眼睛看向她："说说你的想法。"

"我说了，您别生气。"

林又元冷哼了一声，没作答。

宋余杭自顾自地说起来，越说他的脸色越难看。

"林厌这么多年来私自查案，一直受到不明势力的暗中阻挠，我想这股势力一定是来自您吧？我也曾怀疑过她是不是您的亲生女儿，或者说，您为了什么不可说的目的而虎毒食子？"

林又元抖动着嘴唇，因为情绪激动胸腔上下起伏着，手抓紧了轮椅扶手。

宋余杭没停，一股脑地把自己的猜测全部说了出来："至于您为什么这么竭力阻止她查初南的案子，我想这背后一定也和您有关系。既然一切都是因此而起，所以我今天来就是想知道当年的真相，毕竟……"她顿了顿，才又继续说，"您也是当事人不是吗？"

如果不是她问起，林又元是不想再回忆起父女决裂那一天的场景的。

6月的夜，大雨倾盆。

林厌浑身湿透地回到家，跪在他面前："爸，我要报警校，将来当警察。"

他抄起茶杯就砸了过去："滚！我已经给你填好志愿了，考财大的工商管理，将来做个老总有什么不好？！"

林厌抬眸，冷冷地讥讽他道："像您一样只会挣几个臭钱，窝囊一辈子，碌碌无为吗？"

林又元的拐杖狠狠点在地上，戳得"咚咚"响。

"你别以为我不知道你想做什么，想为你那个朋友报仇？"他冷笑，将少女的自尊踩在脚底，"别做梦了，你看看自己，打得过谁？你身上穿的、吃的用的，哪一件不是你嘴里的臭钱买的？你这么看不起林家，看不起林家的钱，那就滚啊，滚出这里，别回来啊。"

林厌蓦地红了眼眶。她想要的无非也就是为好友查清真相罢了。

林厌知道，自己若走出这扇大门，没有人会认识她，没有人会买她面子，所有人对她好，亲近她，奉承她，都是看的林又元的面子。

彼时的她孑然一身，什么都没有，什么都不是。

即使她的内心无比痛恨这个家给她带来了光环和枷锁，她还是不得不向这个父亲低头。

她头一次张嘴叫"爸"，亦是头一次跪下来求他："爸，爸，我错了，求求您，帮帮我吧。他们都不告诉我初南是怎么死的，我只是想替她查清真相。她来过我们家，您见过的呀，她才刚刚十八岁，成绩很好，可以上一流大学。她那么优秀，那么善良，不应该枉死……"

林厌跪在他面前泣不成声："您不是认识很多人吗？帮帮我好不好？我就求您这一件事，就这一件事。"

她说着膝行过去抱住了他的腿。

那是他们父女二人最亲近的一次。

看她哭得厉害，林又元颤抖着手，其实很想摸摸她的脑袋。就在这时，有人轻轻推门而入，愕然地看着眼前发生的一切，叫了一声"林叔"。

那摸向林厌的脑袋的手又垂落了下来，林又元略略点头："舸儿回来了。"

随即他对林厌板起脸，拿拐杖挥开了她："你走吧，就这件事我帮不了你。"

林厌摔倒在地，半天没能爬起来。

还是林舸快步走过来扶起了她："这是怎么了？"

林又元拐杖一指："你问她，好好的财大不上，考什么警校。"

林厌弯了一下唇，心灰意懒，拂开林舸的手，转身离去："我自己的事自己做主，再也不会求您了。"

"我给你两个选择：一，老老实实地按照我的安排去考财大，二，你今天走出这个门和林家就再也没有关系。"

林舸一看这阵仗也慌了，去扯林厌的衣角："你说句话啊！"

见她不答，林舸又去求林又元："叔，厌厌不管犯了什么错始终是咱们家人啊，有什么话好好说，出了什么事咱们慢慢商量，不要赶她走。"

看着这个侄子脸上的诚恳和焦急表情，林又元嘴角这才浮出一丝欣慰之色："你别管，刚从美国回来不是还在倒时差？去休息吧。"

林又元做人尽善尽美，对外是慈善企业家，对内是抚养哥哥遗孀和子侄的好叔叔，唯独对林厌，不是一个好父亲。

林厌冷笑，捏紧了拳头："林舸，这事跟你没关系，给我滚开。"

她转身迎上中年人犀利的眼神："这门我今天还就出定了！"

"好，好。"林又元不由得为她的勇气鼓掌，吩咐人很快起草了一份协议书，递到了她眼前，"签吧，签上你的名字，再盖个手印，从此林家的一切再和你无关，你除了这个名字一无所有。当然，你是成年人了，改不改名字是你自己的选择。"

她若落下自己的名字就意味着，林又元再也不会给她一分钱，她大学四年的学费、生活费、留洋的费用、日常开销，全部得自己想办法来解决。

彼时她离十八岁生日还有几天。

林厌咬紧了牙关，眼眶通红。

林又元看着她犹如一头暴躁的野兽一样满怀恨意又隐忍不发，淡淡道："还有你的手表，价值九万人民币的绿水鬼，去年生日的时候送你的礼物。

"脚上的球鞋，最新款，6月1号的时候买回来的。

"还有身上的衣服，有哪个像你这么大的孩子能穿阿玛尼高定了？这全部都是林家的钱，你脱了再走。"

第113章 协议

不愧是父女，都知道怎么做能最大限度地激怒对方。

林厌只提了最后一个要求："志愿表还给我，我自己填。"

林又元一挥手，管家把材料递了过去，更像是完成了某种交接仪式。

林厌又急又快地签好字，锋利笔尖划破了纸张，随后她把纸笔一扬，从腕上摘了腕表狠狠地摔碎在他脚下："还给你！"

"林厌！"林舸扑过来止住她要继续脱外套的手，"你向林叔认个错，这事就过去了，听话！"

"有你什么事？！"林厌恶狠狠地把人搡开，脱了外套扔在地上，散着一头黑发，就这么赤着脚，穿着一件单薄的背心走到了外面，淋在了瓢泼大雨里，手里捏着那张志愿表。

她最后回了一下头，问高高在上的林又元："我是你亲生的吗？爸，您爱过我吗？"

比起声嘶力竭的质问，这样的平静话语更让人心惊。

半晌，没有等到回答的林厌摇头笑了一下，似在嘲讽自己的自作多情。

那个瞬间，林又元在她身上看见了她母亲的影子。女孩子披头散发地站在雨里，纤细且瘦弱，被带回来时矮矮的小姑娘，如今已和他差不多高了，眉眼也长开了，容颜昳丽，精致脱俗。

一道炸雷划破天际，他这才惊觉，他的女儿已经长大了，再也不受他控制和胁迫了，她甚至有了为了冲出囚笼哪怕折断羽翼也在所不惜的勇气。

林厌再也没回头，就这么一步步走向了她未知的未来。

林又元想追出去，踉跄地跑了两步，连带着拐杖一起摔倒在地。

这当然是林厌不知道的事。

她不知道的还有那份断绝关系的协议书并没有落款盖章，也就意味着产生不了任何法律效力。

她还是林家人，林又元还是她的父亲。

当老人颤颤巍巍地取出这张保存完好的纸时，宋余杭也有些动容了。

"您还留着。"

"留着呢，其实这么多年来，我一直在等她回来拿走这份协议，可是她……"

再也回不来了。

宋余杭微红了眼眶，蹲下身去握住了他粗糙的手，头一次对这个已是风烛残年的老人从心底里觉得同情。

037

"后来呢？"宋余杭追问。

"后来……"林又元笑了笑，把泛黄的纸张放在了桌上，"想考警校哪里那么容易，她那个体力过不了关的，这才转报了医学院。"

听了这么多，宋余杭还有一丝疑惑："您为什么竭力阻止她报考警校呢？当警察有什么不好吗？"

她问到这里，老人嘴角的笑容逐渐消失了，脸上露出了一丁点儿对往事的怀念之色，他轻轻摩挲着他那枚绿扳指，不再吭声。

等宋余杭走后，林管家又进来说道："老爷，一切都准备好了，一部分钱汇入了海外账户，一部分则全部洗出来了。"

林又元咳了几声，帕子上沾着星星点点的血迹，他颤颤巍巍地把那份协议书递给了林管家："收好，等一切尘埃落定，再还给她吧。"

"老爷……"林管家不忍，"您干吗不告诉宋小姐真相？"

林又元咳得越发剧烈："没……没听她说吗？昨夜遇险……这是……这是有人……喀喀……喀……还不想放过她们啊……"

林管家急了，替他拍背顺气，赶忙把人推回病房，连上呼吸机。好一会儿林又元才缓过劲儿来，颤颤巍巍地抬手："去……去叫林……林舸来，我……有话跟他说。"

第 114 章 失望

"少爷,林总请您过去。"实验室天花板上的液晶显示屏上亮出了随从的脸。

林舸把沾满鲜血的手放到水龙头下冲洗干净:"有什么事吗?"

画面闪烁了两下,信号不太好的样子,随从接着道:"说是有重要的事和您商量。"

林舸把手上的水珠甩干,拿干净帕子擦了擦手往外走去:"这老东西又有什么吩咐?走,过去看看。"

实验室门打开,一股浓重的血腥味扑面而来。

随从面不改色,他如常地递上新的西装外套,待林舸穿好,又双手捧过护手霜递了过去。

艺术家的手总是修长又白皙的,哪怕它沾满了看不见的鲜血。

林舸涂护手霜的动作也慢条斯理的,待到一切收拾妥帖,随从又拿出了香水,微微鞠躬示意:"少爷,冒犯了。"

林舸张开了西装外套,一阵水雾过后,身上的血腥味消失得一干二净。

他捋了捋头发,愉悦地吹了一声口哨,大踏步往前走去:"走吧,去见我的那位好叔叔。"

林舸到的时候,医生还在替林又元做检查。林舸在门外等了好半天,医生才夹着病历本从屋内走出来。

林舸拉住医生的胳膊："怎么样？"

年事已高经验丰富的家庭医生摇了摇头，长叹了一口气："尽快准备后事吧，少爷节哀。"

林舸"噔"的一下往后退了一步，医生已走远了。

林管家出来招呼他，眼圈也是红的："少爷，进来吧，老爷叫你。"

林舸定定神，把西装外套的皱褶拉平："好。"

因为化疗，林又元的头发已经掉光了，戴了一顶保暖的绒线帽子。

大夏天的，屋里空调开到了28摄氏度，有些闷热，整个房间因为没有通风换气，弥漫着一股病人特有的排泄物的味道。

林又元窝在床上，旁边挂着尿袋，被子盖得严严实实的，仅露出一只输液的手背，被针扎得青紫，几乎看不出血管在哪儿了。

见他来了，林又元才稍稍动了一下眼珠，示意林管家把床摇起来一点。

他想坐起来，被林舸一把按住了，男人眼神有些心疼，默默红了眼眶："林叔，别起了，您想说什么，我能听见。"

林又元抬起虚弱的手指，指了指床头的文件，林管家给他拿了过来。

由于他戴着呼吸机，不太方便开口说话，便由林管家转述："少爷，景泰集团即将破产，资产清算的事您也知道了……"

林舸点头，坐在床边捏紧了自己膝盖上的布料，有些难过地说："对不起，叔，是我没用，没能力挽狂澜。"

林管家在心底冷笑，心想：您不仅没力挽狂澜，还推波助澜了呢。

林又元摆手，示意不谈这些。

他还是执意起身说话，管家只好把人扶起来，往他身后垫了个枕头，摘了氧气面罩。

林又元说几个字就要停下来缓一缓，仿佛随时会背过气去："资产清算后……一部分钱……喀喀……被冻结……一部分用……用来遣散员工……"

他颤颤巍巍地抓住了林舸的手，语重心长地说："我……我给你们母子留了一部分钱……还有一家在海外的子公司……在你妈妈名下……将来就是你的……你过去……拿着这钱……和静茹好好生活。"

听到前半段话时林舸脸上始终浮现着一丝悲痛之色，等听到林又元叫自己妈妈的名字的时候，抿了一下唇，什么表情都消失了。

两个人的手还交握在一起，可是他已经感觉不到任何温度了。

他刚刚进门时觉得有些热，现在却又遍体生寒。

林舸哑着嗓子问："叔，您为什么对我这么好，对我妈这么好？是不是因为——"

他对多年前目睹的那一幕几乎有些难以启齿，两个待他恩重如山的人亲手摧毁了他短暂的童年幸福生活，将他推入了一潭名为愧疚、羞耻的深渊里，令他从此万劫不复。

林又元咳嗽起来，恰到好处地打断了他的话，抓着他的手却越发用力，几乎把人握疼了，混浊的眼睛里渗出泪花来："喀喀……是我对不起你爸爸……我曾答应过他……我们俩要是有孩子……一定要彼此照应……"

他说着，从床边抓起那个文件袋往林舸手里塞，文件袋口没封好，掉出了两张机票和若干巨额支票："你拿着……拿着……去加拿大吧……"

林舸向来是个自控力极强的人，能将一切情绪掩饰得极好，但此时此刻，若不是林管家还在场，他几乎能扑上去立刻拧断林又元的脖子。

凭什么？！

凭什么他要去加拿大，放弃国内好不容易获得的一切？！

当初林又元凭什么打着为他好的名义安排他去美国留学？可知他一个人在异国他乡都经历了些什么？！

好不容易学业期满，他满怀憧憬地回国，想要进入景泰的核心实验室继续搞科研项目大展拳脚，林又元却用一纸调令将他安排去了偏远的分公司当经理人，从事的工作和专业完全无关，并且对他明升暗降。

他无法，只得辞职不干，四处借钱和朋友开办了自己的牙科医院，林又元因此勃然大怒，连他向来尊敬的母亲都口口声声地指责他是个白眼狼。

和当年的林厌一样，林又元就是那种想把所有人的人生都掌握在手里的独断专横的家长。

不同的是，林厌选择了和林又元决裂，他选择了隐忍。

谁让他从小就是一副唯命是从胆小懦弱的好学生模样呢？所以他就活该被所有人欺负吗？

林舸咬牙，也许是意识到现在自己脸上的表情太过狰狞，神色缓和了下来，回握住林又元的手，话说得婉转，语气却是不容置喙的："林叔，对不起，我做不到。您既然把我当家里人，我怎么能在这个时候抛弃景泰出国呢？我要留下来，与景泰共存亡。"

"您早点休息，公司还有事，我就先回去了。"

他说罢，把手从林又元的掌心里抽离了出来，起身离去，再没回头看林又元一眼。

林又元靠在床头剧烈咳嗽起来，管家替他拍背顺气，又端来药水给他喝。

好一阵手忙脚乱后，林又元才慢慢平复下来，摊开捂着嘴的帕子一看，全是血。

林管家把手帕扔进了床旁边的水盆里，扶着人躺下休息："老爷，睡会儿吧。"

林又元却霍然睁开紧闭的双眼，混沌的眼神一扫而空，取而代之的是一抹精光。

他一字一顿，咬牙切齿地说："你看见了吗？他想杀我。"

林管家脸上浮出一丝哀恸之色："老爷……"

林又元颤抖着嘴唇说道："让他来，我有话跟他说。"

林舸回到自己家，随从走上前来："少爷……"

不等他把话说完，林舸已一把把人拂开来："我妈呢？！"

"少爷！"随从抬脚跟了上去。

林舸推开卧室门，几个家庭医生正围着病床抢救人，仪器"嘀嘀"响。

林母躺在床上，神志尚有一丝清醒，看见自己儿子来了，眼底浮出一抹欣慰之色。

未等她笑出来，林舸冷冷一挥手道："都出去。"

几个医生面面相觑。

林舸面无表情地说："聋了吗？都滚出去，让她死！"

林母的脸色一下子变得惨白，仪器上的数值骤跌，眼看着就要滑到谷底。

在他的强硬命令之下，医生只好放下手中的针管，纷纷埋头走了出去。

林舸对随从使了个眼色，随从替他们关上了门。

林母的呼吸跟扯风箱一样沉重。

"妈，撑了这么多年了，不容易，你也辛苦了。"他说着红了眼圈，脸上浮出温柔的神情。

林母已连痛哼都发不出来，混浊的眼睛里满是泪意。

"妈，临死之前，我有个问题想问你……"

林母吃力地点了一下头，示意他说。

"我究竟是谁的儿子？我爸到底是怎么死的？"

他一边说一边抚摸着妈妈的脸，替她擦泪，脸上浮现一丝癫狂神色，咬牙切齿地吼道:"说啊!你和林叔究竟是怎么一回事?为什么你要和他搅和在一起?!"

他提高了声音冲着她咆哮。

仿佛是为了印证什么,随着他的怒吼,生命监测仪上的数值飞快跌落,坠入了谷底。

随着一阵急促的"嘀嘀"声,林母的脑袋已偏向了一边,眼睛还睁着,满是血丝,眼球凸了出来。

他轻轻拍了拍她的脸:"妈?妈?"

得不到回应的林舸表情变得惊慌失措:"不是……不是我……妈!"

"妈!!!"

"啊啊啊啊啊!"

他浑身脱力,在床边跪了下来,捧起她已经冰凉的手贴在自己脸上,痛哭流涕。

在林舸走后,林宅又迎来了一位陌生访客。

他甫一进去,就打算脱帽敬礼。林又元坐在床上,服过药气色比刚刚好得多,摆手止住了他的动作:"东西准备好了,你拿走吧。"

还是那个文件袋,只不过里面装的只有支票了,林管家将其拿起来交到了冯建国手里。

捏着这沉甸甸的几千万支票,冯建国明显怔了怔,抿紧了唇。

他知道拿了这钱,林氏大厦将倾。

反倒是林又元不在意般笑了笑,捂着帕子咳了一声:"拿吧,反正到时候任务结束,你们警方也不可能真的让这钱落到犯罪分子手里,钱还是林厌的。"

老狐狸不愧是老狐狸。

冯建国无奈地说:"您也不看在我们这么劳心劳力的分上,支援一下基层建设。"

"喀喀……老子这些年……支援得还少了?……"林又元捂着唇又咳了几声,放下帕子,看着面前这个昔日意气风发的年轻人也老了,鬓角长出了白霜,有些感慨,"这事一了,我也能安心去了。"

冯建国有些动容,但不知道该说些什么,或者说该怎么劝,喉头微动,却没开口。

"我要提醒你的是,顶爷……老奸巨猾……不好对付……"提起此人,林又元抓皱了被子,说得咬牙切齿,"务……务必斩草除根。他恶贯满盈,能当场击毙就当场击毙,千……千万不要给他活下去的机会……否……否则后患无穷。"

第114章 失望

043

别人或许不会知道，面前这位病魔缠身的迟暮老人，曾经是怎样的风云人物，在黑白两道都赫赫有名，令人闻风丧胆。

冯建国是明白的，林又元的腿就是那位顶爷的"杰作"。

冯建国退后一步，双脚并拢，敬了个标准的军礼。林又元当得起这样郑重的军礼："是，保证完成任务。"

林又元摆摆手，似是倦极了。

冯建国即将转身离去的时候，又问了一句："为什么是我呢？"

林又元笑了笑，没有回答。

他想自己永远也忘不了，林厌被绑架的那一天。

他和警方都急疯了，在与歹徒激烈交火后，成功解救人质，林诚却被折磨致死。

兵荒马乱时，所有人都只顾得上抢救林诚，包括他。

只有这个年轻稚嫩的刑警，大概是刚入职不久，乳臭未干，下巴上还有青色的胡楂，第一个冲进去，把自己的衣服披在了林厌身上，抱着她往外跑，一边跑一边掉眼泪，像个孩子一样手足无措地哭着。

那是对生命最原始的敬畏与同情，这样的表情林又元也在故友的脸上见过。

从那一刻开始，他把这个小刑警的名字记在了心底，并且给了对方若有若无的帮助，看着小刑警逐渐强大，一步步往上爬，站在了普通人再难仰望的高度。

这一次也是一样的，他选择相信冯建国，相信当年那个稚嫩的小警察仍然有着一颗滚烫的赤子之心。

但愿这希望不会落空。

等冯建国走后，林又元颤颤巍巍地侧过身，从床头的抽屉里取出了一张泛黄的黑白照，那是一张集体合影，上面有男有女，其中一个男人和宋余杭长得很像。

粗糙的手抚摸着上面的人像，他忽地落下泪来。

"老伙计，又要见面了。"

为了掩人耳目，林厌径直从负一层的停车场回到了家里。一进门她就先去洗澡，洗完澡出来后看着扔在地上还沾着血渍的衣服，皱了皱眉头，两根手指拎起来一看，下摆上有一个缺口。

尽管宋余杭做得已经很自然了，切口很像自己不小心钩破的，但林厌还是看出了端倪。

她自嘲般笑了笑，拿起酒精瓶泼了上去，点燃打火机往衣服上面一扔，火焰熊熊燃起，把证据付之一炬。

宋余杭，这次你注定要失望了。

江城市公安局，技侦科实验室。

"小方啊，那个 03 号检材在哪儿？就昨天刚送过来的那个。"

方辛从显微镜前抬起头来看了一眼："不就在那儿吗？橱柜里编了号的。"

"我找不见啊，你来帮我看看。"同事焦急的声音传来。

方辛无奈地说："行行行，来了，来了。"

她只好暂时先把手里的试管放进试管架里跑过去帮忙。

等她走后，有人从她的实验台旁边经过，整个过程不到三秒钟。

方辛又跑了回来，见试管还完好无损地插在试管架里面，略松了一口气继续工作。

其他同事准备下班了。

"方辛，我们走了啊。"

"你还不走吗？"

她头也没抬地回道："不了，我晚点再回去，明天见。"

同事打了个哈欠，拍了拍她的肩："明天见。"

第 115 章 询问

方辛熬了一个通宵，拿到鉴定结果后就直接找到了宋余杭。

她走得急，只是锁着屏幕，电脑没关，有人从她桌前经过，不经意地瞥了一眼，而后顿住脚步，瞅着四下无人，回过身来敲了敲键盘，把一份资料拷进了自己的 U 盘里。

"宋队……"方辛捏着薄薄的一张纸，欲言又止。

倒是宋余杭如常地笑了笑，反过来安慰她："没事，不管什么结果，我承受得住。"

"好吧。"方辛一咬牙，把鉴定报告递了过去。

嘴上说着不在意的人有几分急切地将报告扯了过来，飞速打开，抚平了纸张上的皱褶。

目光落到最下首的鉴定意见时，浑身猛地一震，脸色变得惨白。

——经鉴定，检材一不能从检材二的基因型中找到来源，二者无任何亲缘关系。

"怎么会？"宋余杭咬紧了牙关，手在发抖，逐渐捏皱了纸张，慢慢红了眼眶。

"宋队，你先别急。"方辛舔了舔唇，开始解释，"DNA 鉴定只是相对准确，而不是绝对准确，而且提取检材时的操作流程准确与否、环境的温度与湿度、检验方式方法，都会对鉴定结果有很大的影响……"

她说了这么多，也不知道是在安慰谁，最后加了一句："你……别灰心。"

宋余杭当然知道这些，可是对目前的她来说，这份鉴定结果就是铁证，也是她辨别裴锦红的真实身份的唯一希望了。

她把头埋进方向盘里，缓了好一会儿才抬起头来，露出了一个难看的笑容："麻烦你了。"

"不用不用，宋队好好保重，我先回去上班了。"

看她这样方辛心里也难受，不敢多待，推开车门下车和她告别。

宋余杭点点头，目送她走进市局大门，随即去摸操作台上扔着的烟盒，点燃烟抽着平复情绪，却又一拳砸在了方向盘上。

"有人要买我的货。"听筒里传来了男人沙哑的声音。

他顿时捏紧了手机："你收手吧，这些年来我睁一只眼闭一只眼还不够吗？！"

说到最后他已压低声音隐隐咆哮起来。

听筒那头的人阴鸷地笑出了声："不够，还不够，赚钱这种事怎么能够呢？这可是两个亿的大买卖。"

两个亿，和他通话的男人心里"咯噔"了一下。

"你就不怕这是圈套？"

"舍不得孩子套不着狼。"电话那头的男人轻描淡写地笑了，抚摸着鹦鹉的羽毛，给它喂了一粒瓜子。

"这么重要的事，为什么告诉我？"他咬牙道。

"自然是想请您帮忙了。"

男人冷哼一声，欲挂断电话："我与你早无瓜葛。"

"那可不见得。"库巴替他举着电话，老人腾出手来去挠鹦鹉的下巴。

有灵性的宠物跟着学舌："不见得、不见得、不见得……"

老人笑出声来："呵呵，你看，连动物都知恩图报。"

"你究竟想说些什么？！"他的语气越发冷了，已极度不耐烦，"我下午还有个会议，没时间跟你在这儿瞎扯。"

老人抓起一把瓜子去喂宠物，语气波澜不惊却暗藏锋芒："还开会呢？快退了吧，一旦退休，还有谁记得住你？你看看你在这个位置上多久了，不如退休前再拼一把，兴许还能再往上爬一爬。"

"你休想！"那边的人压低了声音勃然大怒道。

老人顿觉索然无味，把瓜子扔进了盘子里："你看看你，送到手的钱和功劳都不要，老实说，东南亚这个潮湿闷热的地方我已经待腻了，这一次我只要赚够我移民安享下半辈子的钱就够了，其余的货、人都可以给你，一次性打掉贯穿整个东南亚，威胁边境安全，向国内输送毒品、买卖人口的犯罪团伙，这可是大功一件，考虑一下，老伙计？"

老人说着，爱怜地抚摸着鹦鹉的脑袋，又喂它吃了一粒瓜子，看着它学舌："老伙计、老伙计、老伙计……"

这尖锐又怪异的嗓音在空旷的工厂里传出去很远，无端让人感觉毛骨悚然。

那边的人呼吸都顿了顿，随即"砰"的一声挂掉了电话。

库巴把卫星电话拿开："顶爷，您为什么要告诉他这事，不怕他出卖咱们吗？"

"嗐，都这个岁数了，半截身子快入土的人，最看重的是什么，你知道吗？"

库巴老实地摇头："我不懂。"

他虽然是个大块头，但空有一身肌肉，满脑子只有女人和毒品的勾当，对这些事他想不明白，甚至有些头痛。

顶爷也就是看中了他蠢笨却忠心这一点，才将他收入麾下。

"孩子，是脸面啊。"顶爷肩上落着鹦鹉，撑着拐杖颤颤巍巍地起身，拍了拍库巴的肩，"向来风光无限的人，一夕从高处跌落，其中带来的落差，大概只有死才能弥补了。"

库巴扶着他："爷，我还是不明白。"

老人的嘴角浮出一丝笑意："不明白好，不明白好。"

明白的话，他也就危险了。

基层派出所的工作比宋余杭想象中的清闲很多，起码比起从前来说很清闲。没有街头纠纷的时候，她完成巡逻任务就能到点下班。

宋余杭开着车先去了一趟季家看望妈妈和小唯，本以为这个点季景行还没回来的，谁知开门的却是她。

"你怎么……"怎么这么早回家？

季景行接过她手里给小唯买的礼物："你怎么又买东西？现在工资……"话说到一半，季景行又咽了回去。

她知道这是宋余杭的一大痛处，于是麻利地改了口："你还不知道吧？我从律所辞职了，以后就是独立律师啦，还请多多关照。"

季景行大概是看宋余杭心情不佳，所以故意说些俏皮话逗她开心。

宋母也从厨房里探出头来，对宋余杭笑了笑，眼里有一丝希冀："余杭来得正好，妈做了红烧肉，一会儿留下来吃饭吧。"

宋余杭不忍违背母亲的心意，只好答应下来："好。"

小唯听见客厅里有动静，也从卧室里探头探脑地出来叫了一声"姑姑"。

宋余杭喜出望外，打算快步走过去抱她的时候，她却又"刺溜"一下缩了回去，锁上了门。

季景行笑："能叫人了，比从前好得多，慢慢来呗，不逼她。"

想必她辞职做独立律师也是为了能更好地照顾孩子吧。

宋余杭感慨："嫂子辛苦了。"

很快，饭菜上桌。

屋里开着暖黄的灯光，四菜一汤的家常菜式氤氲着热气，家人团坐在一起，其乐融融。

"余杭，尝尝这个。"

"还有这个，香酥带鱼，早上刚从市场买的，可新鲜了。"

吃过饭后，宋余杭想收拾碗筷，被宋母一把拦下了。

"你好不容易来一趟，去和小唯玩会儿吧。"

季景行也在旁边附和："就是，就是，小唯也想姑姑了，是不是啊，小唯？"

小唯害羞地钻进了她的怀里。

等人坐下的时候，季景行却又摸了摸孩子的脑袋，柔声道："小唯乖，去屋里玩会儿积木吧，妈妈和姑姑说会儿话。"

宋余杭坐得离她远，在一个独立的单人小沙发上，从她进门时季景行就发现了，她会时不时地出神。

譬如现在。

季景行有些忧心，带小唯做治疗的过程里她接触了很多心理医生，也自学恶补了这方面的知识。

她能看出来，宋余杭现在的状态其实非常不好。

她斟酌着开口道："余杭，你有没有想过去认识新的朋友？"

宋余杭摇头："没有。"

"那……出去旅游换换心情？"

宋余杭笑了一下："忙，没时间。"

季景行一咬牙，索性和盘托出："你不觉得你现在的状态很危险吗？这样好不好，这周末我约一个朋友带你见见？你听听他的建议，或许对现在的你有所帮助。"

尽管她说得很隐晦，但宋余杭还是听懂了，眼珠动了动，转向她摇头道："不了，嫂子，我不想见其他人，除了你们。"她说着，拿起自己的包起身走向了门外，"妈，我先回去了，再见嫂子，再见小唯。"

宋母从厨房里出来："不多玩一会儿啊？"

话音未落，宋余杭已"砰"的一声关上了房门。

宋母和季景行对视一眼，长叹了一口气。

宋余杭出了家门，也不知道去哪儿，就漫无目的地开着车在街上闲逛，不知不觉之间又来到了欢歌夜总会门口。

雨刷器剐蹭着前挡风玻璃，她透过水雾往外看去，欢歌夜总会门口停了几辆有点眼熟的车。

车门打开，下来的果真是熟人。

薛锐和其他两个便衣警察，大概是因为王强那个案子过来询问吧。

宋余杭一盘算，也推开车门下了车。

"薛锐。"大老远地她就叫了他的名字。

薛锐回过头来，眼睛一亮："宋队，您怎么在这儿？哟，这么大的雨，没带伞吗？"

他说着，问同事拿了一把伞想要递给她。

宋余杭婉拒了："路过，你们来查案？"

薛锐点头，似有些苦恼，挠了挠头："还是上次那个杀人焚尸案，没一点线索。"

宋余杭嘴角浮出了一丝笑意："巧了，我也对这个案子有点兴趣，一起？"

薛锐正愁没人给他出主意呢，大喜过望："走，那还等什么？进去吧。"

"什么人？请出示会员卡。"

"警察，查案，叫你们老板出来。"薛锐径直亮出了证件。

门口早有人将动静报告给了裴锦红。

她正陪客户喝酒，斜斜倚靠在沙发上，脚边跪着一个乖巧的小姑娘替她捶腿按摩，旁边的男人搂着她的肩膀，醉醺醺的样子。

"什么人？不见！"

话音刚落，薛锐一行人已闯了进来，侍者当然是拦不住的，也没理由拦，一拦便是心虚。

"裴锦红"不愧是声色场所的老手了，看着面前这阵仗，不仅不动如山，还往那男的嘴里塞了一颗葡萄，纤细白皙的指尖抵着他的唇来回研磨，直看得人脸红心跳。

薛锐轻咳了一声，不等他开口，身旁的人已冷冷开口道："警方询问，闲杂人等退避。"

林厌依旧戴着她那顶黑色纱帽，更添了几分神秘诱惑："哟，好大的官威啊，上次是诬蔑我们藏毒，这次又是什么罪名啊？"

宋余杭抿紧了唇，不说话了。

薛锐看看她，只好接上："和一桩凶杀案有关，其他人还是回避一下吧。"

刘志借替林厌倒酒的动作对她耳语："红姐，要不要……"

林厌手指搭住杯口，轻轻敲击着杯壁："不必，照我说的做，别节外生枝。"

刘志的身影遮挡住了大部分视线，两个人无论是说话还是动作，都十分隐秘。

宋余杭皱了一下眉头："有什么话不能光明正大地说吗？"

"瞧您说的。"林厌顺势摸了一把刘志胸前光滑紧实的肌肉。

屋里的人都发出了一阵不大不小的闷笑声。

宋余杭的脸色黑了几分。

林厌这才坐直了些："好了，都下去吧，改天再玩。"

那男人恋恋不舍地起身，还想再亲亲她，林厌从桌上的果盘里揪下一颗葡萄塞进了他的嘴里，媚眼如丝地说："晚上等我啊。"

"那当然，我的宝贝儿。"

屋里所有人鱼贯而出，薛锐面对着林厌坐下来开始工作。

宋余杭离他三步远，就站在他背后的沙发阴影里，正对着林厌。

林厌当然知道她在观察自己，但自从看见来的是薛锐和便衣的时候，心里就有底了。

要是警方真的怀疑人是她杀的，此时此刻，她应该坐在市局的审讯室里，而不是他们亲自跑这里一趟。

询问和讯问，一字之差，意义千差万别。

刘志或许手脚不够干净，但焚尸已经毁掉了大部分痕迹。

他们找不到突破口的，再加上不在场证明这种东西也是可以伪造的，林厌毕竟是法医出身，应对警方的讯问简直可以说是轻车熟路，滴水不漏。

"那天晚上我在皇聚KTV唱歌来着，1点去的，天快亮了才出来。不信？不信你们就去查监控好了，我总不可能手眼通天到把江城市的每家商铺都收买的地步吧？"

林厌说着，轻蔑地笑了一下。

宋余杭在一旁听着，简直想为她鼓掌。

薛锐尴尬地放下了笔，来之前当然调查过，她说的这些，都和商铺监控对得上。

他回头看了宋余杭一眼："宋队，还有什么要补充的吗？"

宋余杭摇头，犀利的目光仍旧落在林厌身上，弯起嘴角笑了："不得不说，裴小姐无论是口才还是临场反应能力都十分优秀呢。"

"过奖，过奖，来都来了，辛苦诸位跑一趟，要不要尝尝我们这儿的酒水，润润嗓子啊？"林厌说着放下杯子，托起红酒瓶底就要往另一个空杯里倒酒。

站在沙发背后的人动了。

宋余杭端起她未喝完的红酒抿了一口，抬眸看着林厌，笑容暗藏锋芒："裴小姐知不知道什么叫聪明反被聪明误啊？"

林厌心里"咯噔"了一下，笑容淡了，微微敛下眸子，做出了一副受惊的模样："宋警官的话，我听不懂。"

薛锐仔细看了"裴锦红"一眼，包间里光线昏暗，她又戴了黑色纱帽，他一时看不清面，但总觉得那露出的下巴在哪里见过一样。

未等他细细琢磨，宋余杭已起身："走吧。"

薛锐几人赶忙抬脚跟上："不问了啊？"

"不问了。"

他们再问也问不出个东南西北，林厌若是想把一件案子推脱得和自己毫无干系，那么确实是可以做到的。如果不是林厌，那么就是……她背后另有其人在推波助澜。

宋余杭目光一凛，顿住脚步："今天谢谢你们了。"

薛锐挠头："哪里，也没问出个所以然来。"

双方告别后，各自上车，车子开往不同的方向。

第116章 故交

"据可靠情报,十天后将会有一批价值两亿的货进行交易,你的任务是——"他屈起手指,在地图上轻轻点了点,"找出交易地点。"

林厌皱眉:"上次我从茶楼出来,有人追杀我,他们已经起疑心了,这么核心的机密不可能告诉我。"

冯建国摊手:"正因为是核心机密,所以才需要一枚钉子深深地插进去,一击毙命。"

林厌还是觉得有些不对劲:"谁出得起两亿这么大的手笔?"

不愧是心思缜密滴水不漏的法医,一下子问到点子上了,冯建国面不改色地说道:"这我们要是能知道,还用得着卧底?出得起这么大笔钱的,多半也是涉黑势力,我们正好一网打尽。"

林厌手指抚上眉心:"时间紧迫,你让我好好想想。"

她目前能接触到最高级别的人物是库巴和老虎,至于再上面的顶爷,则是连面都没有见过,既然是核心机密,说不定连老虎都不知道,她要想得到情报,还是得从库巴下手。

冯建国从档案袋里抽出了一张黑白照片,放在桌面上:"这个机会,我送给你。"

"这是?"林厌瞳孔一缩。

冯建国缓缓点头："没错，是顶爷。"

雨夜里的青山别墅似蒙了一层淡淡的轻纱，静静矗立在那里。

宋余杭将车子靠边熄了火，缓缓降下车窗，偏头看着它，仿佛还能看见往昔灯火通明的样子。

宋余杭把座椅靠背调下去些许，仰头看着雨水溅在别墅的屋檐上，"滴滴答答"地往下淌，很快在门口汇成了水洼。

自从在郊外遇险回来后，她连着两天没怎么合眼，此时此刻困意才翻涌上来。

宋余杭靠着座椅靠背，逐渐睡了过去。

她睡得极不踏实，微微偏过头去，脸色苍白，额头渗出了薄汗，梦中跌入了一片浩瀚深海里，画面一转，世界变得灰白。

她看着年幼的自己推开了书房的门，揉着眼睛："爸爸，你们在聊什么呀？"

胡子拉碴的中年人将她抱上了膝盖，亲亲她的脸蛋："余杭，叫林叔叔。"

"这就是你女儿？"坐在对面的男人和父亲年纪相仿，柔和地摸了摸她的脑袋。

小女孩有些害羞，扯着衣角对上陌生人的眼睛。

那张脸……

她早就见过！

宋余杭迫切地想要发出些声音来："爸、林叔，这究竟是怎么一回事？！"

可是她似站在一个透明玻璃罩里，眼睁睁地看着外面发生的一切，却无法说话，无法动弹。

宋余杭听见那个小女孩甜甜地叫了一声："林叔叔。"

随即小女孩被放下了膝盖。

"好了，明天还要上幼儿园，去睡觉吧，乖。"

小女孩不敢违背父亲的意思，不情不愿地往外走去。

她看着小女孩站在门外，把自己的眼睛贴上门缝，竖起了耳朵偷听。

"顶爷……"

"七天后……"

一些模模糊糊的字眼飘进了小女孩的耳朵里。

小女孩的妈妈走了过来，牵着人往卧室走去："怎么又不睡觉？半夜跑出来，小心你爸揍你喔。"

小女孩做了个鬼脸："他才不会揍我，还带我认识了一个新叔叔呢。"

宋余杭张了张嘴："妈！妈！是我啊！我在这里！"

她使劲拍着那层看不见的玻璃，嘴里冒出了"咕噜咕噜"的气泡，可是最终也没有人回应她。

宋余杭闭着眼睛，额头上渗出了豆大的汗珠，猛地偏过脑袋，迷迷糊糊之中听见了一阵"砰砰啪啪"的声音。她以为是枪响，下意识地就去摸放在副驾驶座上的机械棍。

"谁？！"

车窗外扫马路的清洁工被吓了一大跳。

"我还以为没人呢，停在这儿让一让，挡路了。"

宋余杭睁眼，东方已泛着鱼肚白，微弱的晨曦透过风挡玻璃照了进来，雨已经停了。

原来……自己睡了那么久吗？

她不好意思地冲着窗外的人笑了笑，手指松开棍子："抱歉，现在就挪。"

重新开着车上路的时候，她的大脑无比清晰，早已发生却逐渐忘却的细枝末节重新浮现了出来。

原来，她早就见过林又元。

原来，她的父亲和林厌的父亲是旧交。

还有，他们提到的那个顶爷是什么人呢？

看来，她想找到答案，就务必要去一趟那个地方了。

进入闹市区后，宋余杭瞅着路边电线杆上的小广告，随便找了一家办假证的，拨通了电话。

半个小时后，市图书馆。

宋余杭亮出证件表明来意后，管理员打了个哈欠。

"这大清早的，您还是头一位。"

"工作需要嘛，我就在这里看，不带出去。"宋余杭乖乖拿出了手机放在柜台上。

管理员不耐烦地挥了挥手，示意她快去。

宋余杭点头，把假记者证收进兜里，装模作样地掏出了一个笔记本走进去。

市公立图书馆，江城市内现规模最大、藏书最丰富的地方，前身是江城市档案馆，之后所有文书档案统一电子归档处理便逐渐没落了，市政又将其改建成了图书馆，供市民读书学习消遣时间。

不过来的大多数人也是在这里打卡喝咖啡的，认真看书的只是少部分人。

第116章 故交

清晨图书馆刚开门，并没有人。

宋余杭甫一走进去，一股书籍特有的油墨味儿就飘进了鼻腔。

她按照索引往前走，目光一一掠过书架上的古籍孤本，在这里能找到许多内网上看不到的东西，比如多年前的旧报纸。

她若上内网查，对方必定有所动作，倒不如另辟蹊径。

图书馆还算大，上下三层，她沿着走廊走了许久，才找到楼梯上去，按照管理员说的，顺利摸到了三楼的阅览室。

门口还有一个负责登记的人，宋余杭把证件递了过去："你好，我想找一下旧杂志，报纸什么的。"

对方抬头看了看她的脸，又对了对证件，把那小本本往旁边一扔，没还给她："进去吧，第六排最里面的角落就是。"

宋余杭看了看自己的假证："那……"

对方埋头在电脑上打牌，玩得不亦乐乎："一会儿登记，现在没空，你出来再拿。"

"好吧。"宋余杭从善如流地往里走，找到了他说的书架，蹲下身来搜寻着自己想要的东西。

她只找法制报，目的十分明确，很快就从堆积如山的旧书刊报纸里整理出一大摞资料，抱到旁边的座位上，翻开了笔记本开始摘录。

"分阳码头碎尸案……"藏在笔尖里的针孔摄像头闪了一下。

宋余杭接着往前翻，略过了一些无关紧要的案件和日期，一直找到了33年前，瞳孔猛地一缩，硕大的标题版面写着："滨海省警方近日破获一起特大制毒、贩毒案，当场缴获海洛因20.3千克，涉案车辆5辆，抓捕同案犯14名，当场击毙毒枭——'顶爷'，至此横跨两国的特大犯罪团伙成员已悉数落网。"

林厌靠在书桌上，手里端了杯红酒，彻夜未眠，想着冯建国昨晚说过的话。

"顶爷不是死了吗？！"

老人摇头："顶爷只是那边传过来的一种称呼而已，并不指某个人。"

"也就是说，旧的'顶爷'在若干年前警方肃清剿匪的那场战役里已经死了，现在的是另一个顶爷？！"

"没错，当年的我只是一个小警察，并没有资格参加这样的战役，只是听我的前辈们说，那场围剿的仗打得相当惨烈，警方损失惨重，是以并未大肆报道。"

"从那以后，边境太平了很长一段日子，毒贩销声匿迹，谁知现在却又——"，他说到这里，咬紧了牙关，"卷土重来了，还带来了'醉梦'这样的新型毒品。若这种毒品真的大肆推广开来的话，后果不堪设想，边境安全危在旦夕，不知道会有多少家庭破灭……"

一阵风过，烛火摇动，映照得老人眉眼间染上了一层金色光芒。

林厌沉默，过了半晌，才说："能造出'醉梦'的，一定是个化学高手，你们有怀疑的人选吗？"

冯建国苦笑："有就好了。顶爷其人神龙见首不见尾，替他出面办事的人，是这个库巴。"

他又摆出了一张照片。

林厌瞥了一眼："还有老虎，亦是打手之一，负责和线下各买家联系，确定交易地点。"

她拿过一张照片，摆在正中间，那张照片上只有一个黑色的头像轮廓，并没有人脸。

"现在我们已经知道的是：库巴，顶爷的亲信；老虎，贩毒集团打手；我，裴锦红，负责替他接货，物色合适的买家。

"顶爷，集团龙首，未知；幕后制毒的人，未知；负责运送毒品的人，未知；'醉梦'生产地点，未知；交易地点，未知。"

林厌把笔一摔："什么都不知道，还怎么搞？！"

"别急嘛，虽然这些都不知道，但我们已经得到消息，顶爷会在三天后入境来和这位神秘的买家会面，到时候就是你打入犯罪团伙核心管理层的绝佳机会。"

"顶爷已经死了，那会是谁呢？会是谁呢？"宋余杭嘴里念念有词，飞快地翻着报纸，却见另一面详细的报道被人完整地裁掉了。

她只来得及拿针孔摄像机拍下照片，就被人拍了拍肩膀。

"这个证件是你的吗？"宋余杭回头一看，是刚刚的那位管理员拿着她的假证，脸色不善地问，"怎么录入不到系统里啊？"

宋余杭干巴巴地笑了两声，不着痕迹地合上了自己的笔记本，把藏有针孔摄像头的钢笔揣进了兜里："是吗？我看看。"

她说着，从对方手上拿过了假证，假装仔细地翻看着："不可能啊。"

对方也有些疑惑，看她的面相又不像坏人。

宋余杭突然眼睛一亮，往窗外一指："你看那是什么？"

第116章 故交

管理员下意识地回头，宋余杭拎着包就跑，从桌子上一跃而过，留下了两个脚印。

"对不住了！"

"喂，别跑！"

管理员跟跟跄跄地推开桌椅追出去，见人已经消失在走廊尽头了，不由得骂道："神经病吧！"

拿到这些珍贵的资料，宋余杭一回到家就开始洗照片，把它们钉上了自己的白板，退后一步端详着这些线索。

有些不甚明朗的东西逐渐清晰起来。

她还得去一趟上次发现制毒工厂的那个物流园，说不定能找到新的线索。

宋余杭拆开一包方便面，也没拿碗，就这么把热水倒进袋子里，拿个塑料盒子装着，用筷子搅和两下，三两口吃完，拿起钥匙就出了门。

第117章 劫数

三天后。

大清早的，所长走进办公室，瞅见工位上没人，微皱起了眉头："宋余杭呢？"

一个同事嚼着菜包子从电脑前抬起头来："嗐，打过卡，说是家里有事，请半天假走了。"

"太不像话了，天天迟到早退，还时不时请假，她真把咱们这儿当旅游景点了吗？"

屋里众人发出一阵窃笑声，宋余杭这样的身份他们又不好说，毕竟她曾是市局的领导，说不定人家只是下来体验体验生活，早晚会回去的。

所长脸色青一阵白一阵的，半晌还是转身出去打了个电话。

宋余杭接到冯建国的电话的时候，正在仓库里搬货。她拿毛巾抹了抹额上的汗，手在裤子上擦了擦才接起电话，气息有些喘："喂，什么事？"

听筒里立马传来了他声嘶力竭的咆哮声："你死哪儿去了？投诉电话都打到我这儿来了，给老子滚回来上班！"

宋余杭把手机稍稍拿远了些，后背突然被人重重拍了一巴掌。

"干什么干什么？！不好好干活偷什么懒？！小心今天没有工钱！"

宋余杭赶紧摁了挂断键，拿着手机点头哈腰地说："是是是，这就干，这就干。"

冯建国听着听筒里传来的忙音，瞠目结舌：这人去基层待了几个月，胆肥了，还敢挂局长电话了。

他"啪"的一下也把听筒扣回了座机里，这时门口传来敲门声。

"冯局，都准备好了。"

冯建国揉了揉眉心，也不知为何，今早突然出现的这个小插曲，让他有些心神不宁，但箭在弦上，不得不发："好，按计划行事。"

宋余杭现在干活的这个仓库，就位于上次发现毒品的那个物流园里。

时隔时间不长，果真如冯建国所料，一切正常，进出的都是普通的物流车辆，运送的也只是寻常货物，宋余杭那晚所见的场景，仿佛只是做了一个诡谲的梦。

就连工人们也都换了工服。

这三天里，她通过一家劳务公司花重金如愿以偿地进了这里当一名普通的装卸工人，日薪五十块，包两顿饭，工作时间是早上9点到深夜10点，中午有一个小时的休息时间。

车间里男女都有，大部分人有着一张黝黑且粗糙的面容，手上老茧遍布，时常有被货物剌出来的伤痕。

宋余杭把脸涂黑，混在这样的人群里，倒也不算突兀。

她很快就和农民工们打成了一片，有个工头来了三年了，算是这里的老人，但要问他这里从前在运些什么货物，他也说不清楚。她问得多了，对方便有些烦。

"问那么多做啥？能挣着钱不就好了？！"

更别谈最里面那个有些神秘的车间，至今还被锁着，再没人进去过。

宋余杭蹲在集装箱上，戴着安全帽，手里捏着吃了一半的咸菜馒头，看着整个物流园有条不紊地运作着，不时有车辆从门口进来卸货。

这些车大概两个小时走一趟，深夜10点她下工时是最后一班。

宋余杭看着脚底下太阳投下的影子，估算着时间，目光一转，瞥见物流园的后门开了，几辆小车滑了进来。

守卫迅速关上了门。

她站得高，赶紧俯下身子。

从那车上下来几个人，四下看了看，她熟悉的那个工头迎了上去，带着人往车间里走。

宋余杭一骨碌从集装箱上翻了下来，扶好安全帽，也顾不上吃馒头了，看着那一行人从自己眼前经过。

有个穿沙漠迷彩背心的男人道:"货都准备好了吗?"

工头点头哈腰地答道:"都好了,都好了,正在装,晚上一定能出库。"

那一行人趾高气扬地进了车间,屏蔽门落了下来,阻挡了一切视线。

宋余杭把馒头塞进嘴里,看来晚上一定有大动静。

"红姐。"刘志进来,递给了她一张纸。

林厌摊开纸一看,嘴角露出了一丝笑意,"啪"的一下摁亮打火机,将纸烧掉了。

"既然知道她是奸细,为什么不杀了她?"刘志借着这火光替她点燃了一支烟递到她唇边,鲜红的唇轻轻噙着烟,露出了洁白的牙齿。

林厌吐了口烟圈:"不急,你王哥刚死,她紧跟着就去了,你叫别人怎么想?"

"那……"刘志犹疑。

林厌抽了没几口就把烟摁熄在烟灰缸里,眼底流露出一抹狠意:"找几个好手,今晚跟我走一趟。"

"是。"刘志点头,匆匆出去准备了。

"少爷,今晚顶爷过来和买家见面,您要不要也去一趟?"

"不去,一堆半截身子快入土的老东西谈些满是铜臭味的生意,有什么好看的?"

随从得到答复,转身离去的时候又被人叫住了。

"对了,上次杀宋余杭的人回来了吗?"

随从摇头:"没,多半是凶多吉少了。"

林舸皱眉。

随从略一犹豫,还是道:"她很厉害,也很警觉。"

林舸嗤笑一声:"不厉害、不警觉,她怎么可能是刑侦队长呢?"

"那我们下一步……?"

"等。"

他要等一个能彻底杀死她的机会。

随从愕然地抬头。

林舸已恢复冷静:"下去吧。"

他似乎总是这么喜怒无常,时而冷静,时而癫狂。

随从脸色白了白："是。"

"干吗这么急着走？再待会儿嘛。"女人衣衫不整地从床上坐了起来。

男人提着裤子说道："晚上还有事，过阵子再来看你。"

"什么事这么着急啊？"女人伸手揽过他的腰，指甲刮着他的胸膛。

男人抬起她的脸，和人狎昵了一会儿，唇舌交缠间语焉不详地说："重要的事，大人物要来，你听话。"

不多时，一阵窸窸窣窣的声音过后，男人穿好衣服出门，把枪别进了后腰里。巷子里四下无人，他快步走了出去，坐上了一辆黑车，车子很快消失在马路上。

几乎是同时，刘志推门而入："红姐，他们出发了。"

林厌面前摆着一支小巧的手枪，她拿绒布擦了擦，吹干净上面的灰尘："我们也走，去见见顶爷。"

到了下午，工头点了些人去卸货。宋余杭也舰着脸凑了过去，把人拉到角落，递上了一包好烟："大哥，家里弟弟还在读书，爹妈早年受了工伤不能干活，给个机会挣钱，您就是我的再生父母。"

工头一看这烟，软中华，不错，还挺上道。

他再看她一个女人整日混在这里，弄得灰头土脸的，心里便多了几分同情："行，你也来吧，好好干，工钱少不了你的。"

"谢谢，谢谢，谢谢大哥。"宋余杭点头哈腰地送着人走远。等人一走，她脸上就恢复了冷峻肃杀的神色。

她如愿以偿地进了车间，戴着安全帽和口罩，和别的被点进来的人一起干活。

她发现这些人都是工龄比较久一些的，还有几个身上有些功夫。

她动作慢一点，就会惹来监工之人凶狠瞪视，随即狠狠一鞭子就会抽在身上。

"看什么看？干活！"

工头忙跑过来，递给打人的男人一根烟："大哥消气，消消气，新来的不懂事。"

"新来的也能安排进里面干活了？"那人斜着眼睛看她，脸上一股凶悍之气。

言谈之间，车间门又打开了，上午出现过的身着迷彩背心的男人带着两三个手下走了进来。

打人的男人"刺溜"一下从集装箱上滑了下来，鞠躬道："虎哥好。"

宋余杭和其他人一起埋着头浑浑噩噩地喊："虎哥好。"

藏在安全帽下的视线小心翼翼地打量着虎哥的脸，宋余杭看清对方的面容后心里一惊。

她在报纸上见过他的名字：老虎！

东南亚曾赫赫有名的毒贩，退役特种兵，国际散打冠军。

这样的人物竟然也只是一个喽啰，这背后的水究竟有多深？

老虎抽着雪茄，走过去拿刀随意捅开了一个纸箱子，露出了里面瓶装饮料的一角。

他很满意："不错，继续干活，7点之前全部装上车跟我走。"

几辆货车已经停在物流园的门口随时待命。

众人应了一声，纷纷埋头干活。

宋余杭跟着工头走："那是谁啊？看起来好威风。"

工头回过头来"嘘"了一声："不要命啦？赶紧干活。"

"好嘞。"宋余杭搬起一个纸箱子往外走，将箱子装上了车，又回来，趁着别人不注意的时候拿小刀划破了一角，里面果真是饮料。难道这伙人真的做起正经买卖来了？

她不信邪，还是决定晚上跟过去看一看。

今天下工早，还没到7点就干完了所有的活，工头把一天的工钱结给了他们。

宋余杭捏着这些钱出神。

"好了，今天就到这里吧，提前下班。"

"没饭吃啊？"有人抗议。

工头怒骂："提前下工，还给你结一天的工钱，祖上积德了，还想吃饭？滚！"

一伙人骂骂咧咧地往外走，宋余杭还待在原地，有人撞了她一下。

"你不走吗？"

"喔，不急，我去上个厕所，帮我拿一下。"她说着，声音有些大，似是内急顾不上许多，把钱塞给了对方，就趁人不注意地溜出了队伍。

"嘿，傻子吧？"那人捏着钱，乐开了花，瞅瞅没人看见，把钱装进自己兜里，快步走出了园区，再也没管她。

宋余杭如愿以偿地溜到了平时上厕所的地方附近。看她穿着工作服，戴着安全帽，路过的人也都没管她。

这地方离后门不远，听见附近有说话声，宋余杭贴着墙蹭了过去。

夜幕已经降临，这是最好的保护色。

平房里的卷闸门半开着，门口摆了几张桌子，下午她见过的几个五大三粗的男人正坐在一起喝酒抽烟，桌上摆着花生啤酒，还有几瓶车间里见过的饮料。

老虎不在。

宋余杭皱眉，就看见那几个男人把那饮料瓶子拿起来，兴奋地打开，转了个圈，和同伴对饮，脸上泛着不正常的潮红。

她明白了，那里面绝对不是寻常的饮料。

她背过身来，从兜里掏出手机，编辑了一条短信发出去。

"时间到了，该走了。"

那伙人兴奋够了，一掀桌子，从平房里取出武器。她看见一个左文青龙右文白虎的彪形大汉甚至背了一把 AK 上肩。

宋余杭咬牙：居然还有重火力。

"你们先走，我去撒泡尿。"

"就数你小子回来得最晚，懒牛懒马屎尿多，快去快回！"有人怒骂。

一个穿夹克的男人脱离了队伍，跑向外边树林里的厕所。

宋余杭手里拿了块砖头，悄悄跟了上去。

不多时，男人又回来了，还穿着那件衣服，戴了顶鸭舌帽。

还是刚刚跟他说话那人把烟一扔："妈的，可算是回来了，开车去，别让虎哥、顶爷他们久等了。"

"是。"他刻意压低的嗓音听着有几分怪异，男人还想多看他几眼，他已爬上驾驶座，老老实实地开起了货车。

男人骂骂咧咧地走到了前面的小车上，挥手道："出发！"

"老爷，都准备好了。"林又元坐在床上端着碗喝药，硬是喝出了一股品着好茶气定神闲的气场。

明明这药苦得令人反胃，他也一口不落全数吞了进去，这才将碗递给管家："准备好了就出发吧。"

管家似有些不放心："要不还是我出面吧，底下人去做多少有些……"

林又元嘴角浮起一丝笑意，今儿他的精神头看着倒是好些："要的就是底下人去做，等着吧，还不到你我出面的时候。"

管家心头一凛，略一鞠躬准备离去："是。"

林又元又开口叫住了他："林舸有什么动静吗？"

"没什么动静,好几天没出门了。"说到林舸,管家始终有一事不明,"老爷既然已经知道,为何不?……"

难道仅仅依着从前的情面老爷就纵容他至此吗?

林又元不是这样心软的人。

老头子胡子抖动了一下,唇边溢出一声叹息:"我老了,他们年轻人的事就交给年轻人去解决吧。"

城郊某养殖场,木栅栏围着人迹罕至的一块山头。

车灯闪烁了三下,有人打着手电跑出来拉开了木门,货车鱼贯而入。

送货的车进去后不久,几辆小车缓缓驶了过来,在门口被人拦下了。

来人摘掉墨镜,露出貌不惊人的一张脸,看着周围满脸凶悍的持枪匪徒也不见怯色,手里拎了个黑色皮箱:"哟,你们就是这么招待贵客的?"

"龙老板?"为首的守卫上下打量了他一眼,龙老板带来的几个人也都虎视眈眈地看着对方。

守卫使了个眼色,一伙人一拥而上从来人手里抢过箱子,把人摁倒在了车上搜身。

其余小喽啰也如法炮制,龙老板带来的人里有不服的,想从身后摸枪,被人一发子弹送上了西天。

检查过后,守卫才将箱子扔给了龙老板,嘴角扬起一丝笑意:"进去吧,顶爷一会儿就来。"

那死去的小弟就躺在自己脚边,龙老板被这阵势吓得早就没了刚刚的那股威风劲儿,白着一张脸,抱着箱子唯唯诺诺地应道:"是……是是是。"

说罢,他就被几个守卫推搡着往里走,栅栏又被关上了。

宋余杭把车开到了指定地点,车子还未熄火就有人催促:"下来,下来,去那边待着,别乱走。"

她跳下了车,乖乖跟着几个持枪喽啰往里走,边走边观察着环境。

这似乎是一个养猪场,空气中弥漫着一股泔水味道,表面看起来简陋的木栅栏,实际上缠了铁丝,每隔三五步就堆着沙袋,坐着几个持枪的彪形大汉。

不远处有一个灯塔,宋余杭目力极佳,一眼就看见上面也有人巡逻,占据了制高点,手里拿着的狙击枪完全可以覆盖整个养殖场,一丁点儿风吹草动都逃不过枪手的眼睛。

第117章 劫数

宋余杭暗自心惊，被人推进了一间木房子，和她一起进来的还有刚刚开别的车的几个人，大家面面相觑。

送他们来的人关上了门，从背上卸下了枪，将子弹上膛。

宋余杭暗道一声不妙，先发制人，跳起来就是一记勾拳，打得那人踉跄后退了两步。

他的同伴见势不妙，匆忙从背上卸下了枪，拉开枪栓。未等他准备好开枪，宋余杭扯着人的衣领子把人一甩，两个人摔倒在了一起。

她背后站着的那个匪徒把漆黑的枪口对准了她，扣下了扳机。

"砰砰——啪"一阵嘹亮的枪响过后，高台上的狙击手把准星对了过去，却见枪声是从那座小屋里发出来的，轻蔑地扯了一下嘴角。

"杀几头猪而已，也值得这么大动静？"

宋余杭把身上的尸体推翻过去，爬起来捡起那杆枪，和她来的那几个人惊魂未定，脸色苍白，哭号着："别……别杀我！我什么都不知道，就是个开车的！"

变故发生得太快了，那人开枪的时候，宋余杭早已警觉，往摔在地上的那两个人背后一躲，顿时血花四溅。

趁着对方愣怔的工夫，她从死者身上摸出一把刀扬手狠狠地甩了过去，正中开枪那人的眉心。

无论是反应速度，还是作战能力，宋余杭动作一气呵成，丝毫不拖泥带水。

她把那几个无辜的人扶了起来："快走，他们要灭口！"

"可是……可是外面那么多人，我们怎么走？"

宋余杭扫了一圈地上这几具尸体，说道："换衣服，从东南方向走，那里守卫的人少些。"

说罢，自己率先去扒刚刚被她射杀的那个男人的外套。

其余几个人互相看了看，也都咬了咬牙，爬过来忙活着。

不多时，木门被打开。

狙击手的瞄准镜里那三个人如常地走了出来，夜黑，狙击手也看不清衣服上有没有血渍。

宋余杭压低了声音道："一直往前走，别回头。"

回头他们就会被当场射杀。

直到一行人走出了狙击手的视野，来到房屋背后，蹲在房檐底下，那股令人头皮发麻的压迫感才消失。

067

宋余杭松一口气，指了指漆黑的夜幕："看见那里的缺口了吗？别站起来，匍匐前进，钻出去你们就安全了，快走吧。"

那两个人感激涕零："谢谢，谢谢。"

说罢，两个人跟她道别后就按照命令爬了过去。

其中一人即将钻出铁丝网的时候回头看了一眼，宋余杭已经消失在夜色里。

他眼中迸发出了一股狠意，拍了拍同伴的肩膀，对方回过头来："快……"

"走"字还没说完，温热的血液自脖颈里喷薄而出，男人收回匕首，在他的衣服上擦干净血迹，把人踹进了草丛里，按下了衣领上的微型麦："报告，有条子混进来了。"

如果宋余杭是个心狠手辣为达目的不择手段的匪徒，那么她此行可能成功，但她是一名人民警察，永远做不到对手无寸铁的平民举起屠刀，也就注定了她今夜有此一劫。

也不知道为什么，外围待命的林厌突然心头一跳，扶住了车门。

"红姐……"刘志想来扶她。

林厌摆手，深呼吸了几下："没事。"

眼看着山路上亮起了车灯，她扬手道："人来了，吩咐弟兄们准备。"

第118章 火海

眼看着悍马在养殖场门口停了下来，刘志就要冲出去，林厌一把把人拽了回来。

"红姐……"他压低了声音疑惑地问道。

林厌背靠在土坡上，手里夹了根烟，轻轻弹了弹烟灰："不急，锦上添花无人记，雪中送炭情谊深啊，你这个时候出去，只会被人当成奸细。"

刘志还是有一丝疑惑："万一陈芳说的是假的呢？"

林厌轻轻吐了口烟圈："那就当咱们看了个热闹。"

两个人言谈间，库巴已经跳下了车。守门的人一见着他，立马把枪背到了背上，恭恭敬敬地拉开了木栅栏："二爷请。"

库巴又上了第一辆悍马，缓缓从门口开了过去。宋余杭低着头和别人一起抬走木栅栏，不经意间瞥了一眼，深色玻璃上映照出了老人半张布满瘢痕的脸，在夜色里显得尤为可怕。

这就是纵横三国边境，以狡诈著称，令人闻风丧胆的大毒枭顶爷吗？

宋余杭心里一惊，对着那辆离去的悍马，抬手状若无意地拂了一下衣扣，记录下了车牌号。

等把人放进来后，她趁着别人不注意，拿起AK跟在了巡逻队的后面。

所幸这帮匪徒都穿着差不多的沙漠迷彩，黑色面巾一直蒙到了鼻子以上，只露出眼睛，不仔细瞧，压根分辨不出差别。

这些人实行军事化管理，还有交接班，各司其职，不少人肩膀宽阔，身材健壮，鼻梁扁平，身上一股凶悍之气，一看就是练家子。

走出不远，一栋平房前坐着几个打着赤膊的人一起玩着色子。

他们不少人身上、脸上都文着稀奇古怪的文身，脚踩在桌椅上，手边放着啤酒，还有那种饮料，饮料下压着美金。

不知道是谁又赌输了，钞票被人一扫而空，输钱的人破口大骂，言语间夹杂着她听不懂的语言，其余几个人扑上去把人踹倒在地，用脚狠狠踢他的脸。

巡逻队长用土话大声呵斥，那几个人才退开来，仍是骂骂咧咧的，往地上啐了口唾沫。

那浓痰就落在宋余杭脚边，她握紧了手里的枪，知道此行最重要的任务不是救这些误入歧途的人，而是将今天的所见所闻、所拍摄到的影像丝毫不落地全部带回去。

将来，这些都会成为呈堂证供。

宋余杭悄悄吐出一口浊气，平复心绪，继续往前走。

把整个营地大致巡视了一圈，她心里差不多有数了，但也暗自心惊。

整个营地差不多有五十人，一个占领了高台的狙击手，并不算顶爷带过来的那些人，其中一半以上是青壮年。

这么庞大的武装规模隐藏在深山密林里，又是谁给他们的权限呢？

能让库巴和顶爷亲自前来的人，一定非同凡响。夜深了，营地里戒备越发森严，弥漫着一股大战在即的紧张气氛。

宋余杭知道，每多磨蹭一分一秒，她从这里安全出去的可能性就越小。但看着眼前井然有序的犯罪团伙、垒成箱的新型毒品、近在咫尺的大毒枭和神秘买家，使命感让她犹豫了。

下次还不知道她有没有这样的机会，也不知道还会不会有人再冒死闯进来。

他们的罪行是否能公之于众，全看她今夜能拿到多少东西了。

宋余杭一咬牙，用现学现卖的土话跟前面的匪徒"叽里咕噜"地说了一大通，大意是自己要去上厕所，随即脱离了队伍。

"顶爷。"

仓库门打开，射进来一束光线，原本坐在汽油桶上歇脚的龙老板也站了起来。

第118章 火海

老人在随从的簇拥下拄着拐杖，缓缓走了进来。他已年过花甲，没留头发，戴了副墨镜，身材不高，甚至有些矮小，但在场的所有人没人敢瞧不起他。

龙老板看着他的光头上瘢痕遍布，犹如蜈蚣，心头一凛，手就开始发抖，使劲咽了咽唾沫，才找回自己的声音："这是五千万订金的支票，我要验货。"

跟着他的几个人把龙老板团团围在了中间，枪早就被人下了，此刻他带来的人都捏着拳头虚张声势，一副虎视眈眈的样子。

库巴扶着顶爷在另一边坐下，老虎持枪警戒着门口，另一个随从从外面拎进来一个鸟笼，放在了顶爷手边。

宋余杭轻轻掀开了房顶上的瓦片。

顶爷从掌心里抬起口粮喂给心爱的宠物，脸上甚至带了一丝笑模样："都放下枪，这是咱们的贵客。来人，拿货给龙老板尝尝。"

被缴了的枪纷纷又扔回了跟前，龙老板的跟班将信将疑地看看顶爷，再看看老板，得到首肯之后这才拿起枪来。

等拿货的间隙，顶爷一直在喂鹦鹉："龙老板的生意做得大，怎么想起来这儿了？这儿的生意可没那么好做。"

见他放松，龙老板这才坐了下来："嗐，哪里经济都不景气，富贵险中求嘛。"

双方来之前就已经互相调查过，就如同龙老板知道顶爷是个杀人不眨眼的大毒枭，顶爷也知道龙老板是本土最大民营企业的法人代表。

顶爷将这批货卖给他，转手他就能以双倍的价格卖出去，这是双赢且一本万利的买卖。

这些是双方在来之前就已经互相知晓的消息。

顶爷见他对答如流并不诧异，拿稻草拨了拨鸟笼食盒里的水，引爱宠过来喝。

"多年前曾和你父亲做了笔生意。"顶爷冷哼了一声，见鹦鹉不喝水，一气之下把稻草也扔进了鸟笼里，"赔了我两千万，他如今可还好？"

龙老板打开了身旁的箱子，里面是整整一摞码放整齐的美金。

"不瞒您说，我父亲十年前就去世了，那次的事我也略有耳闻，是家族里某些个不争气的兄弟做的，人，我已经处理了。这些钱，给顶爷赔罪。"

十年前根本就没有什么生意，顶爷这是在诈他呢，但他若是当众指出顶爷的错误，恐怕今天就不能活着离开这里了。

老人嘴角流露出一丝笑意，拿库巴递过来的帕子擦了擦手："验货吧。"

几个纸箱子陆陆续续地被抬了进来。

宋余杭微眯起眸子，看着顶爷的手下人打开了第一个。龙老板嗤笑了一声，有些不屑："这是什么玩意儿？可乐吗？别闹了，我又不是超市小贩……"

话音刚落，一个身材瘦小的男人走了进来，在库巴的授意下，拿起一瓶饮料，拧开瓶盖，仰头"咕噜咕噜"喝着。

半晌后，那人一抹嘴角，脸色涨红，喘着粗气，有些燥热地扒拉着自己的衣服。

库巴一扬手，两个人高马大的壮汉挥舞着拳头扑了上去，当胸就是狠狠一拳，那人的胸腔肉眼可见地塌陷了下去。

男人踉跄后退几步，却没倒，嘴角溢出了血沫，掰过那壮汉的手腕狠狠一折，提起膝盖撞上了壮汉的腹部。壮汉仓促后退，绊倒了纸箱，摔倒在地。那人欺身而上，眼睛都是红的，恶狠狠地嘶吼着，用牙齿去咬壮汉的喉咙，力气之大让人瞠目结舌。

另一个喽啰从地上捡起了拇指粗的钢筋，朝着男人的脑袋便砸了过去。那人没躲，动作微滞片刻，从头发里冒出来的鲜血顺着钢筋一滴一滴地落到了地上。

龙老板睁大了眼睛看着面前的这一切，以为那人死定了的时候，男人却又"噌"的一下站了起来，脸上都是血，转身嘶吼着跌跌撞撞地往另一个壮汉的方向扑来。

他仿佛有用不完的精力，根本不知道疼痛。

龙老板心里一惊，看着那人压倒了壮汉，扑在壮汉脚边，近在咫尺。龙老板往后一缩，滚下了油桶。

一声枪响划破了长空。

库巴吹了吹枪口的硝烟："抬走。"

那瘫软在地的男人和两个遍体鳞伤的壮汉被抬了出去，地上的血迹很快就被清扫一空，仿佛大家只是做了场噩梦，醒来一切杳无踪迹。

龙老板咽了咽口水，被人从地上扶了起来。老人哈哈大笑着，笑容中有一丝癫狂和得意。

"看见了吗？这就是'醉梦1号'，能让人极度兴奋、癫狂、不知疲倦，永远保持旺盛的精力和攻击欲……"他意味深长地说道，"对那些有钱的大老板来说再适合不过了。"

宋余杭胸腔上下起伏着，因为心绪翻涌，指甲无意识地抠着瓦片上的尘土。

她紧紧咬着牙，几乎快克制不住自己想要冲进去干掉他们的冲动，直到舌尖尝到了一丝血腥味。

她的喉结上下滚动着，闭了闭眼睛，才把那阵难以按捺的躁动情绪压回去。

第118章 火海

五分钟前，养殖场外的草丛里，一行人悄无声息地摸了过来。

无线电频道里传来指挥官冷静而有条不紊的声音："包围整个厂区，枪声一响，冲进去活捉顶爷。"

"是，一组就位。"

"二组就位。"

"三组就位。"

"四组就位。"

"制高点已占领。"

高塔上一个黑影悄无声息地绕到狙击手的视野盲区爬了上去，拍了拍狙击手的肩。匪徒回过头来正要开枪，被人一手刀劈晕了，嘴里塞着抹布，拿手铐铐在了栏杆上。

龙老板咽了两次唾沫，先是眼神惊惧地看着面前发生的一切，听顶爷说完后，再次咽了咽口水，眼中全都是兴奋的光了，仿佛看见了大把钞票堆在眼前，几乎有些迫不及待了。

"这是五千万，拿走吧，后续的货，什么时候能给我？"

一个随从把皮箱拿了过去，库巴给顶爷打开一看，果然，支票是支票，现金是现金，一股钞票特有的味道扑面而来。

顶爷很满意，拿起一摞钞票，指头蘸了点口水数着钱，把一沓美金扔进了箱子里。

库巴合上皮箱，站在了他的身侧。

"龙老板很讲诚信，我们也是一样的，剩下的货七天后会在……"他话音未落，仓库外响起了脚步声。

宋余杭瞳孔一缩，看见有人跑过来凑到老虎耳边说了句什么。

老虎取下了背上的AK，将子弹上了膛，抬脚踹开了仓库的大门。

不好！可能自己被发现了！

宋余杭脑中警铃大作，一骨碌从房顶上爬起来往下跑去。

听见屋顶上传来瓦片碎裂的声音，库巴反应迅速，抄起旁边同伴的冲锋枪冲着天花板就是一阵扫射。

宋余杭纵身一跃，刚刚站立的地方被子弹击穿，瓦片纷飞。

她还未来得及缓过劲来，已经腐朽的房梁不堪重负，发出了"嘎吱"的脆响，在又一轮枪林弹雨的洗礼下终于四分五裂。

她只来得及抓住一块瓦片，就灰头土脸地重重跌了下去。在失重下坠的过程中，有人拿枪瞄准了她，宋余杭一只手抄起背后之前捡来的AK在漫天灰尘里睁开了眼，用腰腹做支撑，飞快地扣下扳机就是一连串扫射。

库巴扶起顶爷往旁边躲去，用手护着顶爷的头滚在了地上。

几个小喽啰中弹倒地，宋余杭跌进了油桶堆里，光顾着射击，没来得及做任何保护动作，背部着地，疼得她眼前一黑。

几个空油桶滚了下来，宋余杭往旁边一躲，子弹打在了油桶上，顿时火星四溅。

她爬起来朝着出口的方向没命狂奔。

不知道是谁开了第一枪的外围警方人员面面相觑，枪声为号，已有人冲了出去。

木栅栏背后的匪徒回过身来冲着扑上来的特警抬手就是一梭子弹，鲜血溅在了草丛上，特警倒地，手里的枪掉在了地上，嘴角溢出了血沫，死不瞑目。

这一声枪响仿佛打开了一个开关，从平房里、屋顶上、沙袋背后跳出了更多的匪徒，一切都乱了套。

林厌"噌"的一下从草窝里弹了起来，一看表，时间还未到，这究竟是怎么回事？

听着不远处的枪声，看着明明暗暗的火光交织在一起，她咬了咬牙，挥手道："上！"

再远一点，对面山坡上稍微平缓一点的地方停着几辆警方的指挥车。

冯建国从别人手里拿过望远镜，观察着战况。

有几个特警押着被五花大绑的人快步走了过来。

"冯局，我们在养殖场背后的树林里发现了他，被人打晕了。"

被绑的人"嗯嗯啊啊"着，不住点着头，示意他放了自己。

冯建国一看他的脸，浑身的冷汗就下来了。

这人出现在这里，那养殖场里面的那个内应又是谁？！

"杀了她！"有人用多国语言"叽里呱啦"地大吼，随即宋余杭就被几个喽啰拦住了去路，二话不说就开了枪。

宋余杭侧身往地上一滚，子弹打在了水泥地上，几乎贴着她的身体飞过。

她躲到了油桶背后，喘着粗气，盘算着该怎么脱身，手指摸到这油桶上有一层油腻腻的油脂，并不完全是空桶，计上心头。

又是一队人马包抄过来，宋余杭捡起枪苦战，孤身一人周旋在穷凶极恶的匪徒之间，余光瞥见库巴扶起了顶爷正欲脱身而出，也不知道哪里来的热血，提气大吼了一声，站起来拿着枪开始扫射："别走，把命留下来！"

库巴把顶爷一把推给了老虎："带顶爷先走！"

说罢，库巴回身，枪口喷出了火舌，一梭子子弹"砰砰啪啪"地射向了她。

宋余杭穿梭在枪林弹雨里，身上也不知道哪里挂了彩，染得迷彩服尽湿，但她完全感觉不到疼痛，又纵身一跃，躲进了油桶背后，随之而来的子弹打穿了油桶，原油流淌在地面上。

脚步声纷乱地朝她靠近，宋余杭背靠着油桶坐着，把打空了子弹的枪扔在地上，从裤兜里掏出打火机，"啪"的一下按亮，在心底默数：1、2、3……

库巴抄着枪往她躲藏的方向跑来，脚底下踩着湿滑的液体，整个仓库里弥漫着一股刺鼻的原油气味。

他忽然觉得有一丝不对劲，停下了脚步，招呼同伴："快回来！"

来不及了。

宋余杭默念，扬手狠狠把打火机甩了出去，瞳孔里映出了火光，金色光芒染上了她的眉眼。

在被爆炸产生的巨浪掀翻的瞬间，宋余杭心里想的是：自己还不能死，证据还没有被送出去，要死她也得死在把证据交给警方之后。

她得让这罪恶的一切公之于众，还有那场七天后的交易，酝酿着阴谋、权力、金钱、欲望的交易……

林厌、初南还没有沉冤得雪，她还……不能死。

一切还远远没有结束。

宋余杭拼尽全身最后一丝力气，在火舌袭来的时候，翻身躲进了一个空铁桶里，任凭火海吞没了一切。

"顶爷，没事吧？！"林厌带着人赶到的时候，战斗已经告一段落了。

满地尸体，大部分穿着沙漠迷彩服，死伤惨重，警方已暂时撤退。

刘志从死人堆里扒拉出了老虎和顶爷。

老虎吐掉嘴里的沙子，爬起来就用枪指着他的脑袋，破口大骂："你们怎么来得这么快？！"

"我们要是不来，驰骋东南亚、打遍天下无敌手的虎哥，今夜可就要死在这里了。"

林厌从尸山血海里穿行而来,一袭黑色紧身皮衣包裹住了玲珑有致的身材,及肩黑发扎成了干练的马尾,整个人有一种凛冽又危险的美感。

她手里捏着一把小巧的手枪,子弹是上了膛的,对准老虎扣下了扳机,死的却是他旁边一个想要爬起来对顶爷不利的小警察。

火光熄灭,宋余杭逃过一劫,浑浑噩噩之间爬到了仓库门口,恍惚之间听见一声枪响。

她仓促地抬眸看去,却见熟悉的人冷血又无情地冲着自己昔日的同伴轻轻扣下了扳机,同伴的尸体被人弃若敝屣一般踹进了草丛里。

"不要……"她眼角滑下泪珠,手指徒劳无力地抠着地上的泥土,微弱的哭喊声湮灭在枪声里。

林厌听见动静转身:"还有活口。"

说罢,她走过去拽起宋余杭的头发迎上宋余杭的脸,猛地一震,脸色惨白。

怎会是她?

宋余杭整个人灰头土脸的,满脸血污,因为爆炸发生的时候钻进铁桶里勉强逃过一劫,可是手脚也被仓库里瞬间腾起的高温灼烧得血肉模糊,没有人样了。

即使她狼狈不堪,那双眼睛却还是明亮的,含着眼泪,里面是刻骨的恨意。

宋余杭咬牙切齿,恨不得生啖她的肉,饮她的血:"你……你杀了他……我……我杀了你!"

话音刚落,就被人一枪托砸在太阳穴上,宋余杭被打得偏过头去,耳膜"嗡嗡"响,吐出了一口血沫。

老虎将手里的枪的子弹上了膛,对准了宋余杭的脑袋,恨恨地咬牙:"就是她,突然闯进来,孤身一人杀了我们二十多个好手,就连二爷也……"没能出来。

宋余杭缓缓闭上了眼睛。

林厌一把握住了老虎的枪口:"慢着。"

宋余杭错愕地抬眸看向林厌,嘴唇上下翕动着,却见她又森冷地笑了。

她的手似一尾毒蛇,抚上了宋余杭的脸颊,然后轻轻地捏起宋余杭的下巴,迫使其抬头看着自己,嫣然笑了:"她叫宋余杭,江城市刑侦支队前任队长,本事大着呢,干掉你们二十多个人一点都不奇怪。即使她死在这里,条子也会回来找尸体,今天的事一旦曝光出去,恐怕……"

林厌阴冷的目光落到了宋余杭衣领纽扣上的微型摄像头上。

今天无论是老虎、库巴,还是顶爷,都露脸了,一旦录像传播出去,他们的通缉照会散播得全球都是，警方势必会联合多国军方一起发动围剿，到时候他们插翅也难逃。

老虎想通了其中关节，后背被冷汗湿透了："你是说她身上有东西？"

林厌点头，拿枪拍打着宋余杭的脸："没错，要死也得问出东西在哪里再让她死。"

第119章 拷打

"说，东西藏哪儿了？！"林厌拽着宋余杭的衣领恶狠狠地咆哮道。

宋余杭被她晃得七荤八素，轻轻扯起嘴角笑了，眼睛亮若繁星："你过来，我……我告诉你。"

林厌俯下身去的时候，就被人"呸"地一口血痰吐在了脸上。

她微微偏过头去，闭上了眼睛，嘴唇哆嗦着，难掩内心的悲痛，但这样的表情仅仅出现一瞬。顶爷、老虎、刘志都看着，她不能心软，心软会害死她和宋余杭。

林厌抬手，狠狠一巴掌甩了过去："给我打！"

几个人一拥而上，冲着宋余杭就拳打脚踢。

林厌不忍再看，起身走向了顶爷："顶爷，没事吧？我们来晚了。"

顶爷毕竟年纪大了，从火场废墟里被扒拉出来坐在旁边缓了好一会儿，仍有些气喘吁吁，此刻微眯起眸子打量着她，眼里有一种病弱的雄狮在看猎物的光，仿佛只要她有任何不轨的举动，他仍然能跳起来拧断她的脖子。

林厌泰然自若，任他看着，头皮发麻，尤其是他摘了墨镜后的那张脸，从头上到脸上遍布瘢痕，眼睛里白翳过多，鼻梁塌陷，脖子上的皮肤都有被火烧伤过后留下的伤疤，简直是面目全非。

面前的这人，是彻头彻尾的恶魔。

林厌深知要想和恶魔打交道，自己也得变成恶魔。

顶爷看着面前这个年轻女人眼里渗出的奸诈狡猾的光，也不知想起了些什么，竟然微微勾了一下嘴角：“怎么找到这儿来的？”

"手底下有个叫陈芳的女人，王哥的情妇，也和别的……"林厌顿了一下，"男"字险些脱口而出，随即不着痕迹地接上，"人不清不楚，那人正是顶爷营地里的，下午我们兄弟几个看见她从陈芳那儿出来后，就去见了便衣警察。

"兄弟们觉得不对劲，回来告诉我，我就带着人跟了过来，没想到误打误撞遇到顶爷也在这儿。"

这故事编得可谓是精彩至极且滴水不漏，无论是时间、人物、宋余杭身上的衣服都对得上，至于那位真正的内应现在是被抓了还是死在混战里了，没人知道。

顶爷笑了一下："不错。"

不知道为什么，林厌总有一种他在透过自己看别人的感觉，也正是这样的感觉，本能地让她觉得危险，一刻也不敢放松警惕："能得到顶爷的夸赞，锦红求之不得，以后还望顶爷多多关照才是。"

一句话她表了忠心又道了野心，是个聪明人。

顶爷微眯起眸子，撑着拐杖站了起来。林厌扶了他一把，就听见刘志来报。

"红姐，那人还是不肯招，再打下去，恐怕……"

林厌往那边瞥了一眼，宋余杭遍体鳞伤地跪在地上，老虎一胳膊肘砸在她的脑袋上，宋余杭体力不支，软倒在地，从口鼻里渗出了鲜血，不住咳嗽着。

那个瞬间，林厌无比想扑上去撕碎老虎的咽喉，可是她不能。

林厌走过去，用军靴踩着宋余杭的脸："说啊，废物，当警察一个月能有多少钱？三千不到吧？只要你把你身上的东西交出来，别说三千，老娘可以让你下半辈子衣食无忧。"

宋余杭弯起嘴角笑了，虚弱地抬起手指扒上林厌的脚，血污蹭在了她的裤腿上。

宋余杭一字一顿地说道："我就是死……也不会告诉你。"

老虎揩了一下鼻子，活动着筋骨："老子上过那么多女人，还没有尝过警察是什么滋味，让我来。"

林厌蓦地咬紧了牙关，脚还踩着宋余杭的脑袋，身子未动。

老虎不耐烦了，伸手欲把林厌扒拉开。

顶爷盯着宋余杭的脸，出声了："没用，对付这种人，这种方法只会逼她自尽，问不出什么东西来。"

他拄着拐杖一瘸一拐地走过来，看了林厌一眼："你刚才说，她叫什么名字？"

宋余杭带人去过欢歌夜总会的消息瞒不过这些人。

林厌松开脚："她叫宋余杭，带人砸过我的场子。"

"姓宋啊。"老人眼底似有一抹怀念之色，他悠悠地说道，"我有个朋友也姓宋，死了很多年了。"

宋余杭蓦地抬眸咬牙，眼里渗出了刻骨的恨意，从齿缝间发出了愤怒的嘶吼。

林厌一脚踹在她的肩膀上："叫什么叫？给老子闭嘴！"

顶爷笑了："搜身吧，搜不到就杀了，把尸体抛下山崖去喂狗，咱们不能在这里耽误时间。"

几个人扯着宋余杭的头发把人拽了起来往后推，老虎活动着手腕，捏得拳头"嘎嘣"作响。

"嘿嘿，没想到条子也有这一天啊，让我来。"

他话音刚落，林厌手里的枪抵上了他的太阳穴，她冷声道："我和她有仇，我来。"

宋余杭被人绑了两只手，高高吊在门板上，勾起嘴角笑了："谁来都一样，我是不会说的，快点吧，给个痛快，大家都省时省力。"

林厌回转身，一耳光就扇了过去，直把人打得偏过头去，当场吐出了一口血沫。

"废物，给老娘闭嘴，想死没那么容易。"

老虎还欲动作，林厌带来的人持枪虎视眈眈地看着他。他咽了咽口水，嘴里骂骂咧咧地退了下来。

"鞭子。"林厌伸手，刘志给她递上了一条拇指粗的漆黑皮鞭。

她二话不说，径直抬手抽了过去。

听见那边宋余杭压抑的痛哼，老虎也心有戚戚焉：这个女人还怪狠的。

又是一皮鞭抽在了宋余杭的肩膀上，顿时皮开肉绽。

林厌揪住宋余杭的衣领，怒吼道："说，东西在哪儿？！"

宋余杭偏过头去，因为疼痛而微微抽着气："你……休想，你最好弄死我，日后我要是还活着……必将加倍奉还。"

林厌捏紧皮鞭，随即狠狠一鞭子抽了过去，打在宋余杭的脸上，她的眼角迅速红肿了起来。

自己再这么打下去，宋余杭真的会死的。

林厌咬紧了牙关，拽着宋余杭的衣领压低了声音吼："活着不好吗？为什么非要寻死？！"

第119章 拷打

这话一出，垂着脑袋的宋余杭倏地抬起了头，目光紧紧锁定林厌的眼神。

林厌被这目光震了一下，跟跄着往后退了一步。夜间山头的风大起来，两个人无声地对视着。

宋余杭看看她，再看看她身后忙碌的犯罪团伙，顶爷、老虎、刘志……

她弯起唇笑了一下，不再是那种冷漠、嘲讽、不屑一顾的笑容，而是仿佛回到了初见那一天，她平淡地伸出手来，脸上浮起的轻柔又温和的笑容。

那一天，她说的是："你好，我叫宋余杭。"

现在，她说的是："快……走……大部队马上就到……杀了我，你才能脱身，走！"

林厌浑身一震，难以置信般看着她。

就在这时，身后传来小喽啰的呼声："顶爷，找到二爷了，还活着！"

库巴被人七手八脚地从废墟里扒拉了出来，远处山间已经隐隐传来了警笛声。

林厌捏着鞭子迟迟没有动手，眼里有一丝水光一闪而过。老虎走上前来，一脚把人踹翻了过去，也许是动静太大了，粘在衣服夹层里的微型摄像头终于脱落，从下摆里掉了出来。

宋余杭瞳孔一缩，林厌已率先将摄像头捡起来举到她眼前："这是什么东西，还说没有？！"

电光石火之间，谁也没想到宋余杭被反绑着双手吊起来还有一搏之力，她猛地倾身，带动绳子"咯吱"作响。

等林厌回过神来的时候，手指猛地一痛，已被宋余杭咬住了。

不愧是宋余杭，两个人比起狠来，谁也不逊色。

舌头从林厌的指间卷走了摄像头，宋余杭还毫不留情地狠狠报复了林厌一下。

林厌吃痛，轻"嘶"了一声，飞快撒了手。

"红姐，没事吧？！"

她的指尖拿出来的时候已经鲜血淋漓了。

宋余杭喉头微动，当着他们的面，把那枚摄像头吞了下去。

她得意地勾起嘴角，看着他们铁青的脸色，也就真的笑出了声："哈哈哈……想要吗？杀了我呀！再剖个尸，你们有这个时间吗？"

"妈的！老子把你射成筛子看你还能不能嘴硬！"老虎心头火起，抄起背后的AK，将子弹上膛，冲着她扣下了扳机。

然而比他更快一步的是林厌手里的手枪，一阵枪响过后，枪口冒出了青烟。

那一枪正中宋余杭的心口，一枪毙命，宋余杭的脑袋垂落了下来，血迹迅速在衣服上扩散开来，她脸色苍白如纸，已没气了。

顶爷似是也没想到林厌会直接枪杀刑侦队长，警方的重要人物，略微挑了一下眉头。

林厌冷着脸，把枪别回枪套里："我说了，我和她有仇，她的命只能我来拿。"

厂区门口已经隐约传来零星的枪声，刘志手下的兄弟跌跌撞撞地跑了过来："顶爷、红姐，快走，我们被包围了！"

老虎回过神来迅速扶起了顶爷，其余几个人把库巴驮了起来，林厌跟着刘志在前面带路，一行人踩着草丛深一脚浅一脚地往深山密林里跑去。

直到最后，林厌也没回一下头。

他们跑出去不远，枪声逐渐消停了，山路上传来了车声，并没有什么大部队，只是两辆小警车，来的全是市局刑侦支队的主力。

段城率先拉开车门，拎着医药箱跑了出去，方辛、郑成睿紧随其后。

冯建国从另一辆车上下来，到底体力不及几个年轻人，挺着啤酒肚，跑得上气不接下气。

草丛里被林厌"打死"的小警察爬了起来，脱掉身上的防弹衣，揉了揉被打疼的地方，龇牙咧嘴的，是薛锐。

"冯局。"

"冯局。"

"冯局。"

…………

几个"尸体"纷纷从地上爬了起来，有几个起不来是因为被子弹擦破了皮，受了点轻伤。

方辛赶紧过去扶着伤员往外走。

"宋队，宋队，醒醒。"段城在仓库门上找到了宋余杭，拍了拍她的脸。宋余杭垂着脑袋，昏迷不醒。

他试探了一下鼻息，还有气，从医药箱里取了一支针剂，替她消毒好，轻轻从胳膊上将药剂注射了进去。

宋余杭吃痛闷哼，睁开眼就咳出了一大口淤血，脸色惨白，虽然没生命危险，但也伤得不轻。

"东西呢？"冯建国走过去问她。

宋余杭有气无力地示意他们把她放下来，薛锐拿刀割断了捆在她手上的绳子。

宋余杭得到自由，体力不支地跪倒在地，指了指自己的喉咙："没办法，吞下去了。"

众人面面相觑，都一脸便秘了的表情。

段城狞笑着把拳头掰得"嘎嘣"作响："让我来。"

几个人默默站起身转过脸去，宋余杭一阵头皮发麻："等一下……"

话音未落，段城已一拳砸在了她的胃部上。本来她就一天没吃什么东西，又激烈战斗上蹿下跳的，再加上受了伤难受，被这一拳砸得弯下腰去，胃里一阵翻江倒海："哕……"

段城戴上手套把那枚微型摄像头捡起来拿矿泉水冲洗干净，装进了证物袋里。宋余杭指着他的鼻子，半天才憋出一句完整的话："算……算你狠！跟……跟谁学的你？！"

那还能是跟谁学的？他自然是跟技侦科某大名鼎鼎的前任主检法医学的了。

方辛忍不住"扑哧"一声笑了出来，过来扶起她："走吧，宋队，我们送你去医院。"

"等一下。"宋余杭脚步一顿，从里衣里扯出一块钢板扔在地上，钢板巴掌大小，上面还有子弹打出来的白痕。

至于那血，纯粹是她早就藏在衣服里的猪血包。她在来之前就已经做好了鱼死网破的准备，也做了万一能侥幸活下来的准备。

在她的设想里，今天不死也得脱一层皮，没想到还能清醒着见到同伴。

即使没有那块早就藏好的钢板，裴锦红，不，应该说是林厌了，那一枪也不会直接击穿她的心脏要她的命。

林厌的枪口往下偏了三寸，子弹会以一个非常巧妙的角度卡在肋骨之间。

只要被及时送医，她还有活命的机会。

林厌给了她生的希望，却将死亡留给了自己，这一去必是山高水远，如履薄冰。

等待其他同事打扫战场的工夫，宋余杭并未急着去医院，而是问段城要了根烟，蹲在山崖边抽着。

老局长走到她身边，递给她一包烟："你是不是想问，我为什么要让她去做这些？"

宋余杭摇头，没接那包烟，抽着手里五块钱一包的劣质烟，吐了口烟圈，眼神悠远："这个问题不重要，其实换成是我，我也会去的。"

年轻的刑侦队长站了起来，一手插兜，看着眼前升起的朝阳，万里河山，波澜壮阔。

段城和薛锐扶着其他受伤的同事往车上走时，有一搭没一搭地聊着天。

"不是说绝密任务吗？刚刚我躺在地上听着，你们在门口的枪声还怪密集的，我还以为是大部队来了呢。"

"嘁，哪有什么大部队？炮仗罢了。"段城从腰后摸出一串鞭炮，嘿嘿笑了起来，"过年剩下的，没放完。"

薛锐："……"

两个人言谈间，山路上车灯大亮，尖锐的鸣笛声响了起来，大部队真的到了。

宋余杭扔了烟，软绵绵地倒了下去。

这次她是真晕，不是假晕。

第120章 钉子

"宋队，宋队！"恍惚之间是谁在耳边呼喊着她的名字，宋余杭已逐渐听不真切。

"有警员受伤！担架！担架！"几个医护人员跑了过来，把她抬上救护车，往她的嘴里塞着管子，在她身上做着胸外按压。

救护车闪灯鸣笛地一路疾驰而去。

市禁毒支队的人也到了，帮忙打扫战场，把还活着已经丧失抵抗能力的匪徒们押上了警车。

至此，潜藏的武装势力已被清剿干净。

冯建国甫一回到市局，省厅的电话就打了过来，不多时，市委重要领导们齐聚一堂，开会研讨下一步的行动方案。

市中心医院，一张张病危通知书从手术室里传了出来，要不是季景行死死扶着宋妈妈，宋妈妈几乎快瘫软在地。

终于，手术室的灯灭了。

医生摘下口罩走了出来，面色严峻地说道："全身多器官衰竭，并发大面积感染，送ICU吧。"

这就意味着宋余杭有很长一段时间不能下地走路了，但好在还留了一条命。

宋妈妈喜极而泣，和季景行一起扶着轮床往重症监护室走去。

方辛、段城几个人都跟在身边，等把人送进去之后，郑成睿拍了拍好友的肩膀。

"我去一下洗手间，你们走的时候叫我。"

段城正蹲在地上安慰宋妈妈，回过头来小声嘀咕道："快去快回，一会儿还得回局里开会呢。"

方辛看了一眼郑成睿离去的方向，他整个人消失在了走廊尽头，并无异常。

"喂？"男人从兜里取出另一张卡，插进手机里，拨通了电话，"她还没死，不过伤得很重。"

对面的人略微停顿了一下，语气里有些咬牙切齿的意味在："命还真大。"

"这样不是很好吗？不会再有人误事了。"

电话那头的男人懂他的意思："你心软了？事已至此，开弓再无回头箭。"

男人沉默。

电话那头的男人接着道："杀了她，你我大仇得报。"

洗手间外面的盥洗台处传来了冲水声，有人进来了。男人挂断电话，把手机卡拔出来扔进了马桶里，一阵"哗啦啦"的水声过后，他走了出去。

江城市公安局，作战会议室。

"综上所述……"薛锐还未说完，就被突如其来的敲门声打断了，一伙身穿制服的高级警官簇拥着为首一位中年人走了进来。

中年人肩膀上也缀了银色橄榄枝，警衔竟和冯建国不相上下。

这阵势怎么这么像逮捕犯罪嫌疑人呢？薛锐往后退了一步。

那伙人把门关上，为首的警官走到了台前，面色严肃地沉声道："滨海省公安厅禁毒局副局长胡森吉，接省公安厅上级领导命令，就昨夜发生的武装冲突成立'7·15'专案组，全面接手负责市局的一切缉毒、禁毒工作。"

底下不仅坐着市刑侦支队的人，还有禁毒支队的领导，此刻都面面相觑。

啥意思？他们都被排除在这个案子之外了？

更重要的是，成立专案组这么大的事，上面的领导事先并没有跟市局的二位主要领导透露过风声。

冯建国沉得住气，反倒是那位副局长坐不住了："什么意思？这是我们辖区的案子，也该由市局和省厅联合办案才是。"

第120章 钉子

那位胡局长冷哼了一声:"你们辖区内出了这么大的事,不追究责任全部都是看在功过相抵的分儿上。"

这话说得有些重了,副局长拍案而起:"你……"

老狐狸冯建国站了起来,仍是笑眯眯的,挺着啤酒肚满脸和善地说:"哎哟,你看,昨晚才出的事,不到四个小时胡局长就过来了,一路舟车劳顿,辛苦,实在是辛苦了。

"先坐,坐。小薛,给倒杯茶,正好,我们也在说这个案子,也想听听省上各位领导的意见。"

在座的人都是人精,岂能听不出冯建国在指桑骂槐?

至于后面那话则纯粹是在客套。

胡森吉拉了拉领带,只得咽下这口恶气,在冯建国旁边的空位上坐了下来。

他一坐下,冯建国就开始了,两手交握,目光祥和地看着他说道:"前些年去省厅开会的时候还见过胡局,那时候胡局还跟在赵厅后面负责部分禁毒工作,如今依旧是风采照人哪,不似我,已经半截身子入土咯。"

胡森吉比他小几岁,刚升副局长不久,冯建国这是在摆前辈的谱了。

胡森吉差点吐出一口老血来,心里暗骂:老狐狸,成精了。

"咯……"胡森吉手抵着唇轻咳了一声,"说案情吧,等案子结了再陪您叙旧也不迟。"

冯建国扬手:"小薛,继续。"

敌不动,我不动。

局长不动,属下自然也不敢动。

薛锐又硬着头皮站上了讲台:"昨夜我们捣毁了一处武装势力老巢,缴获了大量新型毒品,抓捕犯罪分子数十名,扣押涉案车辆五辆,另有二十一人死于和警方交火之中……"

当着这么多人的面发言,他其实是有点紧张的,毕竟刚上任不久。但想起昨夜发生的一切,以及台下冯建国暗含希冀的目光,薛锐深吸一口气,逐渐侃侃而谈起来。

在他跟市局、省厅各位领导做汇报的同时,数辆警车开出了市局大门,风驰电掣地掠过街道,径直开到了欢歌夜总会门口。

车门拉开,荷枪实弹的刑警跳下车直接破门而入,从里面抓出了数位涉案人员,有穿着侍者衣服的员工,有西装革履的社会精英,还有部分浓妆艳抹、衣着暴露的女人，通通戴着手铐排着队被押上了警车。

欢歌夜总会金碧辉煌的大门被贴上了封条，正式关门。

围观群众指指点点。

"这咋啦？开得好好的怎么突然就被查封啦？"

"嘻，肯定是犯了事呗，看这动静，还是大事。"

"关得好，关得妙，早就听说这里做的不是什么正经生意了。"

"嘘，小点声，能开在这里的夜总会，开了这么长时间，说不定背后……"

流言如风一般散播开来。

市局审讯室里，针对活下来的匪徒的紧急审讯也在紧锣密鼓地进行着。

走廊里往来人员俱脸色严肃，脚步匆匆。

薛锐把大致案情讲完后，整个作战会议室里鸦雀无声。

尽管胡森吉来之前也有所耳闻，但当看见那些画面的时候，还是咽了咽口水。

宋余杭冒死带回来的录像，成了揭露犯罪事实最直接的证据，也就是这份证据使得整个江城市乃至滨海省的公安警力全部动员了起来。

冯建国不仅将这份证据抄送给了省厅，当然还有别人，只是他现在还不能说。

老狐狸摩挲着手里的钢笔："经过调查得知，毒贩七天后会和神秘买家进行一笔价值两亿的交易，大毒枭顶爷亦会参与。"

他话音刚落，胡森吉就猛地拍了一下桌子："到时候正是我们将他们一网打尽的最佳时机！就由我全权负责现场指挥……"

冯建国开口打断了他的话："胡局也看到了，毒贩组织严密，又有重火力，人数众多，单凭特、刑以及缉毒队的警力恐怕还是不够。"

"我会向上级申请调派武警作战部队参与战斗。"

老狐狸面色波澜不惊地说道："手续繁杂，恐怕一时半会儿无法办妥。"

"你……"胡森吉被噎了一下。

未等他再开口，一道沉稳的声音插了进来："事急从权，这个责任我来负。"

众人纷纷起立："赵厅。"

老人面上有岁月刻出来的风霜痕迹，须发皆白，领带却打得一丝不苟，内里是雪白的高级制式衬衫，藏蓝色的警服上一丁点儿灰尘也无，肩章上缀着一枚银色橄榄枝绕了半周的国徽，由省厅几个高级警官簇拥着走了进来，径直走到了主位边上。

冯建国微微低头让开了位置。

老人坐下去，双手交握，抿紧了唇，看着这一屋子人，郑重宣布："从现在起，'7·15'案已由省厅直属，其余各兄弟单位全力以赴协助省禁毒局破案，务必一举击溃犯罪团伙，还我边境平安！"

犯罪团伙一行人经过了一天一夜的逃亡，高速公路、机场、火车站、客运站都设了卡，但谁也没有想到，他们还在江城市内。

这就是所谓的最危险的地方，也是最安全的。

顶爷一行人来到了滨海码头附近，有人接到了他们，藏进了渔村里。

林厌没想到就连码头附近都有顶爷的内应，暗自心惊，却也悄悄记下了地形。

等人一安全，老虎他们就把枪口对准了她。

刘志率先将子弹上膛，和林厌带来的兄弟们一起叫嚣起来。

"干什么？！干什么？！"

"放下枪！"

"你们先放！"

双方僵持不下，林厌坐在废弃工地毛坯房的一角，顶爷坐在另一边打量着她。

她的嘴角轻轻扬起了一抹笑："顶爷这是做什么？"

"没做什么，就是觉得你们来得也太快了。"顶爷摆了一下手，老虎退了一步，却仍端着枪。

"带上来。"林厌早有准备，逃亡的时候还不忘拖上陈芳。

女人如同破麻袋一样被扔在了地上。

划亮火柴，刘志给林厌点了一根烟，火光跃动，她的脸上只有狠厉之色："你自己说，都做了些什么？"

"是是是……我说……红姐……红姐不要杀我！我愿为你们当牛做马，当牛做马啊！"

陈芳跪在地上泪流满面地不住磕着头，磕得"砰砰"作响，一边磕一边痛哭流涕，一五一十地把和那个警方卧底的相识过程全部抖搂了出来。

林厌一边听一边抽烟，淡然自若，仿佛并不关心陈芳究说了些什么，是否对她有利。

她整个人坐在一边，浑身上下竟然散发出了一种足以和顶爷相抗衡的气场。

在这些老油条面前，撒谎轻而易举就会被识破，但说真话不会。

陈芳确实和那名警方卧底认识，但不知道他的真实身份，只以为他和王强一样都是为顶爷做事的人。为了钱财名利甚至是毒品，她把自己奉献了出去。

这种肉体关系保持了相当长一段时间，她一字不落地说了。

当然，前提是，她想活命。

王强死后，林厌暗地里找过她，把他死时的录像扔在了她面前反复播放，甚至带她去看了焚尸的现场，按着她的头把人摁进了雨水里。

她至今还记得那种腥臭泥泞的味道，一阵不寒而栗，更不敢抬头看林厌了。

不过最后也是林厌扶起了她，捧着她的脸，望进她的瞳孔里，一字一顿地说："想活吗？想要自由吗？如果你想，听我的，事情结束，我送你出江城，别再回来了。"

这些就是陈芳知道的全部事实，她不知道的是，她认识的那名卧底最后机缘巧合下被宋余杭制服了，而宋余杭乔装后混了进去。

在座的这些人都是见过宋余杭的，她那张脸想叫人不记住都难。

因此在说到卧底的外貌特征时，陈芳顿了一下，抬眸小心翼翼地看了林厌一眼。

林厌心里"咯噔"一下，完了，陈芳不知道怎么说了，时间也不允许她们串供，最重要的是，陈芳不应该看自己。

林厌心里盘算着，余光已经瞥到顶爷在观察自己，手悄悄摸上了手枪，准备实在不行避开要害开枪先把人打晕再说。可陈芳只是个身体孱弱的普通女人，未必能死里逃生。

就在她犹豫的工夫，刘志已一脚踹在了陈芳的肩膀上，把人踢翻在地，义愤填膺地说："不要脸的女人！破坏红姐和王哥的感情，还和条子勾搭在一起，险些坏了大事！"

紧绷的气氛随之瓦解，林厌将手从枪套上松开来，轻轻弹了弹烟灰："情况就是这样，顶爷还有什么要问的吗？"

"我不信，顶爷，这女人诡计多端，上次弄走我们一批货也是。她肯定是有什么私心才来救咱们的！"

顶爷还没开口，老虎已抢着说话。

"私心？"林厌扯起嘴角嗤笑了一声，换了一边跷着二郎腿，"我确实有。"

"你……"老虎气愤，没等他上前一步，刘志的枪已顶上了他的额头。

"做久了万年老二，我也想尝尝做大哥的滋味儿。顶爷，我想您应该能明白我的。"

林厌说着，夹着烟指了指老虎："就这个狗东西，在夜总会里吆五喝六，欺负我手下的兄弟，有时候连我也不放在眼里，上次还欺辱了一个歌女，人就死在包间里。打狗也要看主人。"

林厌说的确实是事实，老虎涨红了脸，也不顾枪就顶在自己的脑门上，破口大骂："我呸！你算什么东西？老子不光杀了你手底下的人，还想看看你被压在我身下喘不上气来一个劲儿求爷放过你的模样……"

他话音未落，一声枪响划破了寂静。

老虎感觉裤裆空荡荡的，一阵凉意袭来，低头一看，浑身冷汗都下来了。

林厌吹走枪口的硝烟："嘴巴放干净一点，我劝你认清楚现在是什么境况。"

那颗子弹打在他的皮带扣上，弹开了弹簧，金属部分崩落在地。

屋里没开灯，这么近的距离下，环境黑暗，她要想百分百打中皮带扣也是不容易的，但凡偏一寸，子弹射进腹部，他现在也就不会站着大放厥词了。

老虎咽了咽口水，腿开始发抖，脸色青一阵白一阵的，飞快地提起裤子，却不敢再大声骂骂咧咧。

刘志这才收了枪，又站回林厌背后。

老虎哪次来不是颐指气使的？此刻林厌带来的人也是欢歌夜总会的员工，脸上都有些怒色，尤其是听了他的这番话后。

但也许是林厌治下极严，众人愤怒归愤怒，都没再开口，等着林厌发号施令。

顶爷笑了，有一下没一下地替她鼓着掌："不愧是红姐，后生可畏，倒叫我这个老头子长见识了。"

林厌也笑，扔了烟头："顶爷客气，就是手底下有些人忒不是东西。"

顶爷瞥了老虎一眼："回去自然会给你一个交代。"

老虎内心一凛，遍体生寒，哭丧着脸道："顶爷……"

"滚下去巡逻！"

谁也没想到他会突然发火，那一下子爆发出来的狠厉气势让在场的人都心头一震。

那混浊的眼睛里仿佛散发着会吃人的光。

老虎知道,顶爷这是真的对他起了杀心，头皮发麻，不敢再多待，拿着枪出去了。

林厌指了指地上战战兢兢的陈芳："这人毕竟是我手底下的，如今出了这样的事，就让我自己解决吧。"

顶爷颔首，准了。

林厌一个眼神示意，从外面走进来两个彪形大汉，拽起陈芳就往外走去。

市中心医院的特护病房，雨水冲刷在玻璃窗上。

躺在床上的女人坐了起来，自己掀开了氧气面罩，看着站在窗前的黑影。

"林厌怎么样了？"

"最新消息，她已打入敌人内部。"

"被我制服的那个人呢？"

"双面间谍，已被关押起来了。"

宋余杭对这样的结果似乎并不意外："好好审审，一定能问出更多东西来。"

她垂下眸子想了想，提出了当务之急要知道的信息："交易地点？"

冯建国摇头："这么重要的信息，不到最后一刻，顶爷是不会说的。"

宋余杭咬牙，坚持到最后一刻，也就意味着林厌必将被卷入战争里，承受来自犯罪团伙和警方的双重压力。

"不行，决战之前，一定要将人接回来。"

冯建国转身，隐在黑暗里，一道闪电划过夜空，短暂地照亮了屋子。

"她的代号是'钉子'，你的代号是'尖刀'，知道这意味着什么吗？"

宋余杭怔了怔，手捏皱了床单："可她若是……"

"那我们能怎么办呢，这些事训练有素、经验丰富的警察不做，让手无寸铁的平民上吗？"

这话她也对林厌说过。

"从我们穿上警服的那一刻开始，就意味着我们虽然是血肉之躯，但肩上担着的是这个地区，甚至是整个国家、整个民族的安定和未来，时时有流血，天天有牺牲，我们就不去做这些事了吗？任由黑暗笼罩人间？"

宋余杭下了床，坐在床边，和他一起看着窗外漆黑的夜、滂沱的雨："您说的我都懂，但我问您，您愿意让您的孙女将来也从事这一行吗？"

冯建国怔了怔，眉头皱了起来，半晌，长叹了一口气道："我不愿，但也正因为如此，我才要为他们破除黑暗，扫清障碍。"

第 121 章 忠诚

夜深了，疲于奔命的匪徒们终于获得了片刻的喘息之机，除了几个还在打着哈欠巡逻的人，其余人都靠在墙边睡了。

手上腕表时针指到"3"的时候，林厌在黑暗里倏地睁开了眼睛。

她悄悄起身，控制住自己的脚步不发出任何响动，轻轻推开了木门。

走廊上有两个持枪巡逻的匪徒，往她的房间这个方向走来，林厌往后一缩，躲进了门板后的黑暗里，那两个人迈着沉重的步伐走了过去。

就是这一闪身的工夫，她把面罩拉上了脸，如一只身手矫健的猫般蹿了出去。

那两个巡逻的匪徒回过身来。

"你刚才看见什么了吗？"

被问话的同伴打着哈欠摇头："走吧，别看了，这地方不是有野猫就是有老鼠，赶紧巡完这一班也回去睡会儿。"

脚步声渐远，林厌悄悄舒了一口气，沿着楼梯往下走，迎面走过来一个身材高大的士兵，大概是起夜的，揉了揉眼睛瞬间把枪口对准了她，准备大喊。

林厌飞身而上，仗着动作敏捷，匕首轻轻划过他的颈侧，士兵即将脱口而出的尖叫被堵在了喉咙里，一条血线喷射而出。

她扶着人轻轻躺了下来，把人拖到了楼梯间的储藏室里，扒了他的衣服把地上的血迹抹干净，随即快速折返回去，推开了楼道里的玻璃窗，外面是一望无际的旷野。

不过二楼的高度，林厌纵身一跃，等那两个巡逻的匪徒跑过来的时候，楼道里已经空无一人了。

本来以为这么点高度跳下来没事的，结果还是有点吃力，幸亏下面是松软的泥地，林厌喘着粗气从地上爬了起来，一瘸一拐地往既定的方向跑去。

"喂，醒醒，醒醒。"她在垃圾堆里找到陈芳的时候，陈芳整个人面色青白，遍体鳞伤，已经快要不行了。

林厌拍拍她的脸，见她毫无动静，又俯下身去听她的心跳，摸了摸颈动脉搏动，咬牙解开了她的衣服，做起了胸外按压。

三十次的标准按压之后，她轻轻抬起陈芳的下颌，进行嘴对嘴吹气。

她如此反复数次，总算是听见了微弱的心跳声。

林厌心里一松，浑身脱力地跌坐在地。

陈芳低低咳了两声，悠悠地睁开眼睛，一眼就看见了坐在旁边喘气的林厌。

她似有些迷茫："你……为什么要救我？"

林厌爬起来，冲她伸出手："我答应过你，会给你自由。"

"你……你不是红姐……你究竟是谁？"陈芳警惕地看着她，并未靠近一步。

"我是谁，重要吗？"林厌嘴角微勾起一丝讽笑。

"我可以去向顶爷揭发你。"

"你可以试试，是我的刀快，还是你跑得快。"她手里把玩着那把刚杀过人的匕首，上面还沾着斑斑血迹，令人不寒而栗。

陈芳瑟缩了一下脖子，抓住她的手腕起了身。

自己去投靠顶爷也是死，还不如听眼前这人的，起码对方不想杀她，否则也不会救她了。

林厌怔了怔，随即扶着人往远离废弃工地的方向走去，一直走到了大路边上，有路灯照耀的地方。

她站在黑暗里撒了手，连同那把匕首一起塞给了陈芳，还有车票和零钱："沿着这条大路一直往前走，有回江城的班车，到了江城就直接去火车站离开这里。"

陈芳捏着这些东西，翕动着嘴唇说道："你……不走吗？"

林厌摇头："我要留下来。"

她还没有完成任务，还不到离开的时候，尽管她内心也十分想离开这里，回到光明世界里。

第121章 忠诚

她笑了笑，准备转身离去："快走吧，别回头。"

很奇怪的，陈芳甚至不知道她的真实姓名，但在此刻，荒野里两个人相依为命的境地，竟然生出了一丝惺惺相惜之情："你真的不跟我一起走吗？"

林厌转身，挥了挥手："不了，一路平安。"

陈芳捏着她给的东西："那……有没有什么需要我帮忙的地方？"

林厌脚步一顿，摇了摇头，沉声道："不需要，你知道的东西越多越危险。记住，不管谁问，警察也好，顶爷的人也罢，今夜你没有见过我，以后也不能再用'陈芳'这个名字继续生活。"

林厌说罢，不等陈芳再开口，挥手离去，消瘦的黑色身影消失在了夜色里。

她离去的方向天还是黑的，却有一丝晨曦破开了雾霭。

陈芳莫名觉得天地浩荡，林厌渺小如蝼蚁，却有一种少年一去不复返、不破楼兰终不还的孤勇气势，亦有荆轲刺秦壮士断腕般的悲怆感，以至眼眶发烫。

她咬了咬牙，抱着林厌给她的东西，头也不回地奔向了相反的方向。

"市局的全面工作已由省禁毒局接手，到时候我就帮不了你们太多了。"冯建国看看时间，也该走了，戴上了宽檐帽起身，"就全看你们的了。"

宋余杭起身送他，又被人按了回去。

"你是病号，得好好'养伤'。"

冯建国一语双关，宋余杭会意："明白，保证完成任务！"

老人笑了一下，不再是那种慈眉善目的虚伪笑容，而是发自内心的期许笑容："不是保证完成任务，而是保证活着回来！"

宋余杭微怔，嘴角流露出了一丝笑意，举起右手放到了太阳穴边："是，保证活着回来！"

在宋余杭和冯建国密谋的时候，滨海码头的废弃工厂里，另一场密会也开始了。

库巴坐在椅子上，身上缠满了绷带，只有那双眼睛还是雪亮的，里面写满了恨意："这一次，我一定要亲手杀了那个女人。"

顶爷正闭目养神，手指有一下没一下地叩着膝盖："会有机会的。"

坐在旁边的男人嗤笑了一声，似有些不屑。

这笑声惹得库巴不满："你……"

顶爷摆手，止住了库巴的话头："交易在即，就别起内讧了。事成之后，咱们拿着钱一起去加拿大，就再也没人能抓到我们了。"

男人的语气仍旧是凉凉的，仿佛并不关心能拿到多少钱和去哪儿："你们刚闹出这么大的动静，警方不是傻子，几天后的交易必定困难重重。"

顶爷扬起嘴角露出了一丝老谋深算的笑意："越乱越好，乱才能浑水摸鱼。对了，那批货……？"

男人起身，似没兴趣再在这里待下去了："早就准备好了。"

顶爷点头："不错，这事若成，林公子也是大功一件。来人，送客。"

一行人护着男人往外走去。

等人走后，顶爷又开始闭目养神，手指仍有一下没一下地敲着膝盖。

库巴不忿："爷，他如此桀骜不驯，何不？……缺了他，咱们再找别的合作伙伴就是，反正配方……"

也不知为何，顶爷的眉毛轻轻地抽动了一下。

"百足之虫死而不僵，他毕竟是林氏大公子，还有用得着他的时候。"

那厢林厌走到僻静处，从兜里掏出手机，这个电话号码只有两个人知道，并且手机里也装了防监听的软件。

她飞快地按着键盘打字，编辑好消息之后就按了发送。等"已送达"的图标出现在屏幕上，林厌才大松了一口气，快步往回走去。

到了废弃工厂附近，晃眼的车灯光袭来，她下意识地往黑暗处一滚，躲在了麻袋背后。

厂门大开，一伙匪徒簇拥着一个高大俊秀的青年走了出来，灯光映照在他白皙的侧脸上，男人鼻梁上还架了一副金丝眼镜。

这张脸化成灰她都认识。

林舸！

那一声"哥"在喉咙里滚了几滚，几乎快脱口而出时，又被她抠住掌心死死地咽了回去。

怎么回事？

他是被挟持了吗？

为什么他会在这里出现？

他来做什么？

他和顶爷是什么关系？

…………

这一瞬间，林厌脑海里电光石火般掠过很多念头，每一个都和他相关。

她死死掐着自己的掌心，克制住自己不发出任何声音，以免惊动他们。

"林公子，请。"她看见老虎亲自替林舸拉开了车门，林舸面无表情地坐了进去。

车辆从眼前滑走，林厌浑身脱力，靠坐在了麻袋背后。

也不知为何，车开出去不远后，林舸猛地回了一下头，表情是难以形容的，似乎有一点不解，又有一丝难过。

他透过车玻璃往外望去，厂区门口安安静静的，只有几个巡逻的匪徒。

司机："少爷，怎么了？"

林舸转过脸来，定了定神："没……没事，继续往前开吧。"

虽然不确定，厂区门口也没有熟悉的人影，可是那一瞬间，他真的感觉到了林厌就在附近，耳边仿佛还能听见女孩子用不耐烦的声音喊他。

"哥。"

林舸走后不久，顶爷倏地睁开了眼，眼中精光一闪而过："去，去看看裴锦红在干吗。"

几个匪徒领命，拿着枪快步走了出去。

库巴身上有伤，暂时不能动弹，只能稍稍动了动脖子看向他："爷是怀疑红姨？"

"这个人，你从前见过，觉得怎么样？"顶爷并没有接他的话，而是顾左右而言他。

库巴想了想道："有勇有谋，是个人才。"

顶爷笑而不语，靠在了藤椅里："等等看吧，看看这位红姨究竟能给我们带来多大的惊喜。"

那一伙人走到林厌的房间附近就被欢歌夜总会的人拦住了。

"干什么？！红姐在休息，没有她的允许谁也不准进！"

"顶爷有命，我们来见红姨！"

两帮人僵持不下，枪都戳到了对方的脸上，吵得脸红脖子粗的。

"所有人都在，要是红姨不在，她不是奸细是什么？让开！"

为首的匪徒朝地上开了一枪，成功震慑住了其他人，趁大伙儿都愣神的工夫，一个箭步蹿出了包围圈，抬脚就要踹门。

木门"嘎吱"一声打开了。

林厌穿着长及大腿根的白色衬衣出现在门口，黑发披在肩上，领口有些散乱，明显是被人扯开的，白皙的肌肤上还有些红印子，身材纤细又丰满，双腿笔直地踩在地上，浑身上下散发着成熟女人的万种风情。

门口众人咽了咽口水。

林厌有些不耐烦地问："什么事？"

刘志揽着她的腰，面色不善地说："没事就滚。"

那几个喽啰这才唯唯诺诺地散了。

刘志"砰"的一下摔上了门，转身就把人提起来死死地抵在门上，压低了声音吼道："你刚才去哪儿了？！我来你的房间的时候屋里并没有人！"

林厌从窗户上爬进来的绳子还挂在窗沿上，那是铁证。

她发狠地提膝撞上他的胯间，同时一手肘砸在了他的太阳穴上，力气或许算不上大，但动作又快又准，尤其还是用人体最坚硬的部分击打最脆弱的地方。

刘志猝不及防地吃痛，一阵眼冒金星，踉跄着后退几步，绊倒了椅子。

屋外巡逻的士兵翻了个白眼："娘的，这么大动静，老子也想找个女人尝尝滋味了。"

"行了，就你这样的，撒泡尿照照镜子，红姨能看上你？"

走廊上传来了一阵窃笑。

屋里打斗还在继续。

论力气，刘志胜出林厌太多，但要论搏击技巧、战斗经验、反应速度，林厌比他优秀太多，是以一时半会儿谁也制服不了谁。

尤其是林厌边打边退，被人摁在了床上，死死掐着脖子也能绝地反击，一个标准的巴柔十字固翻身而起，卡住了他的手，把人踹飞出去，撞翻了桌子。

刘志喘着粗气还想再爬起来，漆黑的枪口已经对准了他的额头。

"啪嗒"一声，子弹上了膛，林厌咽了咽口水，吞下嗓子眼里的血腥味，平复着呼吸："你输了。"

刘志缓缓闭上了眼睛，却没听到枪响，睁开眼的时候，林厌把枪扔在了床头柜上。

"你不杀我？"他的眼底有一丝诧异之色。

"你刚刚不也没揭发我？扯平了。"林厌哆嗦着手指划亮火柴，点了一根烟，剧烈咳了几声才慢慢觉得好些。

"我现在可以去。"

"晚了。"她坐在床边抽烟，居高临下地看着他，"过了那个时间，抓不到现行，顶爷多疑，未必信你，搞不好还会抓不到狐狸惹一身臊。"

刘志咬牙，眼眶有点红："你……你究竟干吗去了？有没有……背叛我们？"

他问这话的时候，林厌微微恍了一下神。当卧底的这段日子，她见识了血腥、死亡、阴谋、权力、金钱和毒品，也享受了所拥有的一切：小弟的拥戴、生杀予夺的快感、纸醉金迷灯红酒绿。

霓虹闪烁的瞬间、捧起一沓钞票扔上天的瞬间、他们尊称她为"红姐"的瞬间、拿枪顶着别人的额头的瞬间、振臂一呼山呼海啸的瞬间，她忽然有些理解了那名警方卧底最后为什么会变成双面间谍了。

是人都有欲望，她也不例外。

林厌之所以能将裴锦红演得这么出神入化，大概是因为本质上她们是一类人，一样心狠手辣，一样阴险狡诈、诡谲多变。

林厌笑了笑，冲他伸出手："这个问题你以后会明白的，人最重要的不是忠于谁，而是永远不背叛自己的内心。"

"这么做，值得吗？"

"值得。"

"不后悔？"

林厌摇头："不后悔。"

刘志看着她指间的香烟明明灭灭，像极了自己还未燃烧就已经熄灭的爱情。

他咬牙，还是不死心，再一次问她："究竟是……为了什么？"

林厌看着远方的晨光："你有特别想回去的地方吗？"

刘志被她这话弄得有一些无厘头，想了想，才道："有，想回家了。"

林厌吊儿郎当地看着他下巴上那一点青色的胡楂问："多大了？"

刘志不解其意，挠了挠头，两个人好像忘记了刚刚还以命相搏，现在反倒能坐下来吐露真心了。他不是一个聪明的人，否则也不会跟着王强这么多年了，还是一个小喽啰。他喜欢裴锦红也仅仅是因为她漂亮而已。

他四处流浪给人做打手的这些年也没跟任何人说起过他的年龄。

刘志愣了一会儿，还是答了："二十，再过两年就能结婚了。"

林厌"扑哧"一声笑了出来，把烟头扔进了烟灰缸里。和她比起来他确实小了点。

"还是个孩子，等事情结束，回家去吧。"

不过那也得等到审判结束，或者服刑之前他才有机会见家人了。

希望他们都能有回家的那一天。

第 122 章 前夕

夜深了，作战会议室里的人都陆陆续续趴到了桌子上小憩一会儿。

一道高大的身影推门而出，往来警员对他点头致意，他摆了摆手快步走进了洗手间里，锁上隔间的门，从兜里掏出手机打了个电话。

不多时，林宅附近多了好几个陌生的眼线。

管家掀起窗帘一角看了看，又轻轻放了下来。这些人大概怎么也没想到看似守卫松懈的林宅附近其实早就安装了红外线热成像仪吧，任何风吹草动都逃不过机器和他的眼睛。

"老爷，他们来了。"

林又元张口吞下他递到唇边的药："是来看我死没死的吧？"

"老爷觉得是谁的人？"林管家将汤匙里的药吹凉后小心翼翼地递了过去。

林又元轻咳了两声，管家替他擦掉嘴角流出来的药渍。

"这个节骨眼上，都不来才奇怪。"

"那我们要不要……？"管家眼底精光一闪而过，语气意味深长。

林又元摆手，示意不喝了："不必，都想我死，那我就死给他们看好了。"

"老爷……"管家眼里有一丝不忍之色。

反倒是林又元面色如常，打断了他的话："金夏那个女人最近在做什么？"

"在自己的别墅里待着，时不时举行派对。"

管家说话倒也不避讳，是因为他知道林又元对金夏一丝感情也无。

林又元嘴角露出了一丝笑意："她倒是快活。"

管家把碗放在床头柜上："之前她挑衅小姐投毒的事……"

林又元懂他的意思："不必，且让她再逍遥快活几天，瞧着吧，早晚会来，到时候一并收拾。"

"少爷真的打算和顶爷他们联手吗？"

随从问这话的时候，林舸正在擦拭他的那些手术刀。他对待这些器具倒是比人上心，蘸了些冷水洗去上面的血迹，还不忘拿酒精棉片消毒，最后才擦拭干净放在托盘里，神情有些漫不经心。

"没兴趣。"

"那……"随从有些疑惑了。

"让他们狗咬狗一嘴毛去，我权当看个热闹。当然，他们能帮我杀掉那个女人是最好的了。"

林舸说这话的时候也许是累了，稍稍闭了下眸子，手撑在实验台上。

随从会意："少爷，要不要给您拿'醉梦'来？"

林舸淡淡"嗯"了一声，实验室的门打开了，随从再次跑进来的时候手里端了个托盘，上面放着针管和蓝色药剂。

这样直接注射"醉梦"比口服要让人兴奋得多，当然危害也大得多。

林舸挥了挥手，脸上有一抹疲色："下去吧。"

次日清早，那名被林厌割喉的匪徒的尸体就被发现了，顶爷请她去看看。

林厌面色如常地出现在众人面前，如果说有什么特别之处，那就是眼眶下有一圈乌青，整个人恹恹的，一副睡眠不足的模样。

"哟，这是怎么了？"她诧异地看着躺在地上的尸体，过了一夜已经微微僵硬且散发出腐臭味，她略微嫌弃地站远些。

顶爷目光环视着屋内一干人等，手指有一下没一下地叩着藤椅："谁做的？自己站出来。"

众人面面相觑，鸦雀无声，脸色都有些难看。

林厌打了个哈欠："昨夜不是有巡逻的人吗？要想在咱们这么多人的眼皮子底下杀人可不容易啊。"

老虎斜着眼睛睨她，阴阳怪气地说："是啊，说不定咱们这些人里藏了个深藏不露的高手呢。"

"高手？"林厌"扑哧"一声笑了出来，"不就是虎哥和二爷吗？我们欢歌夜总会的人可没这个本事。"

昨夜突击检查时，她房间的动静大，几乎半个走廊的人都听见了。

林厌没这个作案时间，库巴又有伤在身，可不就只剩下老虎有这种身手了吗？

老虎这是搬起石头砸自己的脚，被林厌噎得话都说不出来，涨红了脸。

顶爷看了他一眼，不耐烦地皱眉："出了这样的事，如今看来这里也不能待了，收拾东西去下一个地方吧。"

"是。"几个小头目纷纷应和。

林厌转身离去之际，又被人叫住了。

"红姨稍等会儿，让下面的人忙去吧，你且陪我这个糟老头子说说话。"

顶爷点头示意，老虎从外面把门锁上了。

林厌暗觉不妙，但仍是言笑晏晏地转过身来："顶爷要说什么？锦红听着就是了。"

"坐。"他旁边还有一把椅子，林厌从善如流地走过去坐下了。

这房间不大，一面放了张床，一面堆了些杂物，她不知道的是隔了一扇落地镜后有一把枪悄悄对准了她。

顶爷面色如常地和她寒暄，即使落到这样疲于奔命犹如丧家之犬的境地里，他的手边仍放了一盘瓜子，以及这个季节少见的橘子。

林厌拿起一个橘子剥开，指甲划破了果皮，鲜嫩的汁水溢了出来。

顶爷笑："你母亲是缅甸人？"

林厌头也不抬地和橘子做着斗争："对，缅北克钦邦人，死得早，我六岁就被卖到这里来了。"

顶爷感叹："是个可怜人。"

林厌把橘子剥开，递给了他一瓣："顶爷尝一个？"

"不了，年龄大了，牙口不行了，这东西酸，还是适合你们年轻人吃。"

顶爷这些年来见过的美女不少，环肥燕瘦，各有千秋，但林厌是唯一一个把世故和天真糅合得浑然天成的女人。就比如现在，她坐在这里，跷着二郎腿，怡然自得，仿佛压根不把警方的追杀放在心上，也根本不知道有把枪已经瞄准了她的脑袋，只待顶爷一声令下，再聪明漂亮的女人也要死了。

第122章 前夕

顶爷手指轻轻叩着膝盖，像个和蔼慈祥的长辈那样问："你父亲呢？"

"没见过，不知道是死了还是活着。"林厌摇头，往嘴里塞了一瓣橘子。

倒是和裴锦红的生平都对得上，顶爷暗自思忖。

"听说你之前跟着王强吃了不少苦？"

林厌听他说到这里，恰如其分地露出了一点哀怨神色来："他千不该万不该就是去找了别的女人。"

顶爷敲击膝盖的手缓了下来："男人嘛，难免如此。"

林厌嘴角流露出了一丝不屑的笑，把橘子皮扔在了桌上，从袖口里扯出丝帕擦手。

寒光一闪而过，她带了枪。

顶爷放在膝盖上的手一僵。

"话说得没错，可女人啊，总是痴心妄想，想要男的多给一点疼爱，事到临头还不是竹篮打水一场空？我也看透了，只有钱这种东西才是永恒的，有了钱，想要什么样的男人还不是召之即来挥之即去？"

她说这话的时候，神情带了一丝忿忿以及恶毒，看上去就像是一个被感情伤透了心最后恨极了男人的痴心女子。

顶爷嘴角流露出了一丝笑意。

"虽然你我年龄相差极大，看法倒是出奇一致，说不定还能当个忘年交呢。"

"顶爷抬爱，锦红不敢。"

她嘴上说着不敢，屁股却都没挪动一下，这份心理素质令人佩服。

"好了，闲话休叙，找你来是有正经事要谈。"顶爷端起桌上的茶杯轻轻抿了一口。

林厌竖起了耳朵，浑身警觉："您说。"

"五天后的交易想必你也知道了，定在……"

"中景工业港口。"

林厌打下这一行字，犹豫半晌，还是按下了发送键。

等她走后，库巴从镜子后转出来。不过短短几天而已，他已能行走自如，强健的体魄赋予了他惊人的恢复力。

"顶爷为什么要告诉她？"

"疑人不用，用人不疑。"

"万一呢？"库巴还是有些不忿。他虽然不太懂，但直觉告诉他，这个女人很危险。很奇怪，她明明手无缚鸡之力，他却从心底觉得忌惮。

顶爷端起已经凉透的茶盏抿了一口，嘴角露出了意味不明的微笑。

"等的就是这个万一。"

"观众朋友们晚上好，现在是天气预报。气象台今天下午 6 点发布了台风红色预警，今年第八号台风'科罗旺'正以每小时 30 公里的速度向东南方向移动，强度变化不大。预计将于明日登陆我国东南沿海地区，受台风影响，今天夜间到明天，滨海省大部分地区将会持续刮起 8 至 9 级大风，并伴有大到暴雨，望相关部门做好预防泥石流、山体滑坡等地质灾害的准备……"

电视机里女播音员字正腔圆地播报着，季景行将打包好的饭盒装进了保温袋里，拿起雨伞准备出门。

"妈、小唯，我去给余杭送饭。"她说着，看了一眼外面阴沉的天色，"台风天，我回来的时候顺便在楼下便利店买点东西，这几天咱们就不要出门了。"

宋妈妈送她到门口："要不……我还是跟你一块儿去吧。"

季景行看一眼坐在沙发上搭积木的小唯，笑了笑："我自己去吧，小唯一个人在家我也不放心。"

"行，早去早回啊，到楼下了打个电话，妈去接你。"

也许是因为出过一次事，宋家人如今都格外谨慎。

季景行点头："行，我走之后你们把门锁好，我没回来之前谁叫都不要开门。"

"好。"宋妈妈目送她离去，看着人一直下了楼，再也瞧不见为止，这才反锁上了门。

门口有一个微型摄像头闪烁着红点，线一直连到屋内，可以直接一键报警，电话号码宋余杭设定的是最近的派出所。

家里的门也多加了一扇，外面一层普通防盗门，B 级锁，里面的这扇则是宋余杭请人特制的，防普通的子弹不成问题，更别谈小偷小摸的人了。

可即使这样，也不知为何，坐在铜墙铁壁般的家里，宋妈妈还是隐隐有些不安起来。

彼时的她尚不知道，这不安不是来自季景行，而是宋余杭。

江城市中心医院，ICU 病房里。

第122章 前夕

护士登记过后带季景行进去，瞥了一眼她手里的食盒："东西就别带了吧，病人还吃不了。"

"流食也不行？"

护士摇头："不行，肠胃功能还没有恢复，这几天都在打营养针。"

"好吧。"季景行无奈，只好将保温袋放在分诊台上，换好衣服跟护士一起进去。

"余杭，余杭，醒醒。"季景行甫一进去，就看见宋余杭躺在床上，被子盖得严严实实的，只露出一条手臂在外输液，鼻子上还戴着氧气面罩。她心一酸，眼眶就热了。

在她的呼唤下，宋余杭慢慢睁开了眼睛，好半天才找到焦距："嫂子……"

宋余杭戴着氧气面罩，说话不甚方便，嗓音还是喑哑的。

季景行握紧了她的手："妈让我来看看你。"

宋余杭微微摇了摇头，却不小心扯痛伤口，龇牙咧嘴的："我没事……"

两个人又聊了下宋母的身体、小唯的恢复状况，探视时间便快到了。

宋余杭执行的是绝密任务，因此对外只是说她在日常执勤过程中受了伤。

看着家人为她牵肠挂肚的模样，宋余杭难免有些愧疚，在季景行离去之际握住了她的手："对不起……"

季景行转身摁住她，替她掖好被子："一家人不说这个。"

宋余杭微微笑了笑："嫂子，妈身体不好，你多担待点，受累了。我的工资卡里还有些钱，密码是我的生日，要是不够用你就取出来，一个人别那么辛苦，有好男人就……咳咳……把握住机会。"

季景行怔了怔，向来敏感的人直觉宋余杭有事瞒着她们："你……"

不等她开口说完，护士在外面敲了敲门："十五床家属，探视时间到了啊。"

宋余杭微微抬起手，冲她摆了摆："嫂子，走吧，回家去，再见。"

时光如白驹过隙，一晃林厌离开已经半年了，也到了交易前夕。

这将是冯建国最后一次见宋余杭，一旦过了今夜12点，战斗打响，他得待在市局的指挥中心，等闲不得出来。

宋余杭起身下床，一身戎装在他来之前就已经换好了，就是养伤这几天缠的绷带还没解。

冯建国看着外面随风雨飘摇的树木，台风走了，暴雨却留下来了。

"明天省禁毒局和特警一起参加战斗，市刑侦支队只负责外围的工作，武警那边随时待命，只有局势控制不住的时候才会出手，但是，我建议你不要等到那个时候。"

冯建国转身来看着她："市局里还有我的人，刑侦队的人也都认识林厌，武警那边不归我管，我也不清楚究竟有没有被渗透，所以……"

宋余杭解了胳膊上的绷带，开始往手上缠束带，用牙齿咬住死死打了个结："明白，我会在那之前干掉顶爷和库巴，救回林厌。"

她说这话的时候分外平静，别人说来或许是自不量力，她和库巴交过一次手却有了几分底气。

冯建国拍了拍她的肩，转身离去："等你的好消息。"

他走后，宋余杭又往两条腿上各绑了一个沙袋，穿好作战靴，系好鞋带，右手抓过床头柜上的军刀在掌心里打了个旋儿，动作一气呵成地收鞘，将其挂在了绑腿上。

林厌，等我，等我救你回来。

第 123 章 终局之战（1）

"说！交易地点在哪儿？！"

审讯室里灯火通明，白炽灯亮得几乎有些刺眼，坐在对面的犯罪嫌疑人脑袋一点一点的，困极了，又被警察这一嗓子吼醒，险些从座椅上弹起来。

因为长期没合眼，生理性困倦让他的眼角渗出了泪水。

他当然也没好好吃过饭，一直在被突击审讯，警察还可以轮班休息，他却只能熬着，眼窝深陷，嘴唇干裂，看起来狼狈极了。

"警官同志啊，大哥，我是真的不知道……"男人一边痛哭流涕，一边胡言乱语。

坐在对面的警察对视了一眼，有人敲门："吃饭了啊，到饭点了，粉蒸肉、糯米鸡、鱼香肉丝还有白米饭。"

这几天他们倒也没少了他的吃的，只不过尽是些清粥、馒头、小菜。此刻犯罪嫌疑人一听到有肉，尽管还没看见，已经开始眼冒绿光，狂咽唾沫。

那几个警察合上笔记本起身，男人松了一口气，以为终于能闭上眼睛睡一会儿了。

谁知铁门又被打开来，两个刑警腋下夹着笔记本走了进来。

如此循环往复，不论白天黑夜，审讯室里的灯就没关过。

深夜 12 点刚过，审讯室的门再一次被打开了，一个刑警拿着文件夹快步跑了出来。

指挥中心。

赵俊峰看着交上来的笔录，嘴角露出了一丝笑意："去，粉蒸肉、糯米鸡、鱼香肉丝，还有白米饭，也给他准备一份。"

不多时，一个小警员拎着盒饭进了审讯室。

冯建国不由得感叹："赵厅这一招真是高啊。"

面对昔日下属，赵俊峰也放松了许多，端起茶杯抿了一口茶笑道："哪里，人是铁，饭是钢，毒品不能天天吸，饭总是要顿顿都吃的。"

说到毒品，他眉间又覆了一丝忧色："拿地图来。"

几个人七手八脚地把江城市的地图在他面前铺开，电子显示屏上也同步放了出来。

赵俊峰拿笔一画："毒贩交代的交易地点位于望海大桥的第三航道桥附近，届时，装着毒品的货运船将会从这里启航，并与买家完成交易，通过附近的港口流入我国境内。"

冯建国眉头一蹙，没等他开口，已有懂行的人道："望海大桥下水深可达50米，通航吨级为1万吨，自开通后往来货运繁忙，船舶络绎不绝，是我国黄金水域之一，怕是不好盘查啊。"

他说的这些，赵俊峰又何尝没有考虑过？赵俊峰慢慢抬起头，看着有些心不在焉的冯建国："老冯，你觉得呢？"

林厌给的消息是中景工业港口，赵俊峰这边问出来的地点是望海大桥下的航道。

孰真孰假，此时此刻他们自然是无从考证的。

冯建国假装被叫回神，掩着唇打了个哈欠。

"啊，我倒是觉得有几分道理，你们看……"他指尖在电子显示屏上一画，圈出了几块地方，"望海大桥下的水域虽然是海上最繁忙的航道之一，但只要开过这一段路，往东，绕开一座人工岛，"冯建国用手指在地图上重重地点了两下，"再往前开212海里就是公海了。"

这个距离在海上不算远，一艘普通的货船以每小时12节的航速行驶的话，用不了24小时就能开出领海了，到时候他们对这些毒贩就无计可施，只能请求国际刑警协同作战，一套繁复程序下来，毒贩早就跑得没影了。所以，他们绝不能拖到那个时候。

第 123 章 终局之战（1）

赵俊峰的眉头紧紧蹙了起来，半晌，布满皱纹的脸上透出一股威严来，他狠狠地拍了一下桌子，茶杯跳了跳："不管怎么样，绝不能让毒贩逃出公海。传我的命令，即刻行动，他们既然要在海上交易，肯定是要在码头装卸货物的，查各大港口、船舶公司，小渔船也不能放过！"

"是！"胡森吉敬了个礼，准备转身出去部署了，却又被人叫住。

赵俊峰看了冯建国一眼："江城的地界，还是刑侦队的人熟些，让他们去吧。"

他都这么说了，冯建国自然毫无异议，薛锐和市禁毒支队的人领命出去了。

作战指挥室里又忙碌起来，赵俊峰坐在电子显示屏前没挪窝，不经意间瞥了一眼冯建国的袖口，漫不经心地问道："你什么时候出去的？"

几个小时前冯建国秘密去见了宋余杭，外面下雨，还没来得及换衣服，袖口那块儿微湿，是撑着伞从上面滑下来的水滴，说明去的地方离市局还有点远。

冯建国不动声色地扯了张纸巾擦着："嗐，这都让您看出来了，不是想着接下来又该有几天几夜回不了家了，我那孙女黏我黏得紧，回去哄了哄，您看这口水都弄身上了，真是。"

老人端起茶杯抿了一口茶，眼底露出了一丝笑意，也有些遗憾："等案子结了，回去好好陪陪孩子吧。"

"那倒是，儿女都在外工作，家里只有老伴儿陪着孙女，也怪可怜的。"

"哦，对了。"赵俊峰似不经意般想起了什么，"听说宋余杭又负伤了。"

"街头纠纷呗，被人划了一刀，人已经被关起来了。"冯建国解释，末了又加了一句，"人在市医院养伤，您要不要去看看？"

赵俊峰把脸转了过去："不必了，这个节骨眼上我不能离开市局。再说了，要看也是她来看我！"

话说到最后，他已有些吹胡子瞪眼的。

冯建国笑，脸上肥肉堆出来的褶子都凑到了一起，像极了一只精明谄媚的狐狸："那倒是那倒是，您说得对。"

虽然不用上一线战斗，但实验室里的活儿也多得干不完，方辛正在操作台前埋头苦干的时候，猝不及防有人敲了敲她面前的玻璃。

段城做口型：天台见。

方辛翻了个白眼，懒得理他。

那人却又拱了拱手，做出了一个恳求的手势：拜托拜托。

109

方辛无奈，只得比了一个"OK"的手势。

半晌，等她换好衣服爬上天台的时候，雨已经小了，楼下停车场里的警车闪烁着警灯，不时有荷枪实弹的警察跳上车。

大战一触即发。

段城没撑伞，穿着件宽松的套头卫衣在等她。从前他的头发都留得很长，刘海遮住眼睛，看上去就是一副沉迷动漫的死宅男样，如今他却剃了寸头，脑袋上青色的发茬和他下巴上的胡楂一模一样，看起来倒有了几分男人味。

方辛在心里为他的这个小小变化吃了一惊，也有些说不出来的羞涩悸动："你……找我干什么？"

还是来这种空无一人的地方。

段城挠了挠脑袋，有些扎手："昨天刚理的头，好看吗？"

方辛咳了两声，被自己的口水呛的："还……还行。"

段城上前一步："还行，也就是说，你喜欢了？"

"谁……谁喜欢了？虽然发型还不错，但是……"方辛红着脸往后退，脚下踩了一块小石子，雨天路滑，她一个趔趄，就被人扶稳了。

"小心！"

搂住她的腰的胳膊结实有力，男性荷尔蒙气息扑面而来，两人四目相对，彼此的心跳都剧烈起来。

段城咽了咽口水，左手一直摸着兜里那个绒布盒子，掌心满是汗，向来油嘴滑舌的人也不知道怎么说话了。

还是方辛回过神来，推开了他，红着脸站好："没什么事的话，我就先回去了。"

"哎……"段城追了两步，楼下警笛却又响了起来，号角声起，出征刻不容缓。

大男孩脸上闪过一丝挣扎之色。

方辛一颗跳动的心逐渐沉寂下去，脸色也恢复如常，她转身离去："我回去了，小弟弟，没事别来打扰姐姐做实验。"

"你什么时候才能不把我当成小孩子看？"

方辛停下脚步奇怪地看了他一眼："那当成什么看？"

"男人。"段城略仰起下巴，眼看着第一辆警车已经滑出市局大门，他兜里的手机也一直在振。

他没有时间了，因此只来得及凑近她在她的额上印下一吻，随即飞快地往楼下跑去，留下了一句话以及男人的背影和青色的后脑勺儿："等着我回来，我会向你证明，我不再是男孩，而是顶天立地的男人。"

方辛被这莫名其妙的一句话搞得一头雾水，却也有一丝丝甜蜜沁在心中。她摸了摸他刚刚亲过的地方，嘴角挂上了笑意。

这人真是个傻子。在她心里，也许自从他朝杀人凶手开枪开始，段城就不再青涩了，不然她怎么会和他保持距离呢？

年轻人身上的那种蓬勃朝气令她脸红心跳，也让她心生向往。

方辛抬眼望向了远处漆黑的天幕。

希望天快点亮，她爱的人一切都好。

凌晨4点，人一天当中最困倦的时刻。

市中心医院。

分诊台里值班的医护人员都趴在桌上睡着了，一辆手推车缓缓推了过来，护士小心翼翼地扶着上面的托盘。

医生揉了揉眼睛抬起头来："这是……？"

"十五床该换药了。"

医生戴上眼镜，拿起病历本翻了几页，确实是时间到了，便挥了挥手："好，你去吧。"

护士点点头，推着医药车走到了走廊最里面的一间病房，掏出早就复制好的指纹卡验了一下，玻璃屏蔽门轻轻弹了开来。

谁也没有注意到这个细节。

宋余杭还躺在床上静静地打着点滴，侧身睡着，呼吸均匀。

那人把医药车靠墙放好，也没开灯，从托盘下面抽出了一把西瓜刀，蹑手蹑脚地朝床边走了过去。

只要他割断她的颈动脉，神仙也难救她。

男人咽了咽口水，走到床边，"唰"的一下掀开被子就要割喉，狠狠一刀扎了下去，棉絮纷飞。

假的，躺在床上的是个人偶！

他大惊失色，没等他回过神来，从旁边衣柜顶上蹿出一道黑影，一个鞭腿把人踹到了床上，重若千钧的力道踢在他的脑袋上，直让他口吐白沫，眼看着手里的刀就要掉到地上，发出响动。

宋余杭死死压着他的胳膊把人控制住，后脚跟往上一踢，刀飞了起来，她右手接住刀，本可以利落地抹他的脖子，却还是用刀柄狠狠地砸在他的太阳穴上，把人砸晕了过去。

男人瘫软在地，宋余杭扒了他的衣服自己套上，抄起早就准备好的麻绳把人五花大绑了抬上床，还不忘往他的手腕上系上手铐，一头铐在了床旁的栏杆上，又往他嘴里塞了枕套，防止他大喊大叫，随即草草清理了一下地上打斗的痕迹，把西瓜刀放进了医药车里，这才戴好护士帽，大摇大摆地走了出去。

她早就料到有人会来杀她，正愁没办法脱身出去呢，这人来得正好。

等走出重症监护室的病房走廊，她把医药车往旁边一放，走进了洗手间里。

不多时，一个穿军绿色夹克、戴鸭舌帽和黑色口罩的年轻女人走了出来。

"怎么样？"

女人跪在地上舔着锡纸上的粉末，连连点头，披散着头发跟哈巴狗一样。

林舸一挥手，随从撤走了锡纸。

金夏扑过去："不……不要……"

林舸捧起她的脸："乖，帮我去做一件事，做好了，我给你更好的。"

金夏又看了看一旁码放整齐的针剂，咽了咽口水："什……什么事？"

林舸亲自扶起了她，拍拍她的手，表情无限柔情蜜意："你上次下毒的事做得不错，老东西的身子一日不如一日，拖久了也是受罪，不如就让他早、登、极、乐。"

他一字一顿，颇有咬牙切齿的意味，往她手里塞了一个粉包："去吧，我等你的好消息。"

金夏惶恐，仿佛捏了个烫手山芋一般往后缩着："不……不……我不敢……这……这是什么？"

"三氧化二砷，俗称'砒霜'。"林舸笑意盈盈，捏着她的手没放，一步步把人往后逼着。

"你不去也可以，你吸毒的事、非法集资的事、和几个男演员的事……用不着天亮，我现在就可以让这些在社交媒体上传播得沸沸扬扬。"

金夏眼角滚下泪来，她哆嗦着嘴唇哽咽道："你……你不是人……衣冠禽兽！"

"你说得对。"林舸轻轻吻上她的颈侧，"在禽兽面前你最好乖乖听话哦，否则我可不能保证会做出什么事来，金小姐。"

他又捧起了她的脸，温柔地替她揩着泪："我答应你，事成之后，娶你做我的妻子,那些事一笔勾销,录像我也会毁了,并且还有一辈子取之不尽用之不竭的新鲜玩意儿。

"我会给你最好的,去吧,现在到了你回报我的时候了。"

林舸的话仿佛有一股魔力,漆黑的瞳孔吸引着她不断下坠。

金夏逐渐止住了哭泣,捏紧了粉包。

林宅。

除了林管家,还有一个人可以自由出入这里。

天还没亮,林管家还有一个小时才会过来照顾林又元的起居。

林又元和林厌一样,不喜欢用人住在自己家里。

是以黎明前的林宅只有门口站了几个保镖,偌大的庄园里空无一人。

而那几个保镖并不会拦她,甚至恭敬地替她拉开了大门。

女人每走一步都像是在刀尖上跳舞。尤其是上了楼之后,她开始疯狂吞咽口水,掌心里不停渗出的冷汗使粉包变得有些潮湿。

林舸的话响在耳边。

"不需要你做什么,把这包药倒进他的水杯里就好了。"

"没有人会怀疑你,去吧,大胆去,等你回来,咱们就结婚。"

"嘎吱"一声轻响,金夏轻轻推开了房门,林又元平躺在床上,戴着氧气面罩,骨瘦如柴,脸色灰白,看起来已是一副时日无多的模样。

因为紧张她不停吞咽着唾沫,蹑手蹑脚地往前挪着,十分小心翼翼。

短短几步路,她足走了几分钟。

也不知为什么,看着他静静地躺在这里,金夏也觉得畏惧,仿佛他是一头蛰伏的雄狮。

她稍一动作,就会惊醒他,随即他会咬断自己的脖子。

她被自己的臆想吓得浑身是汗,红了眼眶,没等挪到床边,躺在床上的人突然剧烈咳了起来。

"喀喀喀……"

金夏受惊跌坐在地,见他不住地咳着,又没有别的什么动作,这才爬起来扑了过去:"老爷,老爷……"

说罢,她轻轻扶起他,替他拍背顺气。

林又元睁开混浊的眼睛看了她一眼:"是你啊。"

说罢，他又背过身去开始咳嗽。

金夏端起桌上的水杯，拿开水瓶添了些热的水，也不知道是因为恐惧还是什么，递给他的时候手都在发抖："老爷，喝水。"

林又元就着她的手抿了一口水，才觉得好些，微眯起眼睛打量着她："你怎么来了？"

金夏强撑起了笑容："我来看看您。"

"你还知道回来？！"林又元抬手，"啪"的一巴掌就扇了过去，"不要脸的东西！在外面鬼混以为我不知道吗？！"

金夏捂着脸，低下头委屈极了，表情楚楚可怜，实际眼底闪过了一丝狠毒之色。

就是这一巴掌激起了她的回忆，那些日子，实在是让她无比恶心。

"对不起，老爷……"她痛哭流涕。

话音未落，林又元也许是被气到了，又剧烈咳了起来。痰盂在床的那一边，他俯身过去咳嗽，金夏又捧起了那杯水，抖动袖口，粉末簌簌落下，很快在水中消弭于无形。

她跪在地上，忍受着病人呕吐物的恶臭味，虚情假意地笑着。

"老爷，喝口水缓一缓，我去叫大夫。"

第 124 章 终局之战（2）

恐怕她叫的不是大夫，而是杀他的人吧。

金夏还是太嫩了，林又元这辈子什么大风大浪没见过？即使现在他病入膏肓，也丝毫不影响他的判断力，她自以为小动作做得足够隐蔽，实际上她的紧张悉数落入了他的眼底。

林又元回过身来，靠在床头喘气，微眯起眼睛看着她把水杯递到了自己唇边。

她的手有些抖，水面泛起了涟漪。

这杯水有问题。

金夏看他迟迟不喝，勉强笑道："老爷，快喝吧，您一直咳嗽，润润嗓子。"说着，她坐在床边，杯沿轻轻抵在了他有些干裂起皮的嘴唇上。

那张脸无疑是明艳动人的，却也让人十分恶心。

林又元心底涌上了一丝寒意，面上不动声色，冷哼了一声道："我自己来。"

他说着，干枯的手颤颤巍巍地扶住了杯子，微微仰起了下巴。

金夏有些紧张地看着他的动作，掌心里全是冷汗。

喝啊，快喝，喝吧，喝了我就解脱了。

眼看着他仰起了头，嘴唇即将触碰到水的时候，他却又停了下来，嘴角浮起了一丝冷笑："这水里怕是有东西吧。"

金夏将指甲深深抠进了掌心里，强笑道："怎么会呢？这可是当着老爷的面倒的，给夏夏一百个胆子，夏夏也不敢对老爷动手呀。"

林又元把水杯递了过去："那你先喝一口。"

金夏目光一凛，暗道不好，多半是被他怀疑了，既然如此，就只能……

"好。"她巧笑嫣然，纤手伸过去就要拿他手里的杯子，两个人的距离极近。

林又元穿着单薄的病号服，骨瘦如柴，领口微敞着，露出了半边胸膛。

林舸说了，如果他发现问题，她就趁他不备下手，刀子只要戳进他的胸口，他现在的身体没有任何反抗之力，必死无疑。

事已至此，反正左右都是死，金夏深吸了一口气，豁出去了。

她的左手稳稳接住了水杯，与此同时，右手乘其不备从包里掏出了水果刀，猛地扎向了他的心口。

变故来得太快了。

林又元眼里寒光一闪而过，他似是也没料到金夏有这个胆子，就是这一愣怔的工夫，刀尖已在眼前，皮肤已隐隐感觉到了刺痛。

"去死吧！"金夏发狠，再要用力将刀子往前挪动一分的时候却感觉手臂重若千钧，压根抬不起来。

她错愕地回头，林管家面沉如水地站在身后，鹰爪一般的手死死箍着她的肩膀。

她一直以为林管家是个面弱的书生，只能帮林又元处理一些日常杂事，谁知道此刻在他的重压之下，她的一条手臂发出了"咯吱"的脆响，骨头几乎快被捏断了。

金夏发出一声惨叫，那把刀掉在了雪白的床单上。

林又元咳了两声，依旧散着衣袍，抬眼看着她："谁让你来的？"

"说！"林管家又加重了几分力气，把人摁在了床上。

因为剧痛她一边泪流满面，一边声嘶力竭地咆哮："没有人让我来！林又元我就是想让你死！想让你死！救……救命啊！"

女人尖厉的嗓音很快穿透了房间，弥漫在整条走廊里。

两个人都没有阻止她这样的垂死挣扎，是因为知道已经没有这个必要了。

救兵不会来，没有人救得了她。

金夏错愕，泪水糊得满脸都是："怎……怎么会这样？"

"身在棋局中，人人都是弃子啊。"林又元感叹，拿帕子掩着唇又咳了几声。

"我问你，为什么要来杀我？"他脸上难得带了一丝怜悯神色问话。

"不管是从你一进门，还是倒水的时候，我都给过你机会了，是你自己没有把握住。

"你要是悄悄离去，我可以当作什么事都没有发生过，毕竟我们好歹夫妻一场。"

林又元倾身，抬起她的下巴，细细端详着这张脸："做人不能太贪心，没钱的时候想要钱，有了钱还想要爱，有了爱又想要孩子……"

"金夏啊。"他喟叹，"你是个漂亮的女人，可惜不够聪明。"

一语落下，他松开了她的下巴，并不给她任何说话反驳的机会，闭上了眼睛。

林管家会意，从桌上端起那半杯温水，死死掐住她的下颌，掰开嘴往里灌去。

"不……不要……"水灌进了口鼻里，金夏挣扎着，眼泪鼻涕糊了满脸。

不一会儿她就再无动静，瘫软在他手上，七窍流血。

林管家把人掼在了地上。林又元爱干净，林管家从兜里掏出手帕擦了擦手，抹干净西装外套上的水渍，这才扶林又元起身："老爷，都准备好了，我们动身吧。"

林又元淡淡地"嗯"了一声，抓住林管家的手腕下床。林管家为他整理好着装，又刮了胡子，林又元看起来倒是干净清爽多了。

林管家感叹："老爷宝刀未老，还和年轻时一样。"

林又元坐在轮椅上，看着镜中的自己，满面风霜，眉梢眼角都是岁月留下来的痕迹，苦笑道："还是老了，活不过这个秋天了。"

管家心里一惊："老爷……"

林又元却又独自挪动着轮椅从床头柜的抽屉里取出了一把手枪，来回摩挲着。

尽管搁现在来说，这枪已经过时了，但他还是爱不释手，时常拿出来把玩，漆黑的枪身光可鉴人。

"咔嚓"一声，子弹还能上膛。

林又元把弹夹推进去，将手枪装进了兜里，整个动作专业、标准且一气呵成，眼里蓦地浮现一抹精光，病气都弱了几分。

"出发！"

林管家知道，老爷并不是真的好了，而是回光返照。

在听到交易地点是中景工业港口的时候，林厌其实也有几分犹豫。

她无法确认这消息的真假，若是假的，毒贩设下埋伏，会害死很多人。

可消息若是真的，警方便能一举歼灭这个大型跨国犯罪集团，挽救无数人的生命和支离破碎的家庭。

顶爷没让她犹豫太久，就把人召集在了一起。

几个小头目纷纷把自己的随身物品拿了出来，包括手机什么的。

"这是什么意思？"林厌冷眼旁观。

顶爷坐在藤椅上手指叩着膝盖，随着一旁收音机里播放的京剧一起一落地打着节拍。

"红姨见谅，为了大家的安全起见，统一收缴手机和随身物品。"老虎扯了个布袋子举到了她面前。

林厌冷笑，把自己的手机扔了进去。

老虎点头："还有腕表。"

"我他妈……"林厌正要发火，顶爷打断了她的话。

"紧要关头，为了我们能安全撤离，红姨还是不要耍小性子的好。"

他都这么说了，林厌只能忍气吞声地摘了腕上的手表扔进去。

随即他们几个小头目的房间都被翻了个底朝天，背包里的东西也都被拿了出来。

老虎一一检查过，这才还给了她。

林厌嘴角的笑意有些凉凉的："我这发卡磨尖了也能杀人，要不要也收了去？"

"红姨说笑了。"顶爷挂着拐杖一瘸一拐地站了起来，"这也是为了大家的安全着想嘛，老虎。"

顶爷一声令下，老虎掀开了桌布，底下是一排崭新的无线电通信器。

几个喽啰抬着沉重的箱子走进来放在了地上。

"杀人的家伙咱们多的是，就怕红姨不会使。"

军火！

林厌瞳孔一缩，随意瞥过去一眼，全是外军最新制式武器，这帮人真的是手眼通天。

她内心恨得牙痒，面上却不动声色："哎呀，打打杀杀是你们男人的事情，我就跟在顶爷身后端茶递水伺候您。"

虽然手机没了，身上的通信设备也被收缴一空，已经无法再向外界传递消息，不过没关系，只要她牢牢跟着顶爷，就一定能找到机会杀掉他的。

而顶爷在的地方也一定就是交易中心。

林厌暗自腹诽，就是不知道他会不会让自己跟着。

她正想着，顶爷已经发话了："那就这样吧，红姨跟着我一起行动，各自收拾东西，半个小时后前往中景工业港口接货。"

"警察，查案，让开，这里面装的是什么东西？"

货运码头上，薛锐带人围住了集装箱，不等对方回话，手下人已经开始各自的动作。

"咣当"一声，密封好的集装箱又被撬开了。

"哎，干吗？别动我们的货！"

有几个工人去拦，被人一把揉了开来。

"怎么动手了还？警察了不起啊？！"

听见动静，负责指挥吊车把集装箱运上货船的工头立马跑过来赔笑道："警官，警官同志，我们运的是煤炭，不信您看，这手续啊一个月前就下来了。"

工头说着，从工作服兜里掏出了一张纸，点头哈腰地递过来。

薛锐眯着眼睛看了一会儿，拿手电筒照了照，下属来报。

"报告，没有发现可疑物品。"

他把纸递回去："走，去下一个地方。"

那厢禁毒支队负责区域里的搜查工作也紧锣密鼓地展开了起来。

赵俊峰一直站在指挥中心里盯着大屏幕，一晚上寸步未挪。

直到天亮，积雨云还是未散去，远处灰霾一片，看起来山雨欲来。

有小警员拎着盒饭走了进来："吃饭了，吃饭了，食堂热乎的早餐。"

冯建国招手要了两份，放在桌上推给赵俊峰："赵厅，吃点嘛。"

赵俊峰瞥了他一眼，昨天夜里开完作战会议还没到半宿，他就躺在沙发上呼呼大睡，此时此刻端了碗稀饭喝得津津有味。

"你倒是还吃得下。"

冯建国"嘻"了一声："不是您说的吗？人是铁饭是钢，一顿不吃饿得慌。"

赵俊峰暗地里摇头，明明年轻的时候还算是蛮有作为的一个人，怎么到老了却这么懒怠？

他正欲答话，兜里的手机振了一下。

赵俊峰不动声色地说道："给我留几个菜包就好，我去一趟洗手间。"

冯建国拿着筷子喊他："赵厅知不知道洗手间在哪儿啊？要不要派人带您去？"

赵俊峰回过头来笑骂："吃你的饭，好歹我也是从这里出来的，你们市局化成灰我都认识。"

"那敢情好。"冯建国拿筷子扒拉着粥里仅有的几粒米，吸得"刺溜刺溜"的，转过身来眼底却多了一抹讳莫如深的神色。

"交易地点——云中岛。"

手机屏幕上缓缓浮现一行字。

男人深吸了一口气，很快给对方回拨电话过去，压低了声音愤怒地质问："为什么告诉我这些？！"

"既然是合作，那当然是要共赢了，我可以坦诚地告诉你，无论是中景工业港口，还是望海大桥都是幌子，只有云中岛是真的。"

"我凭什么相信你？！"

"信不信由你。"

对方说罢，"砰"的一下挂上了电话。

男人看着手机里的这条短信，半晌，还是按了删除。他想转身出去，手扶上隔间的门锁，却还是又松开来，目光落到手机上，打开了江城市的地图。

约莫五分钟后，胡森吉在走廊里遇到了刚从指挥中心里出来的赵俊峰，对方手上拿了个垃圾袋，看样子是要扔垃圾的。

他赶忙接了过来："哟，这点小事还要您操心。"

赵俊峰任由他动作："对了，我正找你呢。"

胡森吉立正站好："赵厅有什么指示，尽管吩咐！"

赵俊峰上前一步，压低了声音道。

"带上你的人以及特勤一中队、二中队，把中景工业港口给我团团围起来，不许放跑一只苍蝇！"

胡森吉面色一凛，竟然丝毫没有怀疑他的命令，把右手举到了太阳穴边："是，保证完成任务！"

指挥中心，又一场作战会议紧锣密鼓地进行着。

"中景工业港口？为什么是它？不是早就废弃了吗？"

有人疑惑地问道。

冯建国轻撇着茶杯里的浮沫，手猛地顿了一下，发出了不大不小的动静。

不过屋里的人都全神贯注地关注着电子屏，倒是没人留意他。

赵俊峰一示意，他手下的警员便在电子显示屏上画了一下。

"根据犯罪嫌疑人的口供得知,毒贩的交易地点在望海大桥下的第三航道附近,距离望海大桥最近的港口就是这个中景工业港。"

海事地图上那一点已经亮起了红光。

赵俊峰把茶杯搁在了桌上:"保险起见,我已经让禁毒局的人去了。"

他目光环视过屋内这一大群人,最终停留在了冯建国身上:"此战必胜,打出威风,打出气势来,好让毒贩们知道,任何人想在我国境内撒野搞违法乱纪活动,我们决不允许!"

上车前往中景工业港之前,顶爷一扬手,放飞了一只白鸽。

库巴扶着他,看着那训练有素的鸽子振翅飞上了天空:"爷为什么要把云中岛的消息告诉他?"

那可是他们最后的退路了。

"不打紧。"顶爷年纪已经大了,走两步有些气喘,艰难地坐进了车里,"聪明人都有一个特点,你知道是什么吗?"

库巴老实摇头,发动了车子。

他也不生气,笑眯眯地转过头去问坐在一旁的林厌:"红姨该知道吧?"

林厌不动声色地抓皱了衣角,随即很快松了开来:"锦红不知。"

老人笑呵呵地拢了拢大衣,靠在了座椅上,感叹:"那就是聪明反被聪明误啊。"

第125章 终局之战（3）

前往码头港口的高速公路上车子排起了长龙，司机不停按着喇叭，交警有条不紊地指挥着交通，一辆车接一辆车地盘查。

"放行。"交警把驾驶证还给司机，一扬手，栏杆这才缓缓抬了起来，把前车放行。

又一辆车泊了过来，司机降下车窗，把驾驶证递给交警："警察同志，今天这是怎么了，查得这么严啊？"

交警敬了个礼："接上级命令，盘查过往车辆，感谢您的配合。"

"哎，好，谢谢。"司机点头哈腰地把驾驶证接了回来，关上车窗开出了车道，转过脸来就换了另一副表情，"还是少爷聪明，知道条子会在高速公路上设卡拦截，早就把货运到了中景工业港。"

坐在后座上的林舸缓缓睁开了眼睛，嘴角露出了一丝笑意："也快到时辰了，去，送给顶爷一份大礼。"

司机点头，拿起步话机说了几句什么，小车很快没入了车流里。

不远处的应急车道上停着一辆白色小轿车，打着双闪。

宋余杭降下了车窗，微微皱起了眉头。

看来警方设了卡,过往车辆都要接受盘查。江城市公安系统内的人多少认识她，本应该在市医院里养伤的人出现在这里本就不合情理。

宋余杭指尖敲打着方向盘，猛地踩下油门，往后倒车转了个弯从等候的队伍里退出。

她还是走山路吧，虽然会绕远些，但这也是没有办法的事。

"技侦网安来几个人负责通信一起上指挥车，人手不够了。"

郑成睿正在办公室里啃鸭脖，猝不及防之间被点到名，手上的油都还来不及擦："哎，来了，来了。"

他说着就要换衣服往外跑，方辛拍了拍他的桌子："电脑，电脑不带了？"

"喔，忘了，忘了。"郑成睿一拍脑门又倒了回来，界面上还显示着邮件正在发送。他不着痕迹地合上了显示屏，将电脑塞进了电脑包里，转身离去的时候，却又被人叫住了。

方辛站了起来："老郑，你……"

郑成睿扫了一眼办公室："段城人呢？"

"他今天休假。"

不知道为什么，她还是下意识地撒了谎。

郑成睿脸上似有些遗憾又有些庆幸，眼镜片挡去了大部分表情。

他只是笑着说："那我走了。"

"嗯。"方辛点头，"快去吧，加油好好干，升职加薪不是梦。"

等郑成睿走后，偌大的技侦办公室里只剩下了她一个人，方辛跌坐在椅子上，掏出手机给段城发了一条消息："老郑有问题。"

末了，她又加了一句："万事小心。"

跑出办公室的郑成睿边走边单手系着制服扣子。

一旁跟着的同事还是第一次出这种大型任务，有些兴奋地喋喋不休道："赵厅亲自上前线指挥，这也太敬业了吧，也不怕万一出个什么事。"

"嗐，你懂什么？说是前线，实际上也离得百八十米远呢。再说了，那么多特警跟着是吃干饭的吗？"

"就是就是，眼看着任期快到头，这一仗赢了，那可是大功一件……"

言谈间几人已经跑到了停车场上。

郑成睿提着电脑和同事一起跳上了写有"应急通信指挥"字样的警车，开始调试设备，做准备工作。

去往中景工业港口的路上，盘山公路蜿蜒曲折，远处已隐约可见海平面，今天天气不好，浓云密布，起了一层薄薄的雾霭。

海风透过车窗吹了进来，带来一阵咸湿的味道。

林厌从后视镜里观察着跟在身后的几辆车。从刚刚出发的时候，她就没见过老虎："虎哥不跟我们一起去吗？"

车厢里播放着"咿咿呀呀"的戏曲，顶爷随着鼓点打着拍子："不去，他有别的任务。"

林厌心里一惊，交易地点在中景工业港，老虎是他手下得力干将之一，这个时候去执行任务，恐怕不是一般的任务。

她有预感，此行多半不会太顺利。

林厌微微闭了下眸子，脑海里闪过了林又元的脸，还有林舸的。

多年前，她问林又元的那句话还没有得到答案，以及林舸在这些事上又掺和了多少呢？

如果……

林厌猛地抠住了掌心，眼底涌出一抹狠色。不，没有如果，她一定会问个清楚的。

林舸，她童年里唯一的温暖存在，向来笑容明媚、眼神明亮澄澈的少年，不会是这样的人。

江城市看守所。

"你好，提审 034589 号犯人。"来访的人穿着制服，佩戴着肩章，向狱警出示了证件以及书面手续。

验过证件及手续真伪之后，狱警带领着他们穿过走廊，径直走到了铁窗前："034589 号，有人来了。"

不多时，女人蓬头垢面，穿着脏兮兮的囚服，手上戴着手铐，穿着洞洞鞋被押了出来。

一左一右两个膀大腰圆的刑警押着她上了警车。

车还没开动，狱警刚关上门，胸前的步话机就响了起来。他拿起来一听，顿时脸色都变了，拔枪冲了上去。

"站住，不要动！"

那押着女人的"警察"回过身来，抬手就是一枪，正中狱警胸口，狱警仰面倒了下去。

看守所门前警铃大作。

男人又放了几枪扰乱视线，把女人往车上一推，也跳上去拉上车门，子弹打在车身上"砰啪"作响。

"走！"

司机迅速发动了车子，疾驰过隔离带，径直撞开了护栏绝尘而去。

女人缩在座位上，警惕地看着他们，嗓音略哑："你们……是谁？"

男人摘下宽檐帽，露出了一头黄毛，咧开参差不齐的黄板牙笑了笑："红姨，好久不见。"

段城刚骑着摩托赶到看守所大门口，就看见一摊血迹，救护车和警车蜂拥而至，终究是晚了一步。

他红了眼，摘下头盔挂在车把上，哆嗦着给宋余杭打电话，嗓音有些哽咽："宋队，我来晚了。"

宋余杭正开着车疾驰在山路上，越过了一个土坡，蹿进了石子路里，硬是把普通轿车开成了越野车。

段城这个时候给她打电话，只能说明情况不妙。

她定了定神，掌心也出了一层薄汗，几乎快握不住方向盘。

"别慌，跟上那辆车，看看他们去哪儿，不要贸然出手，安全第一。"

"好！"段城重重应了一声，又戴上了头盔，一踩油门，从拥挤的车流里狂飙了出去，跟上了前面那辆假冒的警车。

警车开出去不远，拐到了一条没有监控的乡间小道上，司机停下车，脱了衣服扔在副驾驶座上，快步走向了一旁早就准备好的越野车。

老虎也押着女人下了车，脱了制服扔掉，从后备厢里取出一桶柴油浇在了车厢里以及车身外，然后从兜里掏出打火机扔了过去，一把火烧掉了所有。

"走！"越野车发动，上着假牌照，神不知鬼不觉地上了公路。

中景工业港。

这里也曾繁忙一时，后来因为附近航道的开发，通航船舶吨级逐渐增加，满足不了大型货船的装卸需要，便慢慢被废弃了。

如今附近只有几个勉强还在运作的塑料厂，也是奄奄一息，入不敷出，随时都能倒闭。

从管道里放出来的污水就这样没有任何处理地排入了大海里。

车一开进这里，就有化学原料的刺鼻气味加上鱼腥味涌入鼻腔里。

林厌推开车门下了车，跟着顶爷一行人深一脚浅一脚地往里走。路上的臭水洼里溅起了水，她仰头一看，又下雨了。

道路两旁空旷的店铺上面都写着招租，却是落满灰尘无人问津，她脚下踩着歌舞厅的传单，上面五颜六色的灯光映照着红男绿女，仿佛是在宣告着昔日的繁华。

就这样走出去不远，林厌对地形环境已熟记于心，就是苦于传递不出消息。

尽管前路充满了危险、迷茫，她整个人看上去依旧是镇定自若的，甚至有心情开玩笑："江城市还有这样的地方，我怎么不知道？"

顶爷笑着看了她一眼："你出生得晚，当然不知道，这是五十年前繁荣一时的港口，也是那位林氏集团创始人林又元的父亲下令建造并监工的。"

那不就是她的……爷爷吗？

怎么她从来没听林又元那个老东西提起过？

她正这样想着，塑料厂的大门打开了，顶爷率先走了进去："走吧，去见见我们的贵客。"

厂中早已停着几辆车，他们甫一进去，大门就被人缓缓关上了。

林厌顿时戒备起来，反倒是顶爷不在意般笑了笑："别紧张，老朋友了。"

他话音刚落，就有人鼓起了掌："不愧是顶爷。"

顶爷微眯起眼睛去看靠在豪车上的中年人："龙老板？"

这位传说中的新加坡顶级富豪终于现身了，看来郊区营地里死的那位也只是替身罢了。

林厌打量着对方，龙老板人已至中年，身材还算健硕，鬓角有些白发，精神头十足，但也不知为何，明明是陌生的一张脸，却让她莫名觉得熟稔。

龙老板的目光在接触到她的时候稍作停留，随即很快挪了开来。

"闲话少说，我的船还在码头上等着，一手验货，一手给钱。"

顶爷挥了挥手，几个随从拉开了仓库的门："龙老板，请。"

龙老板嘴里叼了根雪茄，在手下人的陪同下走了进去，拍拍码放整齐的箱子，随意挑了一个，拿弹簧刀划破了纸箱一角，取出一根蓝色针剂瞧了瞧，很满意，又放了回去。

"还有白面呢。"

"龙老板这边请。"

有人拆开纸箱，取出一包用透明pvc塑料袋装着的粉末。

刀锋轻轻掠过，白色粉末洒了出来。

"都是好货。"

龙老板拿手指拈了一点尝尝，咂着嘴："不错，劲道很足。"

"那当然，纯度95%呢，费了好大劲才提取出来的。"

要想提纯到这个程度，没有专业实验室的帮助是不可能的。

龙老板内心冷笑，拿帕子把那包白面包了起来装进兜里："哎哟，小心点，都是钱啊。"

"龙老板，怎么样，可以付剩下的钱了吧？"顶爷在外面看着他的一系列动作，问道。

"当然可以，狗子，给钱。"

龙老板大手一挥，身后一名随从走上前来道："定金五千万已付，剩余的已分批打入您的海外指定账户。"

库巴把顶爷交给了其他人照顾，转身打了个电话求证，不一会儿拿着手机回到他们身边，对着顶爷耳语了几句。

林厌站得有点远，因此听不清库巴的话，但看见顶爷嘴角慢慢出现了诡谲的笑。

她的目光落到了一旁持枪而立的匪徒身上，准确地说，是他的枪身上。

林厌暗暗咽着唾沫，盘算起了抢枪开枪打死顶爷的成功率有多大。

还是说，她等到警察来？

"记住，安全第一，不到万不得已不要动手。林厌，你相信我们，我们也不会辜负你的信任，警方一定会去接应你的。"

当时的冯建国站在她面前，手撑在桌子上，信誓旦旦地说。

林厌睫毛微微颤动了一下，松开了紧握的双拳。

"龙老板果然讲诚信。"顶爷喟叹，吩咐手下让开了一条路，让龙老板的人进去搬东西。

龙老板"啪嗒"一声按亮打火机，又点了一根雪茄，给顶爷也递了一根。

"顶爷，来一个？"

顶爷婉言谢绝了："不了，年纪大了，喀喀……抽烟啊……呛得肺不舒服……"

"快点,手脚都给我麻利点！"龙老板带来的小喽啰在大声呵斥着手下人干活。

从仓库里搬出来的箱子一箱一箱地被抬上了车，箱子沉，两个人才抬得动一个，走在后面的少年落单了。

监工见他动作慢了，一鞭子就抽了过去："早上没吃饭啊！"

那一鞭子正好抽在胳膊上，抬东西的人年纪不大，还是个毛头小伙子，猝不及防下吃痛，猛地撒了手，一箱白面全数洒在了地上。

小喽啰气不打一处来，抬脚就踹了过去："你知道这些值多少钱吗？杀了你都赔不起！"

男孩子被踹倒在地，又赶忙爬起来收拾着："是是是，对不起，我错了。"

等他收拾好满地狼藉，一瘸一拐地抱着箱子往外走的时候，喽啰蹲在地上，看着这洒出来的白面咽了咽唾沫，动了心思。

老板说这是纯度为95%的高级货，他还没尝过这么好的东西呢。

喽啰看看四周无人，用手指拈了一点放进嘴里，微眯起眸子细细抿着，却脸色一僵，浑身的冷汗都下来了。

呸，粉末又干又涩，这不是海洛因，而是真的面粉！

喽啰一骨碌从地上爬起来，慌里慌张地往外跑："老板，不好了，这批货里有……"

"假的"两个字还没说完，他就被人一枪爆了头。

龙老板的人大惊失色，纷纷将子弹上膛，库巴带着人也将枪口对准了他们。

"顶爷，这是什么意思？"龙老板看了一眼地上的尸体，有些咬牙切齿地问道。

顶爷站在人群里，拄着拐杖略微往前一步，笑眯眯地说："没什么意思，别藏着了，你充其量就是一条狗，让你的主子出来见人吧，好货自然是要留着给大人物享用的。"

"报告，报告，西十四街发现毒贩踪迹，正在追踪，正在追踪！"

通信频道里传来了杂音，随即被挂掉了，信息很快传到了指挥部。

赵俊峰一拳砸在了桌子上："胆大包天，竟敢在警方的眼皮子底下劫走囚犯！"

冯建国眼皮一跳，就看见指挥车里的大屏幕上弹出了画面，几个特警正拿水浇灭车上的火，假警车被烧得只剩下了骨架。

"报告，涉案车辆已被焚毁，现场发现大量轮胎印，暂时无法辨别方向。"

网安队员也传来了消息。

郑成睿戴着耳机敲打着键盘："道路监控暂未发现可疑车辆与人员。"

"追，掘地三尺也要把人给我找出来！"赵俊峰怒不可遏，唾沫星子都喷到了步话机上。

冯建国默默站远了些，也是心急如焚，向来镇定自若的人眉间也覆上了一抹忧色。

远在别的港口带领队员排查商船的薛锐看看表，忽然一挥手，示意自己的人撤。

他带的这批人都是老手，自跟着宋余杭起就养成了令行禁止的习惯，此刻没有人质疑他的命令，毫不犹豫地跟着他上了车，火速掉转车头，奔赴了另一个方向。

不大的指挥车里走几步就撞到了车厢，赵俊峰仍是坐不下来，一直皱着眉头，不时看着大屏幕。

毒贩越是这样嚣张高调地吸引他们的注意力，越发坐实了中景工业港就是真实交易地点的猜测。

顶爷以为他会腾出手来处理看守所这边的事吗？

不，他不会。

赵俊峰看着地图上亮起的红点已经逐渐接近工业港，眸中蓦地爆发出一抹精光。

这一次他一定要将这个犯罪团伙一网打尽，绝不能留活口，尤其是顶爷。

"我下去抽根烟，透透气。"他说着从桌上抓起一包香烟大踏步走下了指挥车，走到无人处拨通了电话。

"喂，一旦发现目标，不必将他捉拿归案，就地射杀。"

胡森吉愣了愣，还是接受了命令："是，赵厅，保证完成任务！"

赵俊峰的猜测没错，交易地点确实是在中景工业港，但他怎么也没想到，顶爷会黑吃黑，而林又元亦会出现在这里。

林厌一转身的工夫，看见他由龙老板扶着从车里下来坐进轮椅里的时候也愣住了。

她的喉结上下滚动着，这一幕太过震撼，以至让她久久回不过神来。

他出现在这里，那么龙老板就是……？

林管家撕了脸上人皮面具做的伪装，总算恢复了正常的说话声音："顶爷黑吃黑这一手可不太仁义啊。"

"奸佞之徒，要仁义做什么？"

顶爷话音刚落，林又元坐在轮椅上摩挲着绿扳指笑了："许久不见，你怎么成了这个鬼样子？连说话声音都变了，还不如死了。"

林又元不愧是林厌一脉血亲，毒舌功夫无人能及。

顶爷登时变了脸色，咬牙切齿道："你也不撒泡尿照照自己，站不起来的废物罢了，有什么资格说我？"

林又元眼角抽动了一下，都懒得理他，余光瞥见一旁站着的林厌时才有了一丝波动。

顶爷察觉到这细微的变化，咧开漏风的牙笑了，拐杖指向她："红姨，来，见见这位大名鼎鼎、黑白两道通吃的景泰集团掌舵人。你还不知道吧，我们这几年好多生意是和他做的，日后少不了互相帮助，混个脸熟。"

林管家亲尝海洛因的那一幕还深深印在她的脑海里，林厌想起了从前许多不曾忆起的细枝末节。

林氏为何能权势滔天，创立也不过这几十年的工夫而已，已经跻身全国一流企业，旗下各大子公司遍地开花，产品远销海外。

她从前虽然也怀疑过，但暗中调查无果，只以为是林又元经营有道，以及赶上了发展潮流，炒房卖股票发家致富。

谁知道这钱不仅不干净，还沾着血腥。

而林又元呢？他又在这场棋局里扮演了什么样的角色？

林管家吸毒，那林又元呢？

他买来的那些毒品又转手卖给了谁？祸害了多少个无辜的家庭？

林氏旗下的工厂是不是都在生产这玩意儿？

初南离奇身亡，是不是因为知道或者看见了些什么？

他多年来阻挠自己查案，是不是因为不想真相大白于天下？

宋余杭接连遇刺，是否和他相关？

…………

四目相对的那一瞬间，林厌脑海里风起云涌般掠过了许多念头，每一个都让她痛不欲生。

世上还有什么比她是警察，父亲却是毒贩更讽刺的事吗？

没有了。

林厌眼眶发烫，却还是咬紧后槽牙强自将泪意逼了下去。

她听见自己的声音冷得像结了冰："林董的大名真是如雷贯耳，百闻不如一见。

怎么？这样的交易也需要您——"

她抬眸，直视他的眼睛，一字一顿地道："亲、自、出、马、吗？"

第126章 终局之战（4）

对比林又元的镇定自若，林厌终究是太嫩了。

她眼里那一点愤怒的光没能逃过他的眼睛。

老人摩挲着拇指上的绿扳指，面无表情地淡淡道："钱的事，自然是要慎重些。"

林厌出现在这里他丝毫不意外，顶爷生性多疑，又怎会不带着她呢？不过有他在这里拖延时间，应该能拖到警方的人来。

到时候人、钱、货一网打尽，林厌得救，哪怕被误会他也可以安心地去了。

只是他没有想到的是，有人把林厌的那份DNA报告发给了顶爷，方辛验的那份DNA是假的，自然和林厌的对不上，而林厌本人的DNA又和裴锦红的对不上。

他更没有想到的是，真正的裴锦红会被人从看守所里救出来出现在这里。

顶爷拊掌大笑："真是精彩啊，先是放任自己公司高层管理贪污，搞垮了整个景泰而让我放松警惕，随即又设计用两亿的天价请我入局，在我身边埋下眼线……"

他说到这里，轻飘飘地看了林厌一眼。

林厌顿时感觉不寒而栗。

她自以为已经聪明绝顶，却连这些人的皮毛都及不上。

龙老板的这个身份既然是真实存在的，那么林又元又是从多少年前就开始布局的呢？"

"最后亲自出马和我拖延时间，等到警方来将我们一网打尽，好一招釜底抽薪。"

谋划被人看穿，林又元倒也不恼："你说得对，但是你照样跑不了，这院子已经被我的人围起来了。"

"是吗？"顶爷嘿嘿冷笑着，拄着拐杖转了个身，"把给林董的见面礼拿上来。"

大门"嘎吱"一声被人推开，老虎和两三个手下拖着一个披头散发的女人走了进来。林又元瞳孔一缩，守在院外的人居然毫无动静，就让这些人这么大摇大摆地进来了？

不好！

他摩挲着那枚绿扳指，微眯起眸子去瞧那女人，突然神色一凛。

老虎把女人揉到地上，缓缓抬起了她的下颌，亮给众人看："瞧瞧，我们从江城市看守所里捞出来的囚犯和红姨长得真的是像呢，或者说——和林董已经去世的女儿林厌也有几分相似呢。"

仿佛一道重锤砸在心上，在看清她的脸的那一瞬间，林厌就暴起从别人手里抢过了枪，子弹上膛对准了裴锦红："你放屁！哪里找来的赝品也想诓骗顶爷？去死吧！"

就在她扣下扳机的那一瞬间，库巴动了。没人看清他是怎么动作的，那势如破竹的一脚径直踹在了她的手腕上，枪飞了出去，林厌跌倒在地，再想爬起来的时候，被人用枪顶住了额头。

林厌咬牙骂了一声。

库巴将子弹上了膛，示意她不要动。

看着自己的亲生骨肉挨打，林又元依旧是一副无动于衷的表情。

顶爷不由得感叹："还真是心硬如铁呢。"

林又元连个眼神都懒得施舍给她："这和我又有什么关系？和我那已经去世的不孝女林厌又有什么关系？难不成世界上相似的人那么多，顶爷每个人都要拉出来对比一下？我可没这个闲工夫陪您唠嗑，要么还钱，要么拿真货来，否则今天别想走。"

他说得平淡，却有一股不怒自威的气场，最后一句话略微咬重了字眼，带上了一丝威胁的意味。

"别急呀，你我兄弟相见，就这么急着走？总得叙叙旧不是？"顶爷说着，拿拐杖抬起了裴锦红的下颌，微眯起眼睛，眼底渗出狠毒的光："你自己说，你是谁？"

林厌被人拿枪指着脑袋，动弹不得，看了看裴锦红，她也正好看着自己，两人四目相对，彼此都飞快地移开了视线。

裴锦红开始发抖，一言未发。

顶爷轻声细语地说："你别怕，大胆说，我向来喜欢说真话的孩子，会保护你的安全的。"

说着，他示意老虎把人扶了起来。

林又元给林管家使了个眼色，示意他准备找机会灭口。

林管家微微点头，手摸向了兜里的枪。

顶爷把裴锦红拉到身边，库巴和老虎一直守在他左右，就连林厌也在他的射击范围之内。

林管家迟迟找不到合适的开枪时机。

顶爷又和蔼地拍了拍裴锦红的手："大胆说吧，孩子，是谁害了你，又是谁抓你，把你藏在了看守所里？"

林厌抬眸看着她，冷冷地道："我不知道你是谁，为什么要假冒我，但是劝你考虑清楚再说话，不要害人害己。"

林厌这话表面是辩白，实际上是在暗自提点她，她既已被警方抓获，林厌得以成功伪装潜入，所有的前期情报都是她提供的，就算她承认自己是裴锦红，一个泄露了秘密的人，顶爷会让她活吗？

林又元嘴角微勾起一丝笑，淡若清风，又很快消弭于无形。

不错，林厌有点长进，知道揣测人心了。

不过，为什么警察还没有来？

如果林厌真的有危险的话，那就只能……

他目光一暗，下定了决心。

林管家悄悄走到他身后，扶着轮椅低声道："老爷，现在该怎么办？"

林又元摩挲了三下绿扳指，随即松开来，面色如常。

林管家知道，这是要他按计划行事的暗号。既然老爷是做局之人，那么一定是做了万全准备的，这盘棋已经在他的棋盘上演练了无数遍。

七天前，两个人最后一次对弈。

红子岌岌可危，眼看着就要满盘皆输。

林管家手里拈了一颗黑棋，迟迟未下，抬眸看他："老爷……"

林又元把红色的车喂到了他眼前："造化弄人，即使我已经预料到了一切，这盘棋也未必能赢，如果真的有那一天的话……"

黑子吃了他的车，帅却逃出生天了。

"就这样吧。"林又元一锤定音。

林管家捏紧了轮椅靠背，微微咬紧了牙关。

所有人的目光都聚集在了裴锦红身上，有期待的、冷漠的、紧张的、不怀好意的。

她在这么多人眼里就好似一块身处兽群中的肥肉，战战兢兢，如履薄冰。

裴锦红听了林厌的话，抖得更厉害了。半晌，她猛地一咬牙，扑过去抱住了顶爷的大腿，哆嗦着嘴唇，手指向林厌："是她！她就是警方……"

"卧底"两个字还没说出来，枪声划破了夜色，将她剩余的话全数堵回了肚子里。

刘志带着人破门而入，手里拿了一把冲锋枪扫射着，火舌弹了出来。

他声嘶力竭地吼道："红姐快走！"

制住她的那个人中弹倒地，林厌飞身而起捡了他的枪，混战之中有人要来抓她，她抬手就是一枪，一骨碌从地上爬起来拔腿就跑。

枪声响起的时候，老虎手疾眼快地把裴锦红往地上一推，转身就是一梭子子弹。

跟着刘志来的欢歌夜总会的人跟跄倒退了几步，仰面倒在了地上。

"老爷，走！"林管家推着轮椅边战边退。

顶爷带来的人都扑向了林厌，一阵混乱，硝烟四起，子弹打在地上扬起漫天尘土。

林厌发狠，胳膊肘砸开了扑向她的喽啰，反手就是一枪，正中毒贩要害。还没等她喘口气，又是三五个人围了上来。

她扣下扳机，枪却没子弹了，就是这一愣神的工夫，被人七手八脚地摁倒在地。

刘志回身见她陷入包围圈中，跳上了车顶，提气大吼："都别碰她，去死吧！！！"

一阵"嗒嗒嗒"的扫射，枪口喷出了火舌，围着她的人倒地，温热的血溅在了她的脸上。林厌仓促地起身，耳边传来尖锐的破空声，那是高速子弹划破空气带来的声音。

大口径狙击步枪的声音，沉闷有力。

"砰——"

林厌眼底绽开了一朵血花："不！！！"

她跌跌撞撞地扑过去，刘志已经从车顶上摔了下来，胸口破了好大一个洞，汩汩渗出的鲜血染红了白衬衫，从他嘴角流出来的血液，怎么擦也擦不干净。

林厌拿手去捂他的伤口，殷红的血源源不断地涌了出来。她微红了眼眶数落着，嗓音有些哽咽："不是说了让你走，走得越远越好，别回来吗？！你还回来干什么？来送死吗？！"

出发前夕，需要有人去望海大桥那边虚张声势吸引警方的视线，林厌就自作主张地推荐了他，希望他离开这片是非之地，然后去向警方自首，争取宽大处理，早日回家。

谁知道这孩子嘴上答应得好好的，却又带着人跑了回来。

林厌恨铁不成钢，泪落了下来。

"咯咯……"随着他的咳嗽，刘志嘴角又溢出血沫来，从胸口不断渗出的血打湿了她的袖口，染红了身下这片土地。

他吃力地抬起手，似想要触碰她的脸，微微笑了："我……我还不知道……你……你叫什么名字？"

"我……我叫……"林厌埋头哽咽，去抓他停留在半空的手，却终究落了空。

她还没来得及说出自己的真实姓名，刘志已含笑走了。

林厌轻轻合上他的眼帘，眼角滑下一行清泪。

我叫林厌，很高兴认识你。

你放心，我会帮你报仇，你的父母我也会替你照顾的。

她在心底默念，咬着牙站了起来，捡起刘志的枪，就要去寻那名开枪的狙击手。

"卧倒！"说时迟那时快，又是一发子弹破空袭来，也不知道是谁大力推了她一把，林厌一个趔趄，子弹打在她刚才站过的地方。

林又元本就行动不便，这一推自己也失去重心，连人带轮椅地翻倒在地。

林管家陷入了缠斗里，也没来得及腾出手来照顾他。

林厌仓促回眸，见是他救了自己，眼底闪过一丝错愕之色，喉头滚了滚，那一声"爸"还没喊出口，就被人掐着脖子用枪顶住太阳穴拖了起来。

眨眼的工夫，因为重武器的出现，局势已经有了翻天覆地的变化。

刘志带来的仅仅寥寥数人，很快就被人屠戮干净，而林又元这边的人在狙击枪的威胁下，也是非死即伤。

他们现有的火力并不足以冲出包围圈，甚至有生命危险。

第126章 终局之战（4）

而两个小时前，胡森吉接到了最新命令，暂缓行动速度，分出一部分人手前往云中岛。

指挥车里的人也展开了激烈的讨论。

冯建国唾沫星子四溅："我不同意，为什么要暂缓行动？此刻应该请求武警作战部队支援才是。"

赵俊峰当然不可能告诉他已经知道了云中岛的存在，就如同冯建国不可能告诉他"钉子"的存在一样。

赵俊峰只是皱着眉头说："只是暂缓，并不是不行动。我们包围外围，他们插翅也难飞，结果还是一样。"

当然不一样了！

外面的人多耽搁一分钟，在里面卧底的同志就多一分危险。

冯建国险些直接破口大骂了，涨红了脸，好半天才把脏话咽回肚子里。

他端起茶杯拧开盖子灌了好大一口冷茶消消气，赵俊峰奇怪地看了他一眼。

"莫不是中景工业港里有什么人，让你如此迫不及待？"

这话一出口，其他领导齐刷刷地看了过来。

冯建国把茶杯放下，嘴角勾起一丝讽刺的笑，一屁股坐了下来："是我越俎代庖了，一切全听赵厅安排，毕竟您才是总指挥不是吗？"

顶爷料得不错，赵俊峰毕竟多疑，既然已经知道了云中岛的存在，哪怕真实交易地点在中景工业港，他也不会袖手旁观，势必会派人去看看。这一来一回，顶爷赚的就是这个时间差。

市刑侦支队、禁毒支队被调走，省禁毒局和特警的人又被分出了一半去云中岛，剩下的不足为虑，此时此刻没有人会来救林厌他们。

顶爷咧开嘴笑了："林又元，你也没想到会有这一天吧？"

他并不急着杀他们，欣赏人类在垂死挣扎之际时的画面，是他最大的乐趣之一。

"喀喀……"林又元咳了两声，强撑起来的精神头也快耗没了。

他伸手一抹嘴角，全是血。

林厌也惊了，喉头微动："你……"

余下的话她还没说完，就被人激烈地打断了。

"还废什么话？要杀便杀，我最看不惯的就是你这种杀个人还要拖别人下水，磨磨叽叽的性子，过去这么久了，还是一点没变。"

林又元恶狠狠地咒骂着，并未抬眸看向林厌，仿佛她只是个无关紧要的人。

137

"过去这么久了，你这嘴硬的毛病也是一点都没变。"库巴扶着顶爷，一瘸一拐地走到了林又元身边，用拐杖戳着他的脸，眼底有一丝怜悯之色，"都要死了，还在虚张声势。"

林管家挣开了按着他的喽啰，意欲扑上前来，顶爷手里的枪指向了他的脑袋。

"你最好不要动，你主子的命在我手里。"

林管家咬牙，停住了脚步，被人一枪托砸在腿弯上跪了下来，几把枪"唰"的一下围住了他。

"你我之间的恩怨，何必攀扯上别人？林觉水，你想杀的人一直都是我不是吗？"

顶爷姓林？！

林厌震惊的目光猛地看了过去。

被叫作林觉水的人呵呵笑了两声，拐杖拍打着林又元的脸，脸上每个皱褶里都藏着恶毒和阴险之意。

"林觉水？林觉水是谁？他不是早就死了吗？"

林又元不良于行，仅凭上肢的力量无法从地上爬起来，即使是趴着被迫屈服于敌人脚下，眼神依旧是不屈的。

林厌从没见过自己的父亲露出那样的表情，他向来是冷漠、不屑一顾、阴险狡诈唯利是图的。

"呵，既然你不承认自己姓林，那还回来干什么？又为何不扔了这绿扳指，还把它镶在了拐杖上？！"

他此番话说得又急又快，难免咳了几声，林又元目光如锥子般盯着他拐杖上的龙头。

那里镶嵌了一枚绿宝石，林厌以前也曾留意过，却没想到原来和自己父亲手上的扳指是同样的材质？

她踉跄着后退了一步，似是有些不敢相信这事实。

"你住嘴！"林又元此番话惹得顶爷勃然大怒，顶爷本想拿拐杖打人却又瞥见了上面的扳指，情急之下暴跳如雷，脸都扭曲了，"给我杀了他！"

库巴将子弹上膛就要扣下扳机，林又元却又猛地伸出了手："慢着！你我毕竟兄弟一场，事到如今，我无话可说。"

"不过——"林又元瞥林厌一眼，不动声色地转过脸，目光看向了自己的哥哥，"能死在你手里也不错，你亲自送我上路吧，别人……"

林又元略微一顿,缓缓道:"我不甘心。"

他说着慢慢闭上了眼睛,做出了一副随时可以赴死的表情。

林厌开始挣扎,林管家跪在她旁边,死死拽着她的衣角,示意她不要出声。

林觉水抽动着眼角,看着趴在地上的林又元。三十年光阴弹指一挥间就过去,林又元老了,眉毛都白了,昔日飞扬跋扈、意气风发的少年几乎变成了个废人。

他拿着这枪,漆黑的枪口对准了林又元,微微颤抖着。

库巴小声提醒道:"顶爷,我们的时间不多了,不能再耽搁下去了。"

仿佛被一语惊醒,"顶爷"这个称呼将他拉回了冷冰冰的现实里。

三十二年前林又元是怎么对他的?怎么伙同别人一起谋害他的?怎么把他变成现在这副人不人鬼不鬼的模样的?

新仇旧恨一齐涌上心头,林觉水扔了拐杖,一瘸一拐地走过去,拽起了林又元的衣领,把枪抵在了他的太阳穴上,微微喘着粗气说道:"好,那我就……送你上路!"

他眼底蓦地迸发出了一股恨意,食指轻轻往回勾着。林又元微微弯起嘴角笑了,电光石火之间,他的右手迅速从兜里掏出了本就准备好的手枪,趁着两个人靠近的工夫,枪死死抵在了林觉水的心口上。

这个距离林觉水要想闪躲,已来不及了。

库巴已先他一步察觉林又元的动作,抬手一枪正中林又元的肩膀。

老人本就病入膏肓,这一枪相当于要了他的半条命。林又元重重跌倒在地,吐出一口血沫,西装外套下汩汩地渗出了血。

林厌红了眼眶,挣扎着扑过去:"不要!"

林管家目眦欲裂,推开指着他的几把枪就扑了过去,有人在他身后开枪,打中他的一条腿,他仍是一步步地爬了过去:"老爷!"

林又元咳嗽着,从嘴角溢出了大量殷红的血。他抬眸望向林厌,张了一下手指又很快缩了回来,剧烈喘息着。

变故来得太突然了,林又元的立场转变得太快了,他究竟是正是邪,她尚未搞清楚,就眼睁睁地看着他满身是血地倒在了自己面前。

往事一幕幕浮现在她的脑海里。

她因为渴求父亲的关心而在寒冬里跑到水龙头下淋浴,即使生了病他也对她不闻不问。

他纵容林诚再三欺辱自己,对年幼的她不管不顾,甚至将她寄养在林舸家。

她拿考了满分的试卷回家，林又元看都不看一眼，便当废纸一样扔进了垃圾桶里。

　　如果做个品学兼优的好孩子无法博得父亲的关注，那她还不如做个彻头彻尾的坏孩子。也只有当他勃然大怒，甚至体罚她的时候，林厌才会有那么一丝丝他还在乎自己的错觉。

　　不过错觉终究是错觉罢了。

　　他若是真的在乎，不会骂她，不会打她，不会对她不管不顾，亦不会将她逐出家门。

　　林厌就在这种既变态又压抑的环境里长大了，直到现在。

　　她看着林又元望向自己的眼神，竟然有一丝柔软，他居然还想伸手靠近自己。

　　林厌既错愕又惊喜，眼底涌出了泪花。

　　就是这么一恍神的工夫，林又元的瞳孔里映出了来自她身后的一把刀。

　　那一点光芒越放越大，林厌却浑然不觉。

　　那一天发生了很多事，老虎死在了她手里，宋余杭则干掉了库巴，顶爷被捕，警方彻底捣毁了这个特大跨国犯罪集团，她得以重新回到阳光下生活。

　　可是后来的林厌无数次回想起这一天，印象最深也最让她意难平的还是这一瞬间发生的事。

　　林又元，一个双腿残废，将近古稀身患绝症的老人，肩膀上还嵌了一块弹片。在她的后背暴露于敌人的刀光之下的刹那，也不知道他哪里来的力气，竟然只凭着瘦骨嶙峋细如麻秆的胳膊爬了起来，猛地抬起上身扑向了她，把她搡向了自己怀里。

　　"小心！"

　　那是一个父亲在女儿有危险时的本能反应，也就是这样的本能反应使他"哇"的一下吐出了一大口淤血，温热的血溅到了林厌的脸上，那把刀深深地插进了他的后心里。

　　林厌从未想过，她活了三十二年，林又元从未抱过她，两个人第一次拥抱竟然是在这样的情形下。

　　她什么都忘了。

　　求生本能。

　　格斗技巧。

　　急救技能。

…………

她也一度丧失了作为一个优秀卧底该有的冷静思考能力，大脑一片空白，忘了该如何动作。

那些枪声仿佛都离她远去了，她的世界里只剩下一片血色。

而这血源自自己的父亲。

院外传来了密集的枪声，援兵到了。库巴扔了笨重的冲锋枪，从后腰拔出手枪，护着顶爷往外跑去。

"撤，前往云中岛！"

眼看着他们即将冲出院门，林又元一把推开了林厌，声音断断续续地说："没……没用的东西！愣着做什么？……去……去追啊！"

他一急，就开始剧烈咳嗽，随着声带的每一次震动，嘴角的血沫也越涌越多。

林厌抱着他，红着眼睛吼道："不，我不去！我送您去医院！去医院！"

林又元颤颤巍巍地抬起手摸向了她的脸，林厌本以为他要抚摸自己，谁知道他却狠狠地给了她一耳光，直打得她偏过头去，耳膜"嗡嗡"响。

林又元咬牙道："混账东西！他拿走的……是我……林家……半辈子的心血……你必须……必须给我讨回来……还有……你看看这满院子的人……"

林厌目光瞥过去，地上横七竖八地倒着尸体，死在汽车旁边的刘志、欢歌夜总会前来救她的员工，以及林又元的人。

"他们都是因你而死！！！"他吃力地抬起身子，用尽最后一丝力气咆哮着，眼里全都是慑人的血丝。

林厌如坠冰窟："不……不……"

"滚！"林又元艰难地从齿缝里蹦出了一个字，呼吸已跟扯风箱一般沉重，脸色青白，已是弥留之际了。

他不想让林厌看见这个样子的自己，于是拼尽全力在抗拒着她的接近。

"今日顶爷不死，我林家便再无林厌此人，日后逢年过节也不需要你祭拜，就当是我……白生了这个女儿。"

不愧是她的父亲，对她了若指掌，都这个时候了还在玩弄人心。

他知道林厌自尊心重，好胜心强，激不得，便也如此说了狠话。

林厌果真手握成拳，"噌"的一下站了起来，抹干净眼底那一丝水光，从地上捡起一把枪杀气腾腾地往门外冲去。

未等她走到门口，原本躺在地上已经身受重伤的林管家暴起，一把扑向了路过的顶爷的腿，嘴里大喊："小姐，快，替老爷报仇！"

他话音刚落，库巴一枪崩在了他的脑门上。林管家瘫倒在地，额头的一个窟窿渗出了鲜血，死不瞑目。

"给我偿命啊啊啊啊！"林厌杀红了眼，抄起冲锋枪就是一阵扫射。

子弹打在了铁门上，"砰砰"响，溅起了火星。

林厌追出门去，只看见库巴把顶爷塞进了车厢里，自己坐进了副驾驶座，车子绝尘而去。

她追上去意欲打爆他们的轮胎，老虎从后车厢里回过头来举起了AK，枪口喷出了火舌。

林厌被迫躲避，就这么一眨眼的工夫，越野车已经开出了射击距离。

看着她跑出门的林又元嘴角浮起一丝释然的笑，用还能动的左手摸到了掉在地上的配枪，颤颤巍巍地举了起来，对准了太阳穴。

早晚都是死，他不想死在医院里，也不想死在敌人手里，就用这把枪结束自己的生命吧，也算是为过去做下的错事赎罪了。

唯一的遗憾就是，他还没亲口告诉她：厌厌，爸爸爱你。

林又元咀嚼着这句话，嘴角有了一丝笑，微微扣动了扳机。

枪声划破了暮色。

林厌追击途中猛地停了下来，回头看着院子，又扑了回去，流着泪嘶吼："爸！！！"

"顶爷，他们追上来了！"老虎回头看了一眼，几辆警车在身后穷追不舍，他一边开枪一边道。

坐在因为疾驰而剧烈摇晃的车子里，林觉水倒是面色镇定如山："不急，会有人替我们挡住他们的。"

"队长，兄弟单位的人都还没来，咱们还追吗？！"在"噼里啪啦"震耳欲聋的枪声里，驾驶员扯着嗓子说话，话音刚落，猛地俯下身去，一发子弹击碎了前挡风玻璃，擦着他的头皮飞过。

薛锐开枪还击："追！一定要在他们登船之前把人拦下来！"

林厌冲进院子，对着林又元的尸体跪了下来，颤颤巍巍地捧起他的脸："爸……爸……你说话呀……"

回答她的是一阵细碎的脚步声，院门又关上了。

林厌持枪转身，猛地一怔，手开始发抖。

林舸穿着长西装，戴了一副秀气的金丝眼镜，手里拿着那把长狙击步枪，枪口拄在地上，眼神是温和柔软的，向她伸出了手："厌厌，到我这儿来，哥带你走。"

林厌往后退了一步，眼睛里的血丝就没散去过，看上去憔悴极了："你一直在这里？"

林舸点头："对。"

"刘志是你杀的？"

"刘志？他是谁？"

林厌咬牙，眼里蓦地迸出一抹愤恨之色。

林舸将目光挪到了一旁穿着白衬衣的尸体上："哦，是他啊，杀就杀了吧，一个喽啰而已，况且他也对你心怀不轨不是吗？"

林厌眼底迅速涌起了泪花："他是我朋友，不是什么小喽啰！"

林舸嗤笑一声，把枪背上身，坚定地往前挪了一步，向她伸手："好了，那不重要，听哥的话，跟我一起走吧。"

他步步逼近，林厌一直往后退着，直到后背撞上了停放在院内废弃的面包车上，退无可退。

"你既然一直在这里，为什么……"林厌咬牙切齿，痛彻心扉，"要眼睁睁地看着……"

他为什么要看着林又元走投无路，最后开枪自杀啊？

"那明明也是你的叔叔不是吗？"

林舸一脚把躺在路中央的林又元的尸体踢开，嘴角浮起一丝讽刺的笑意："就是这位旁人眼里乐善好施的企业家、好父亲、好叔叔……"他蓦地咬重了字眼，"你可知他才是害得我家破人亡的凶手？他还和我妈搅和在一起，让我沦为别人眼里的笑柄、野种！"

"你住嘴！别碰他！"看见他的动作，一句句话刀子一样往心上扎，林厌一阵气血翻涌，想也未想地抄着拳头就扑了上去。

令她没有想到的是，在她的印象里，向来斯文俊秀从没学过武，顶多只是偶尔健身的人竟然有这么大的力气。

林厌那一拳角度刁钻，又用了十成十的力气，没有任何格斗基础的人是躲不过去的。

林舸不仅躲过了,还掰住她的手腕往下一压,右手钳子一样锁住了她的胳膊,一个标准擒拿动作推着她往后退。

"砰"的一声,林厌后背撞上了车厢,一阵头晕眼花。

林舸晃着她的肩膀咆哮:"他杀了我爸,要不是他,我怎么会成为孤儿?林厌,你好好想清楚,他要不是和我妈有染,为什么要把你送到我家来?我妈又为什么对你那么好?什么好吃的、穿的、玩的她头一个就想到你,对我都没有那么好!"

"你放屁!"林厌流着眼泪嘶吼,"你算什么狗屁孤儿?你生在林家长在林家拿着林家的钱,享受着妈妈的关心和爱护,在外面流浪过吗?!你捡过垃圾吃吗?!你在恶犬嘴里夺过食吗?!

"你通通没有过,算哪门子的孤儿?!娴娘对我好,难道不是因为可怜我从小流落在外吗?!你凭什么用你自己的猜测否定别人的一生?!那是你亲妈和亲叔叔啊!"

此时此刻的林舸像得了失心疯一样,面目全非。

林厌才惊觉,原来自己从没有真正了解过他,活在她的记忆里的,仅仅是那个斯文俊秀、安静温和的少年。

眼前的林舸是魔鬼,是禽兽,一手造就了这一场杀戮,晃着她的肩膀歇斯底里地咆哮,抹黑自己的家人,企图让她认同他的歪理邪说。

"是,是亲妈,但你知道她是怎么对我的吗?"林舸说到这里,眼底渗出了愤恨的光,也微微红了眼眶,"我活得像一台按部就班的机器,每一个零件都被安排得明明白白。

"几岁必须学会走路,永远不能哭,该笑的时候得笑,没有玩具,只有书本,考试必须拿满分,差0.5分回家就没有饭吃,做错了事永远只会得到批评,做对了却也得不到表扬。

"别的男孩子都可以跑闹蹦跳,我不能,我得坐在家里学习,学完了音乐、舞蹈、美术,还有钢琴、书法、奥数……

"只有你,林厌,厌厌……"他疯了一样捧起她的脸,眼底闪烁着兴奋的光。

"你不一样,你是那么飞扬跳脱,那么恣意张扬,原来人生还可以像你一样过得那么快活,你就是我的全部,我的光。"

他说着拇指轻轻摩挲着她的脸,揩掉她眼角的泪渍。

林舸欲把人揽进怀里的时候,地面上投下了一片阴影。

他仰头望去,本应该躺在医院里的人从天而降,手里拿着的不知道是从哪里捡来的铁桶，死死罩在了他的脑袋上。

林舸眼前一片漆黑，挨了不少黑拳。

宋余杭招招直击要害，直揍得他连连后退，"扑通"一声跪在了地上。

宋余杭一甩打得有些酸痛的双拳，回转身来拉林厌："我们走。"

林厌愣愣地看了她半晌，嘴角浮起一丝笑："你怎么来了？"

宋余杭拉着她跑："我来带你回去。"

路过林又元的尸体的时候，宋余杭瞥了一眼，目光沉痛，攥着林厌的手用力了几分："对不起，我来晚了。"

"是有点晚，不过……"林厌看着她的背影，她身上也挂了彩，一个人孤军深入，从江城市找到这里应该很不容易吧？

刚刚一个人的时候还可以坚强，如今见着宋余杭就有些眼眶发烫，鼻子一酸，泪就滚了下来："能来就好。"

宋余杭护着她推开院门，刚冒出头，一梭子弹就射了过来。

"趴下！"她抱着人往旁边一滚，火星溅在门框上"砰啪"作响。

门外也有林舸的人，这院子已经被围起来了。

宋余杭拖着林厌往后退，院内空旷，林舸身上有大口径步枪，自己却手无寸铁，实在是不利于交战。

她得找个隐蔽的地方先把林厌藏起来才好腾出手来和林舸打。

宋余杭目光快速扫过院落，最后落在最里面的仓库上，拉着林厌跑过去。

林舸好不容易才摘掉了那套在头上的铁桶，拦住了她们的去路："来得正好，一起杀了。"

漆黑的枪口对准了她们。

宋余杭盯着林舸，微仰起下巴："怎么样，单挑吗？"

他的那些手下"呼啦"一下拥进了院子里，把两个人团团围了起来。

林舸轻轻笑了起来，笑声越来越大，嗓音尖厉，让人毛骨悚然。

"好，单挑就单挑，都让开！"

手下们略一犹豫，稍稍让出了一条路。

宋余杭正欲上前，被人轻轻扯住了衣角。

林厌走到她身前，经过血与泪洗礼过后的眼睛越发明亮了。

如果早晚有这一天，她希望是自己亲手了结这一切。

"宋余杭，这一次让我来吧，有一些话我想问问他。"

第 127 章 终局之战（5）

"林厌。"宋余杭还是不放心，拉住了她的手，神色焦急地低声道，"我留下来，你先走。"

林厌摇头："是你先走，去追顶爷，这里有我就可以了。"

二人之间的低语没能逃过他的眼睛，林舸冷笑了一声："想走？没那么容易，既然来了，那就把命留下来吧！"

他说着举起狙击枪对准了宋余杭，林厌手疾眼快地把人往旁边一推，自己迎上了他的枪口。

"林厌！"宋余杭去扑她，她却岿然不动，手指抓着枪杆，堵上了自己的心口。

"林舸，我或许没有杀你的能力，可是自戕的话，在场诸位无人能拦我。要么你就放我们一起走，要么——"她微仰起下巴，抬眸看着他，瞳仁又黑又亮，神色坚定，"先杀了我再杀她。"

林舸扣着扳机的手开始发抖，咬牙切齿道："你别逼我。"

林厌寸步不让，眼神坚定而毫无畏惧，仿佛在说：有本事你就开枪吧。

她这个样子，反倒让林舸开始慌了。

"厌厌，你听我说，我不想杀你，只要你跟我走，我们还能和从前一样……"

他还未说完，已被林厌冷冰冰地打断："没有人能一直活在过去，回不去了，林舸。"

"不……不……"林舸摇头，神色有一丝癫狂，"我做了这么多都是为了你……"

林厌手指抓着枪身，步步逼近："为了我？你为了我都做了些什么？"林厌讽刺一笑，眼底闪过了一丝痛苦的神色。

她从不敢深想的问题在此刻真相大白了。

"我去省城那次，是不是你跟秃鹫的人透露的消息？"

"是。"迎上她的眼神，林舸缓缓点头，半晌，又迫切地解释道，"可是我没有想到他会向你下手，我只是让他跟踪你。"

林厌微微闭了一下眸子，扯起嘴角笑了一下。果不其然，江城就这么大，和她相熟且要好的人寥寥无几，也只有林舸会时不时嘘寒问暖，询问她在哪儿忙些什么。

"绑架宋家人，对小孩子动刑。"林厌蓦地咬重了字眼，"也是你做的？"

她说一句话走一步，院落不大，转眼已到仓库门前，林舸的后背撞开了库房门。

宋余杭跟着走了进去，就听见他如实道："是，没错，我还接触过她们一阵子，确实是个很可爱的小姑娘，要不我也不会绑架她啊。"

他不仅毫无悔改之心，还巧舌如簧。

宋余杭一阵气血翻涌，抄起拳头就扑了上去，看见他顶在林厌胸前的枪口时，却又压抑住仇恨退了回来。

"很好，你倒是坦诚。"

"事到如今，我也没什么可瞒你的了。"林舸漫不经心地扯了一下嘴角。

林厌攥紧了枪口，冷冷道："在我车上动手脚的，也是你？"

"是我。"他大方承认了，却也有些咬牙切齿，"可是我没想到你竟然会跳海下去救她！"

宋余杭趁着林厌吸引了林舸全部的注意力，库房里也没人跟进来，整个人就站在林厌身后，骤然暴起，左手胳膊肘砸向了他的手腕，右手如鹰爪一般直取他的咽喉，招招直击要害，不留情面。

抵在林厌心口的武器终于被打落在地，林舸心神恍惚之下，匆匆和宋余杭过了几招，压根没占到便宜，很快就被制服在地。

他抬眸看着林厌，眼角有被揍出来的红肿瘀青，看上去就跟哭了一样。

他哑着嗓子问："林厌，你把我当成什么了？"

"当成什么？"林厌咀嚼着这句话，看着他的脸，一时之间有些恍惚。

当年那个温暖的小少年逐渐和面前的这张脸重合。

在这个瞬间，她仿佛看到了过去。

她被接回林家的第一天，小男孩拿着妈妈给的一罐糖，扭扭捏捏地走到了她身边，双手递给了她。

"你不要哭了，从今往后，你就是我妹妹了，哥哥会保护你的。"

年幼的林厌看着那透明糖罐里的水果糖咽了咽口水，脏兮兮的脸上满是警惕之色，并没有伸手去接："我不要，我不喜欢吃糖。"

少年林舸回头看看妈妈，得到了鼓励的眼神后，径直把糖罐塞到她手里跑掉了。

嘴上说着不喜欢吃糖的人，他上完兴趣班回来却发现她一个人躲在后院的秋千架下舔着糖果，并不是那种剥开一整个塞嘴里的吃法，而是拿在手上小心翼翼地舔着，旁边散落了一地糖纸。

小男孩想起了妈妈的忠告，拎着书包急匆匆地跑了过去："你不能这么吃糖，一下子吃太多的话会长蛀牙、拉肚子的。"

受惊的林厌拍开他的手，扭头跑掉了。

到了晚上，她果真上吐下泻。

林厌抱着肚子躺在床上辗转反侧的时候，卧室门轻轻被敲响了两下。

林舸像个小绅士一样，先敲了敲门，半晌没有听到回应，这才壮着胆子将门推了开来："妈妈让我给你拿的药，快喝吧，喝了就好了。"

林厌从被窝里坐起来，瞪着眼睛瞅他。她似乎总是这么一副谁欠了她二五八万的表情，明明还是个小屁孩，也不爱笑，老气横秋的。

林舸失笑，环视了一圈屋内，连个用人都没有，床头柜上放着的玻璃杯内是冷水，已经快见底了。

他心一软，拿着杯子跑了出去："你等我。"

他再回来的时候接了满满一杯温开水，一手拿着糖果："快吃吧，喝完药可以吃糖。"

那时候的他在妈妈的鞭策下，已经像个成熟的小大人了，既妥帖又绅士，又因为从来没有适龄儿童跟他玩，对林厌多了几分好奇。

林厌看着这口服液，拿在手里连吸管都不会扎，也是他拿过去帮她弄好，递到她手里的。

"不苦，很甜的。"

林厌将信将疑地尝了一口，紧皱的眉头终于松开些许，脸上的表情不再那么警惕了。

林舸还想说些什么，看看表，他练书法的时间到了，迟到会被妈妈打手心。

小少年匆匆把糖果放在了她的床边："我先回去了，改天再来看你。"

这个改天谁也不知道会是多久，林舸白天要完成贵族学校的课程，晚上和周末要上兴趣班，也不是喜欢出去跑的性子，妈妈也不许他出去疯玩，没有事情就一直待在家里写作业。

某天，他坐在窗边的书桌前写试卷，阳光倾泻在桌子上，少年咬着笔杆做着奥数。

一块石子轻轻砸在了玻璃上。

第一下，他没反应。

林厌又捡起一块石头扔了过去。

他还是没反应。

林舸做题做得太入迷了。

于是短手短腿的小孩子手里捧了一块大石头，吃力地踮起脚，"咚"的一声砸在了窗户上。

林舸吓了一大跳，这才抬眼望向窗外，一个小脑袋在晃呀晃的。

他站起身拉开了窗户，小孩子踮起脚，颤颤巍巍地把一个玻璃瓶放上了窗沿。

是那天他送给她的那罐糖吃完后剩下来的瓶子，只不过里面装的不再是糖果，而是色彩斑斓的蝴蝶，还振动着翅膀。

少年被这美丽的东西惊了一下。小孩子松开手，倒退两步："给你，谢谢。"

说罢，她就一溜烟跑了出去。

林舸端详这玻璃瓶半响，终于后知后觉地回过神来，扔了笔追了出去。

"等……等等我！你从哪儿抓到的蝴蝶？！"

少年林舸微胖，小小年纪就开始戴眼镜，跑得气喘吁吁的。

林厌指向后花园："就在那儿，有很多蝴蝶呢！"

两个人举着捕蝶网在花园中疯跑了一下午，最后跌坐在草地上。

林舸脑袋枕着胳膊躺了下去："你来了真好，以前都没有人和我玩。"

"也没有人和我玩。"林厌脏兮兮的手拍打着玻璃罐，看着里面的蝴蝶受惊胡乱飞着。

林舸坐起来，眼神有些兴奋。

"那以后我们一起玩吧，春天我们可以去捉蝴蝶，夏天树林里有条河，不知

第127章 终局之战（5）

149

道有没有鱼，妈妈总是不让我到那边去……"

林舸说着，又有些沮丧："不过我的试卷还没有做完，她不会让我出来玩的，就算做完了也……"

林妈妈总是担心他出什么危险，不让他跑，不让他跳，就算没什么事，他最大的娱乐也就是待在家里看看动画片。

彼时的林厌不明白他脸上那种遗憾神色，看着这玻璃瓶中乱撞却飞不出圈圈的蝴蝶只觉得可怜，于是说："我们把它放了吧。"

林舸点头，也拿出了自己那个瓶子，两个人一起拧开了瓶盖，看着蝴蝶振翅飞上天空，欢呼雀跃着，度过了愉快的一天。

当天晚上，林妈妈发现林舸没有写完试卷，罚他跪客厅。

他把送给妈妈的植物标本放在一边，乖乖跪了下来，低着头伸出了掌心。令他没有想到的是，一道小小的人影从门外冲了进来，二话不说跪在了他身边。

林舸错愕，林妈妈也愣了，半晌，放下用来打他的拇指粗的竹片把林厌抱了起来，拿手帕擦干净她的脸。

"厌厌乖，跑了一天还没吃饭吧？走，婶娘带你去吃东西。"

林厌趴在她怀里看着跪在地上的林舸，林舸偷偷竖起大拇指表示自己没事。

等妈妈抱着林厌走远，偌大的客厅里只剩下他一个人的时候，小男孩终于松懈了挺直的脊背，跪在自己腿上，长叹了一口气。

在那三年里，两个人就这样相伴着长大。林舸循规蹈矩惯了，林厌虽说年纪小，可奇思妙想不断，脑袋瓜里永远装着新鲜玩意儿。

春天里摘花、捉蝴蝶，夏天下河摸鱼、捕蝉、抓蛐蛐，秋天捡银杏树叶下藏着的白果，林厌拿牙齿咬开一颗，神色猛地一滞，却什么都没有说。

林舸跃跃欲试地看着她："怎么样，好吃吗？"

小孩子伸出胖乎乎的手递过去一大把，奶声奶气地说："好吃，哥，尝尝。"

林舸迫不及待地抠开了好几个果皮扔进嘴里，却被苦得"呸呸呸"地连声吐着口水。

"好你个林厌，居然敢骗我！"

林厌已一溜烟地跑得不见人影了。

冬天则是她最喜欢的季节，不仅是因为会下雪，她可以去外面堆雪人打雪仗，还因为过年的时候，婶娘会给她压岁钱，林又元也会回来。

自从被接过来的那一天起，三年里她和林又元相见不过寥寥数面，年幼的林厌看多了动画片里阖家团圆的画面，总归是对父亲这个角色抱有期待的。

除夕前一天，她还在忙着糊她的那盏纸灯笼，林舸用电池和小灯泡帮她做了一个发光装置放在里面，林厌小小的手拿着剪刀还拿不太稳，小心翼翼地剪着红纸。

林舸负责把她剪下来的纸条粘上去。

"林舸，你说他会喜欢吗？"

"会的，我们厌厌做的灯笼，是世界上最好看的灯笼。"

到了除夕那天，他果然来了。林厌躲在姆娘身后，抱着她的腿，背后藏着那盏小灯笼。

林又元检查过林舸的功课后，又问了他几个问题，小少年对答如流。

他很满意地点了点头，示意管家给红包。林舸拿着红包退下来的时候，就听见他叫了林厌的名字。

林厌磨磨蹭蹭地走上去，那声"爸"犹豫着还没喊出口，林又元看她一副扭扭捏捏的模样，就微微皱起了眉头。

"幼儿园不是教古诗了吗？背两首来听听。"

任凭林舸在一旁拼命给她使眼色、打手势，她也是背不出来的，好不容易磕磕巴巴地说了一句："床……前……明月光……"

林又元已不耐烦地打断她，连个红包都没给："来人，带下去，开春就要上小学了，连首诗都不会背，从今天开始不准出去玩了。"

林厌怔了怔，还没等她回过神来，就有一个大人拉着她跌跌撞撞地往外走去。

那盏好不容易才糊好的小灯笼自然也以玩物丧志的理由被他扔进了垃圾桶里。

第二天，林舸正在教她数着冰棒："一根冰棍就是1，两根冰棍就是2……"

话音未落，林管家带着人走了进来，躬身道："少爷，接老爷的命令，带小姐回家。"

林舸错愕，胸中忽然涌起了一股强烈的不舍，林厌已被管家抱了起来。

他追出去，远远跟在身后，鼓起腮帮子大声喊："厌厌，别怕，好好学习，哥会去找你的！"

那一年林厌六岁，他十三岁。再之后，林妈妈替他报了国外的研学冬令营，整个寒假他都没有再见到林厌。

开春回学校上课后，好不容易熬到了放学，林舸飞快地收拾好东西，迫不及待地跑去小学部找她，却看见她被人堵在墙角一阵拳打脚踢。

林厌奋起反抗，拿书包砸着男生，却被人一把搡开来。她跌倒在地，书本散落得遍地都是，男生一巴掌甩了过去。

"哪里来的，贱人生的也配姓林？也配和我在一个学校？给我打！"

围着她的男男女女扑了上去，林厌抱着脑袋躲避着。林舸一股热血直冲上头顶，扑过去死死护住了她："别打了，林诚，她是你妹妹啊！"

他话音刚落，许是来不及收手，林诚一巴掌扇掉了他的眼镜，镜框跌落在地，镜片摔了个粉碎，林舸的眼角也肿了起来。

林诚悻悻地收手："她算哪门子的妹妹？野女人生的罢了，林舸，今天要不是看在你的面子上，我打死她。"

一行人如鸟兽散。

没有眼镜，林舸还有些不习惯，揉了揉眼睛，蹲下身去把镜框捡起来装进书包里，转过身来拉住她的手："走吧，厌厌，我们回家。"

林厌一只手拖着破破烂烂的书包，书包拉链坏掉了敞开着，就这么跟着他走。

半晌，她停下脚步，夕阳将她的影子拉得很长很长。

林厌埋着头，地上落下了水渍："哥，我是野女人生的吗？"

林舸怔了怔，蹲下身来，神情柔和地替她揩掉眼泪："不，你不是，你叫林厌，是我妹妹。"

那个时候的他也许不知道，自己简简单单的一句话，成了她童年里永恒的温暖。

林厌的出现给林舸苦闷的人生里打开了一扇窗，而林舸又给她阴霾的人生里投进了第一缕阳光。

当然，如果没有后来这些事的话，他们也许会做一辈子的好兄妹。可是既然林厌已经知道真相，那么就无法再无动于衷。

有一件事她始终无法释怀。

林厌咬牙，艰难地吐出了那两个字："初南……"

跪在地上的林舸笑了笑，抬起头来，眼镜架被打歪了，镜片下透出了阴森恶毒的目光："你想知道她在哪儿吗？呵呵……哈哈……自己猜啊。"

仿佛当头一棒，晴天霹雳，林厌身子微微一晃，险些软倒在地。她红了眼睛扑上去死死拽住他的衣领，把人往后拖，"砰"的一声撞翻了货架，瓶瓶罐罐劈头盖脸地砸了下来。

林厌嘶吼道："也是你做的？！"

林舸扯起嘴角笑了："对，我做的。那个时候我刚回国，发现你居然和别人走得那么近，我不再是你唯一的朋友、唯一的好哥哥了。你身边有了她，我不开心。我承认我很嫉妒，她死了你身边就又只有我了，于是我就……"

"你闭嘴！"林厌再也听不下去，一股热血直冲上头顶，眼眶发烫，泪就落了下来，随手抄起掉落在地上的匕首朝着他的胸口狠狠扎了下去。

"你就为了这样的理由？这是什么乱七八糟莫名其妙的理由？你就朝无辜的女孩子下手，她的人生还不到三分之一啊！她没有未来了，可是你还活着，活得好好的！"

宋余杭没有阻止林厌发泄，知道这些话说出来比闷在心里要好，仅仅站在旁边看着，自己就感觉到无穷无尽的悲伤，那林厌的心该有多痛啊！

林舸有反抗能力，却没有躲，而是微偏过脑袋，闭上了眼睛，引颈受戮。

他知道林厌这刀落不下来的。

他了解她。

果不其然，那锋利的匕首只进了一寸就再也进不去了，林厌浑身颤抖着，咬紧了牙关，满脑子只有一个念头。

她的哥哥杀了她最好的朋友。

林厌的眼角忽地滚下泪来：初南，对不起，我……是我害了你。

就是她这么一恍神的工夫，林舸嘴角浮起一丝诡谲的笑意，他举起手腕轻轻在刀锋上一掠而过，绑好的麻绳掉了下来。

"林厌，小心！"宋余杭手疾眼快地一把推开了林厌，子弹擦着她的肩膀飞了过去，划破了衣服，肩膀顿时皮开肉绽。

"宋余杭！"林厌被死死摁在她怀里，一股血腥味扑面而来。

"我没事！"宋余杭抱着人后退了几步，把人放在安全地带。

"你在这里待着不要动，找机会自己先逃出去，段城会在外面接应你。"

"我不要——"林厌起身，又被人按了回来。

"听话。"宋余杭说完，抄着枪就冲了出去。

她刚冒出头来，一梭子弹就射了过来。她往后一躲，金属货架上火星四溅。

趁着对方换弹夹的工夫，她一手撑地往前一翻，手枪稳稳地端在手里，飞快地开了枪。

林舸也就地一滚，躲进了旁边的货架里，子弹打在他身后装工业原料的桶里，"砰啪"作响。

也许是听见了里面的枪响，门外守着的人想冲进来。眼看着门缝透出了一丝光亮,林厌一个箭步蹿了过去,抬脚狠狠把先闯进来的那个人踹飞了出去。

"有人守门,拿枪打!"

不好!

林厌瞳孔猛地一缩,抱头匍匐在地,子弹擦着头皮飞了过去,铁门被射成了筛子,一缕缕光线透了进来,尘埃飘浮在空气里。

"林厌!"听见那边的动静,宋余杭难免分了心,换弹夹的速度慢了一步。

林舸从货架顶上一跃而过,手里长枪横过来死死卡住了她的脖子,把人往后拖,令她窒息。

宋余杭被迫跟着他走了几步,回过神来右手胳膊肘猛地往后一砸,正中他的腹部。林舸猝不及防之下被人打中要害,一个趔趄,松懈了力道,再也制不住她。

宋余杭趁势而起,一拳砸向了他的面门,打碎了眼镜。林舸倒退几步,仰头溅出了鼻血。她满腔恨意正无处发泄,林厌会对他手下留情,她可不会,又是一个鞭腿踹了过去,用力之大仿佛能听见骨骼断裂的声音。她径直把人踹飞了出去,林舸倒在杂物堆里,墙角垒放着的工业原料桶散落了一地。

他倒在地上,手指摸到了一些冰凉湿滑的东西,是从这桶里渗出来的工业原料,一股酒精味弥漫开来。

宋余杭捏着拳头走到了他身前:"你打不过我,我要替林厌、初南、小唯、我嫂子,替所有无辜枉死的人——

"报仇。"

"报告,中景工业港内的一家废弃塑料厂内发现大量犯罪分子,持有重火力,重火力,报告完毕!"

通信器里传来纷杂的电流声。

赵俊峰一把接了起来:"传我命令,强攻,务必全部拿下!"

冯建国"噌"的一下站了起来:"不行,卫星图像还没传回来,敌我未明,不可贸然强攻。"

"那就眼睁睁地看着毒贩上船逃出公海吗?!"赵俊峰也大声反驳着,"我是总指挥,出了事我负全责!攻进去!"

随着他的一声令下,围在塑料厂外的特警互相对视了一眼,队长打了个手势,两名队员跑上前来,从战术背心上扯下烟幕弹和催泪弹一下拉开,远远地抛了进去。

烟雾弥漫出来,院内守着的匪徒们被呛得连声咳嗽,特警队长将手垫在了膝盖上，一个队员踩着他的肩膀飞身而上，跳进了院内，借着烟雾的掩护打开了院门。

一阵"砰砰啪啪"的扫射后，匪徒们倒下了大半，零星回击的枪声响了起来。

被宋余杭打到吐血丧失了反抗能力的林舸躺在地上，听见外面的动静知道大势已去，扯起嘴角笑了笑，看向林厌："你还没告诉我，一直把我当什么？"

"我……"林厌从地上爬起来，刚想回答，几个慌不择路的匪徒蹿了进来，一眼就看见了站在通道中央的宋余杭，想也未想抄起刀就扑了过去。

"少爷，我来救你了！"

"小心！"

宋余杭仓促回头，一个消瘦的背影拦在了她身前。林厌身子微微一晃，死死攥着刀刃，从手腕上滚出血珠来。

"林厌！"宋余杭大惊失色，回身抱住了她，那刀刃已经深入心口三分。

林厌疼得满头大汗，脸色惨白。

宋余杭咬紧了后槽牙，余光瞥见那两个人还想扑上来，随手抄起林舸掉在地上的枪就扣下了扳机，血花四溅，匪徒倒地。

宋余杭抱着林厌，语气变得有些慌乱："我带你走，带你走，我们去医院，去医院啊，你一定会没事的，没事的……"

林舸嘴角微微勾起一丝讽刺的笑，他拼尽最后一丝力气，颤颤巍巍地站了起来，手摸向兜里，掏出了打火机："既然来了，就别走了，咱们一起死吧。"

这仓库中酒精味越来越浓重，林厌也察觉到了不对劲，余光瞥到那工业原料桶上写着"丁醇"二字。

她脑中顿时警铃大作，顾不得伤口还在冒血，往外推着宋余杭："走，快走！"

"要走一起走！"宋余杭架起她的一只胳膊，揽紧了她的腰，一步步往门口挪着。

"你觉得，你们还走得了吗？"林舸拖着被打瘸了的一条腿，步步紧逼，犹如魔鬼。

宋余杭瞥了他一眼，还手已经来不及了，他手里的打火机只要打开，闪烁的火光会瞬间点燃空气形成爆炸混合物，那个时候才是真的谁都走不了了。她并没有把握，尤其是在林厌还受了伤的情况下一击制敌并且夺下他手里的打火机，那把枪也没子弹了。

她把手里的枪往地下一扔，蹲下身背起林厌就往外跑。

林舸的速度也越来越快，就在她们即将冲出门口的时候，宋余杭的腿弯被人死死抱住了。

她挣脱不得,回身狠狠踹着他的脑袋。林舸咬紧了牙关,口鼻渗血也不松手,眼里跃动着的是又兴奋又嗜血的光,抬起头来撞向了她的小腹。

宋余杭吃痛,身子一晃,手打滑没抓稳林厌,林厌滚落在地,宋余杭扑了过去,把人抱住。

眼看着距离门口只有一步之遥,两个人的体力差不多都到极限了。

宋余杭咬着牙爬起来拖着她往外走,林舸又如牛皮糖般缠了上来。

他头晕眼花,浑身的骨头断了不少,内里出血,不停咳嗽着,满脑子却只有一个疯狂且偏执的念头:不能……让她们走……要死一起死!

弥留之际的人咀嚼着这句话,眼底突然迸出了刻骨的恨意,拖着残腿站了起来,咆哮着扑了过去,死死把两个人拽了回来,"啪"的一声按亮了打火机。

"林厌,别走,陪我一起下地狱吧。"

火光冲天而起,烧灼了他的头发,将整个眉目染成了金黄色。

林厌瞳孔里那团火云越来越大,她失声惊叫,既愤怒又恐惧,嗓音竟然颤抖起来:"哥!"

那是她下意识地喊出来的字眼,林舸却猛地一怔。

哥。

这个字好似一阵细雨,轻轻柔柔地吹进他的心里,他感觉仿佛回到了童年的时候,追着他跑的小女孩也是这么一声声地叫着:"哥,哥,哥哥……"

尽管林厌的嘴在一开一合,他却已经听不清她究竟在说什么了。

那个瞬间,他只是想起了很久以前,他远赴海外求学的那一年。

两个人约在花园里见面,还是那片星空,那片草地,可惜彼时已是盛夏,再无蝴蝶,只有漫天飞舞的萤火虫。

少女将亲手画好的画交给了他。

林舸翻来覆去地看着:"画得真好,将来想做什么?"

林厌摇头:"不知道呢,没有目标。"

又是五年过去,她长大了些,窈窕身形初现,可是依旧不爱笑。

林舸便伸手捉了一只萤火虫,握在掌心里骗她:"猜猜这是什么?"

林厌嗤笑了一声:"又是哄小孩子的玩意儿。"

话虽如此,看见从他的指间飞出去的萤火虫的时候,少女还是有些动容。

林舸微笑:"不急,你还有很长的时间慢慢想这辈子要做些什么。"

林厌也学着他的样子捉了一只萤火虫，然后放飞："那你呢，你想做些什么？"

"我……"林舸愣了愣，随即笑起来，摸了摸她的脑袋，"我没有什么特别远大的理想，能保护我爱的人就好。"

话题到这里，他看了看表，该去赶飞机了，于是跟她道别："厌厌，我该走了。"

林厌踢着地上的石子："走吧，走了就别回来了。"

少女心性顽劣，他并不放在心上，挥了挥手转身离去，却听见她在身后低声道："哥，你永远都是我哥，无论走多远。"

"林厌！"眼看着爆炸产生的火舌即将吞没她，宋余杭一把把人压在了身下，死死抱着她。

林舸撒了手，却又紧握成拳，在被火舌吞没之前，一把把她们推了出去。

林厌撕心裂肺的哭喊声响在门外。

"哥！！！"

还能听见你这么叫我，真好。

林舸微微闭上了眼睛，嘴角含着笑向后倒去，火光吞噬了一切。

第 128 章 终局之战（6）

　　林厌伸长了手臂，眼睁睁地看着他被火海吞没却无力回天。宋余杭一把把人拽了回来，死死压在身下，用后背替她抵挡了爆炸带来的余波。

　　听着不远处传来的巨响，顶爷猛地坐直了身子，回了一下头，只看见冲天的火光。

　　他咬牙道："库巴……"

　　库巴操纵着方向盘，全速行驶，并不敢有片刻松懈。

　　"顶爷，我们不能回去，好不容易才摆脱条子，再往前开两公里就到码头了，一旦上了船，没有人再来阻止我们。"

　　连库巴都明白的道理，顶爷又怎会想不明白呢？只是……

　　半晌，顶爷微微闭上眼睛，咬肌颤动着："走，去码头。"

　　库巴踩下油门，把马力开到最大，眼看着即将抵达码头的时候，斜刺里冲出来一辆摩托车，对他们穷追不舍。

　　宋余杭给段城的任务仅仅是跟着老虎，到达中景工业港之后不要参与战斗，在外接应林厌，可是看见顶爷他们即将逃出生天的时候，骨子里的血性翻涌上来，段城红着眼睛驾驶着摩托冲了出去。

　　即使孤身一人，他也要拦住他们！

第128章 终局之战（6）

在射击场里一次又一次反复练习终于派上了用场，段城将手枪的准星对准了前面行驶中的那辆车的轮胎，没有时间让他犹豫太多，他果断地扣下了扳机，结果却不尽如人意，"砰"的一声，子弹打在了车身上，震碎了车玻璃。

老虎按着顶爷趴下："妈的，条子真是阴魂不散，又追上来了。"

他拉开枪栓，透过车窗往外射击，却见对方孤身一人，嘴角就扯起了不屑的笑容。

"我还当是谁呢，一个乳臭未干的毛头小子罢了，吃我一枪！"

看见他探出头来，段城顿觉不妙，驾驶着摩托一个急刹车往右一躲，完美地漂移过去，子弹擦着脚后跟飞了过去，人也因为惯性从车上摔了出去，重重摔在了沙滩上。

老虎收了枪："二爷，你们先走，放我下去会会他。"

有人断后，自然求之不得，库巴微微踩下刹车："我们在码头等你十五分钟，十五分钟不来我们就……"

老虎轻轻推开了车门："哪用得了十五分钟啊？收拾这么个废物，五分钟就够了。"

说罢，他就纵身跃了下去，落地姿势极其标准，几乎毫发无伤。

段城摔得头晕眼花的，还没等他爬起来站稳，迎面就是一拳砸得他鼻血飞溅。他踉跄后退几步，倒进了水洼里。

海水涨潮了，漫过他的脸，模糊不清的视线里老虎又冲了过来，镶着铆钉的作战靴朝着他的肚子狠狠踩了下来。

段城抬手抱住他的腿，咬着牙从喉咙深处发出了嘶吼，硬是坐了起来，把人往后一推，掀翻过去。

老虎猝不及防地吃瘪，但不愧是格斗老手，回过神来后一个鲤鱼打挺就跃了起来，一抹嘴角冲段城勾了勾手："废物，力气还没娘们大，是在给爷挠痒吗？"

段城红着眼睛抄起拳头就扑了过去，拳势如风，动作敏捷，招招都是有效打击，如果打在普通人身上，恐怕对方早就被撂翻了，可惜他的对手是老虎，一个从小就练武术拿过金腰带的拳王。老虎承认他还不错，但这点技术在他这儿真的不够看的。

段城有效打击，他就被动防御，全数用前臂将攻击格挡了下来。

段城气喘吁吁，一个不留神就被人抓住了破绽，被按住肩膀往下一压，同时对方提膝撞上了他的腹部要害。

段城吃痛，顿时眼前一黑。老虎压根没给他反应的机会，胳膊肘闪电一样砸在他的后颈处，把人打弯了腰。段城俯下身去，又被老虎抓住了衣服往上提膝，膝盖撞上了段城的下巴，耳边传来"嘎嘣"一声脆响，骨头裂了，含着血的牙齿崩了出来。

老虎乘胜追击，狠狠一脚踹在他的胸口，段城"噔噔噔"往后退了数步，一阵眼冒金星，耳膜"嗡嗡"响。没等他摆好防御姿势，老虎借着第一记飞踢的惯性腾空而起，又是一脚狠狠砸向了段城的天灵盖。

段城口吐鲜血飞了出去，重重砸在了沙滩上，虚弱到手指都抬不起来了。

夕阳洒在他身上，段城微眯起眼睛，视线越来越模糊。

是……天黑了吗？

怎么……他什么都看不清楚了？

他眨巴了两下眼睛，眼睛被揍得几乎快肿成了一条缝，耳边只传来了"哗哗"的海浪声，海水拍打着他的身体。

他就在这条缝里窥见了天光。

"段城，下一台解剖你来扛机器。"

"林姐……"他呢喃。

画面一转，高挑俊秀的警官站在他身前。

"与其现在后悔难过，倒不如做点有意义的事，让自己强大起来，更好地保护你想保护的人。"

"宋队……"他微微湿了眼眶，"我……还是做不到。"

女人略带急切的嗓音在耳畔响起："段城，活着回来！"

那是出发前，他亲了方辛一下之后，转身欲跑，却又猛地被人叫住了。

活着……回来。

他咀嚼着这几个字，浑身上下仿佛又被注入了一股力量，或者说是爱情和信仰的力量，支撑着他动了动手指，咬牙翻了个身，一步步爬了过去。

实习又怎样？他终归是穿着警服的，帽檐上有国徽，身后有灯火。

技侦不上前线又怎样？林厌已身体力行地为他做了最好的诠释。

废物又怎样？他一辈子浑浑噩噩没什么远大志向，难道这个世界上只有大人物吗？普通人也可以轰轰烈烈地走一场。

他咬着牙，忍受着巨大的痛苦，眼里迸出了坚韧的光，一步步朝着那个背影爬了过去。

"妈的，真不经打。"老虎往地上啐了一口，见他再无动静，转身就走。

没走几步，他就被人抱住了大腿。

段城抬起头来，脸上都是血，像个男人一样扯起嘴角笑了，眼神又癫又狂。

"我在这里，谁都别想走。"

"林厌，林厌……"恍惚之中有人晃着她的肩膀，在耳边急切地呼唤着她的名字。

"喀喀……"林厌呛出了嗓子眼里的灰，有些迷茫地睁开了眼睛。

宋余杭喜极而泣："太好了，林厌，你没事就好。"

林厌回过神来，透过怀抱的缝隙，看见仓库已经被夷为平地了，顿时就红了眼眶。

"林舸……"她眼里含了一丝希冀之色地看着宋余杭。

宋余杭默然摇头，在这种当量的爆炸里能不能找到囫囵尸首都很难说，要不是林舸临死前那一推，用血肉之躯和那道铁门替她们挡去了余波，恐怕她们现在也是同样的下场。

林厌喉头微动，泪就落了下来："哥……哥……"

她挣扎着坐起来爬向废墟，宋余杭摁住她，一字一顿地道："林厌，顶爷还没有被抓到，内鬼还没有被揪出来，我相信这件事没那么简单，林舸纵然罪大恶极死不足惜，可是这背后一定还有更深层次的原因促使他做这些事。在那最后一刻，他一定是想你好好活着，别做傻事的。"

"我知道……我……"林厌用力攥紧了她的衣服，浑身颤抖着，竭尽全力不让自己哭出声来，却还是有压抑不住的呜咽声从唇齿间溢了出来。

宋余杭轻轻拍着她的后背，无声地安慰着她，知道这个时候无论说什么话都是多余的。

人性怎么可以这么复杂呢？

林舸因为扭曲的感情而误入歧途，伤害了林厌最好的朋友，造成了她前半生的痛苦，却又在临死之际因为林厌下意识地喊出的那一声"哥"而被唤醒了残存在心底的良知，可恨之余也可悲可叹。

只不过比起这些，她更心疼的是林厌，一天之内两位至亲接连去世，她怕林厌心灰意懒，怕林厌把一切因果怪在自己头上，怕林厌因此一蹶不振。

宋余杭没有催促林厌，只是耐心地等待着她发泄完，一直轻轻拍着她的后背。

终于，啜泣声停了，林厌泪眼婆娑地抬起头来，小声道："我们走吧。"

"好。"宋余杭把人扶了起来，还没等她们转身离开，从爆炸里回过神来的警员们团团围住了她们，准确来说是围住了林厌。

"这是做什么？"宋余杭面色沉静，暗含了一丝尖锐，把林厌护在身后。

特警队长不依不饶地说道："宋队，此人在通缉名单上，您这是要投敌吗？"

好家伙，这人一上来就给她扣了这么大一顶帽子。

宋余杭皮笑肉不笑地道："她叫林厌，江城市公安局原技侦科主检法医，代号'钉子'潜入敌人内部执行绝密任务，你这个级别的人，当然不知道，让开！"

她说到最后，已隐隐加重了语气。

特警队长咬咬牙，看看她，再看看林厌，还是觉得这事蹊跷。

"稍等，我们要联系指挥部确认一下。"

林厌气得破口大骂："有那个工夫你们去追顶爷恐怕早就追到了！"

宋余杭轻轻捏了捏她的手，林厌会意，点了点头，趁着他跟自己下属说话要求联系指挥部的时候，猛地动手，一拳砸向了他的面部，把人打得趔趄了一下，接着一个扫堂腿把人踹翻在地。她出手都不重，却为两个人突出重围赢得了一丝宝贵的时间。

"队长！队长！"其他队员纷纷扑了上去，两个人早就逃之夭夭了。

院外刚好停着一辆警车，宋余杭拉开车门跳了上去，林厌紧随其后，一把关上了车门，系上了安全带。

车钥匙还插在方向盘下面，宋余杭飞快地拧开打着火，等他们回过神追出来的时候已一溜烟跑没影儿了。

特警队长一抹脸上被打出来的鼻血，暗骂：一不小心就着了她们的道。

"都上车，继续追！"

"报告，报告，云中岛没有发现敌情。"

前往云中岛侦查的小分队传回了卫星实时图像，整座海岛在夜色里安然而静谧，海浪拍打着白色的沙滩，热成像仪上唯一闪烁着的红点是几只小动物，并没有可疑人员。

巨大的直升机盘旋在海岛上空，螺旋桨掀起的狂风摇晃着树木。

飞行员降低了高度，打开了探照灯，夜视系统扫过下方平静的海岛，丛林、灌木、浅滩……都没能逃过他的眼睛，最终对上地面指挥员，两个人隔空竖起了大拇指。

"报告指挥部，没有发现目标，027请求返航。"

"027，027，天气良好，可以返航。"

通信器里传来了杂乱的电流声，飞行员驾驶着直升机后退拔高，左转弯后飞离了这片海域。

地面小分队也在指挥员的带领下登上了冲锋舟："撤！"

他们刚走不久，顶爷一行人到达了中景工业港码头附近的登船点。

库巴掀开塑料篷布，从下面扯出一艘快艇，吃力地推到了海水浅滩里。

"顶爷，来。"他站在船舷上，向顶爷伸出了手，把人扶了上来。

还有两三个小弟也爬了上去，眼看着他们即将逃出生天，裴锦红急了，被绑着手也一瘸一拐地往前跑去，意欲上船。

"顶爷，顶爷，带上我，带上我，我给您当牛做马……"

顶爷回头看了她一眼，轻轻扯了下嘴角。

库巴会意，抬起手里的步枪，裴锦红见势不对，脸色惨白，飞一般掉转头往回跑，猝不及防地绊到礁石，摔倒在地。

"砰"的一声枪响，女人静静地躺在了沙滩上，再无动静，从身下渗出来的血液濡湿了白色的沙滩。

"爷，咱们还等老虎吗？"库巴拉动发动机之前犹豫了一下。

顶爷由手下扶着在船舱里坐好，将拐杖放在了一边："等什么？直接走。"

库巴点了点头，没再迟疑，发动了引擎，握着方向盘飞快飚了出去，船体后方冒出了一条雪白的浪，奔向了云中岛。

按计划，他们确实没在那里安排人，只是事先藏好了船，船上有维持出海所需的淡水和食品，用不了二十四小时，他们就能前往公海，到时候自然会有人来接应他们。

顶爷看看表，抚摸着那个硕大无比的牛皮箱子，那里面装得满满的都是钱。

他嘴角露出了一丝得意的笑，这个时间前往云中岛的条子应该都撤走了吧？再也没人能够阻拦住他，他将带着巨额财富去往另一个国度安享自己的晚年。

林又元死了，条子也死伤惨重，又怎能不令人开怀呢？

他做梦都期盼着这一天哪。

顶爷微微喟叹，睁眼看向了海平面，这是三十多年来他头一次这么期望天赶快亮。

"妈的，阴魂不散！"老虎咒骂，正欲抬脚把人踹飞出去，远处车灯大亮，一辆警车疯狂地鸣着笛疾驰而来。

灯光刺眼，他下意识地抬手，宋余杭一脚踩下油门直直朝着他撞了过去。

转瞬之间，劲风已至眼前，老虎凭借着本能往外一跳，擦着车头滚落在了沙滩上。

宋余杭踩下急刹车，车辆稳稳停在了浅滩里，两个人推开车门下车。

趴在地上的段城眼底迅速积攒起了泪光："宋队、林姐，你们终于来了。"

林厌伸手扶起他："干得不错，辛苦了。"

这还是她头一次表扬他，大男孩一撇嘴，抹着眼泪："呜呜呜——你们再不来我都要和他同归于尽了。"

要不是男女有别，估计下一秒他就能抱着自己哭起来，林厌额角顿时似要冒出三根黑线。

宋余杭拍了拍他的肩膀："接下来的事，就交给我吧。"

"不。"林厌抬眸昂首走到了她身前，"是交给我才对。"

宋余杭错愕地皱眉："不行，你身上还有伤。"

林厌用指尖从胸前的伤口上蘸了一点血放进嘴里轻轻舔了舔，眼神邪魅地说道："没事，你去吧，顶爷身边人多势众，库巴也在，小心点。"

"我嘛——"她活动着手腕，"松松筋骨。"

宋余杭知道，林厌这是把大部分希望寄托在了自己身上，库巴是顶爷身边头一号高手，只有打倒他才能成功抓获顶爷。

而林厌现在的身手她还不知道吗？不及从前一半，林厌这是彻底将生死置之度外，也是明知山有虎，偏向虎山行。

可是不这样的话，他们去追顶爷，老虎势必会阻拦，而林厌一个人打不过老虎，难道就打得过顶爷了吗？

宋余杭攥紧了拳头。

反倒是林厌放松些："有的时候我们不得不相信一种叫作奇迹的东西。"

段城也一瘸一拐地走上前来，捂着肩膀和她并肩而立："宋队放心去吧，我留下来和林姐一起拦住他，有我们在，他别想离开。"

"你们……"宋余杭微微湿了眼眶，嗓音有些颤抖。半晌她终于咬紧牙关，做出了这个艰难的决定，转身去开车。

"小心。"

"喂。"她即将离去的时候，又被人叫住了。

林厌嫣然一笑："把我的东西还给我。"

宋余杭愣了愣，目光落到了自己腰间的机械棍上，"唰"的一下抽出来，隔空抛给了她。

林厌稳稳地将机械棍接在手里，"啪"的一下甩直，脸上笑容退去，神色变得凛冽起来。

她淡淡扬眉，跟宋余杭说了既狂且傲的最后一句话："别打太快，下手别太狠，免得一下子就把人打死了，我还想手刃仇人呢。"

宋余杭看了她一眼，嘴角浮起一丝笑意，眼神却难免有些凝重担忧："放心，保证完成任务。"

她话音刚落，一踩油门倒车，车轮陷进了柔软的沙子里，硬是凭借着强劲的动力冲了出去。

听了半天他们的豪言壮语，老虎早就不耐烦了，此刻见宋余杭更是在自己面前大摇大摆地离去，勃然大怒，从束腿带里抽出匕首就扑了上去："站住！别想跑！"

"咣"的一声，机械棍迎上了雪亮的刀锋，林厌咬牙使力把人弹开："你的对手是我。"

"还有我！"段城也抄着拳头扑了上去。

老虎拿着刀子摆出了对战姿势，表情跃跃欲试："一个废物，一个身受重伤，不自量力，再来多少个都不怕，一起上！"

林厌和段城对视一眼，一齐扑了上去。

宋余杭沿着沙滩上的轮胎印，一直追到了码头前，飞快地跳下了车，四处寻找着有没有船，终于在不远处发现了一艘废弃的快艇。

她一个箭步冲了过去，跋涉在海水里翻了上去，发动引擎，快艇发出了"轰轰"的马达声，还能用。

她心里一喜，跳下来推了几步，又跳上去发动引擎，冲出了码头。

雪浪在身后散开，狂风扬起了她额前的发丝，宋余杭神情坚毅，看着不远处的那座小岛，又加大了马力，船如离弦之箭般飞了出去。

老虎本以为林厌是个手无缚鸡之力的小娘们，哪怕拿着武器也只是虚张声势，有意缴了她的械，一记直拳直扑向她的面门。

林厌下意识地抬棍格挡，老虎眼中精光一闪而过。他等的就是这一刻，双手牢牢地抓住了她的棍子意欲直接暴力抢夺。

林厌嘴角勾起一丝讽笑，瞬间力量爆发往左转身拗了一下，老虎依旧抓得死死的，林厌又以迅雷不及掩耳之势拗了回来，相当于开车时狂打了一下方向盘，刹那间爆发的力量径直把人甩飞了出去。

棍子回到她手里就是一记八字劈狠狠砸向了他的太阳穴。

老虎踉跄着后退几步，头晕眼花，段城守在那边就是一记鞭腿，砸在他的脑袋上，他抬起手格挡，又倒退了几步，啐了一口血沫在地上："妈的，有两下子啊。"

林厌甩了一个棍花，脚下步伐变换，不动声色地寻找着合适的攻击距离和角度："过奖了，如果不是学了法医的话，估计也能排进全国前十吧。"

老虎扯起嘴角冷笑："可惜了，今天你得死在这里！"

"谁死还不一定呢！"

最好的防守就是进攻，即使刚刚那一下子已经使她气血翻涌，手脚发软，但林厌还是悍不畏死地扑了上去。

段城紧随其后，两个人虽然力量没老虎强，但胜在林厌格斗经验丰富，动作敏捷，招式出其不意，又和段城配合默契。

老虎一时之间被打得连连后退，勉强防守却做不出有效的反击。

林厌喘着粗气，暗想：这样下去不行，她和段城身上都有伤，耗不下去，得速战速决。

也许是察觉到她呼吸微乱，狡猾之色自老虎脸上一闪而过，他故意卖了个破绽给她，段城欺身而上，意欲直接抱住他的脑袋膝击，老虎"唰"的一下伸出了手，雪亮的刀光一闪而过。

"小心！"林厌提气大吼，用棍格挡住直刺向段城腹部的那把刀，微微往上一挑。

老虎撒了手，嘴角浮起一丝冷笑，一个肘击把段城砸飞了出去，右腿钩住林厌的腿弯使劲一绊，她膝盖跪倒在地，重若千钧的拳头就砸了下来，直打得她偏过头去，吐出了一口血沫，手上力道一松，机械棍坠了地。

老虎压根不给她喘口气的机会，当胸一脚把人仰面踹翻过去，抄起掉落在地上的匕首就扑了上去，直刺向她的眼睛。

接连遭受攻击，身上的伤口又裂开了，不断渗出血来，林厌咳了几声，虚弱到手指都抬不起来了。

瞳孔里那点刀光越放越大。

"站住！"远远地已经看到他们的快艇停在了岸边，库巴正要扶着顶爷下船，宋余杭提气大吼，操纵着破旧的快艇，将引擎速度开到了最大，犹如一发炮弹般径直撞了过去。

库巴回头一看，瞳孔一缩，咬牙切齿地说："疯子。"

她这个速度撞上来，他们都别想活了，船毁人亡。

他迅速抬起枪，对准快艇的油箱扣下了扳机，打到船上依旧不会停，，只有破坏动力系统，它才会彻底停下来。

"砰"的一声巨响，油箱爆了。

宋余杭回头一看咬紧了牙关，快艇速度逐渐慢了下来，歪歪扭扭地漂了过去，海面上波涛汹涌。

库巴收回枪："你们带顶爷先走，我断后。"

几个喽啰不敢耽搁，扶着顶爷飞快地下了船，往定好的方向走去。

宋余杭"扑通"一声跳下了水，消失在夜色里。

海面上刮起了狂风，夜深了，一片漆黑，伸手不见五指，只有浪花拍打着库巴的身体，他站在齐腰深的海水里来回寻找着她的踪迹。

库巴刚端着枪背过去，猝不及防之间身后有人如一尾游鱼般蹿了出来。

宋余杭发梢上还挂着水珠，浑身湿漉漉的，一只胳膊死死箍住了他的脖子，使得他窒息，把人往岸上拖去。

库巴暗骂，双手横握住枪举过头顶去撞她的脑袋。

宋余杭吃痛，踉跄着后退了一步，紧接着就是一拳直扑面门。

她抬手迅速格挡，如鹰爪一般死死捏住了他的胳膊，同时侧移，右腿膝盖猛地撞向了他的腹部，把人弹飞了出去。

库巴一抹嘴角，站了起来："你，很不错。"

宋余杭微仰起下巴，摆出了攻击的姿势："彼此彼此。"

她得赶快打败他去追顶爷，绝不能让他们逃出公海。

库巴看穿了她的想法，把背上沉重的枪支、子弹带、通信器等通通摘了下来，扔在海水里减轻负重，冲她勾了勾手："来吧，让我见识见识你的能力。"

"所以你个外国人，为什么要跑到我们的土地上为非作歹？"宋余杭咬着牙扑了上去，一拳砸向了他的脑袋，被人用手臂格挡住。

库巴开始还击，减轻了负重后动作明显灵敏了许多，以迅雷不及掩耳之势一拳砸向了她的腹部，趁着宋余杭吃痛的工夫，又是一记侧踢狠狠踹在了她的腰间。

她连连倒退，脚下沙滩松软，猝不及防地陷了进去，呛了好大一口海水。

库巴乘胜追击，意欲直接取她的性命。他从小到大练的都是古泰拳，以刁钻狠辣著称，用人体上最坚韧锋利的肘尖狠狠砸向了她的下颌，用力之大骨头发出了不堪重负的脆响。

宋余杭"哇"的一下吐出了一大口鲜血，被打得偏过头去，没等她组织好反击动作，又是一记肘击从另一个方向砸了过来。

在比赛场上，接连两记重肘击打基本可以宣布胜利结果了，没人抵挡得住他的攻击。

库巴暗自得意，却猛地怔住了。

他的胳膊肘欲往前推进一寸，却动弹不得，谁也没有想到她还有反抗之力，竟然抬手捏住了他的小臂，用力之大以至骨头发酸。

眼前的短发女人埋头冷笑一下，下一刻，以他的胳膊作为支点，凌空跃起，双脚狠狠踹在了他的胸口上，把人踢飞了出去。

库巴重重摔进了海水里，溅起了一片水花，周围的海平面上散开了一片血迹。

宋余杭一个鲤鱼打挺跃了起来，俯下身去解了脚上的绑腿，两个二十斤的沙袋落地。

库巴瞳孔一缩，捂着胸口咳了两声，嗓子眼里全是血腥味，咬牙爬了起来。

宋余杭又解了缚臂扔在海水里，从兜里摸出指虎套上，张开拳头又握紧。

也不知为何，库巴总有一种她之前未竭尽全力的错觉，也正是这样的感觉让他头皮发麻："你拿武器，这不公平。"

宋余杭冷笑一声，率先扑了上去："谁要跟你公平决斗？跟敌人还讲什么仁义道德？老子只想你死！"

比起宋余杭那边是势均力敌的战斗，林厌这边就是命悬一线了。

她勉强抬起胳膊握住老虎的手臂，使出了吃奶的力气也难以阻止匕首下落。

没办法，双方体力相差悬殊，就这么一会儿工夫，她胸前的衣服已被血浸湿了大半，海水冲刷在身上，针扎一样疼痛。

林厌逐渐咬紧了牙关，在这场角力里落了下风，眼睁睁地看着那把刀离自己越来越近，眼皮微微刺痛。

"林姐，我来帮你！"眼看情势不妙，段城挣扎着从地上爬了起来，一瘸一拐地扑向了老虎，死死抱住了他的腰把人往后拖。

老虎顾不上段城，一心一意地想要杀了林厌，匕首寒光一闪，瞬间就扎了下去。

林厌猛地偏了一下脑袋，雪亮的刀锋削断了几缕碎发，耳朵一阵温热，应该是流血了。她顾不得太多，趁着刀还插在沙滩里，死死抓住了老虎的胳膊，使他的上半身动弹不得，右腿踩住了他的脚背，控制住平衡，猛地翻身而起，成功地反制住了他。

老虎愣了一下，似是也没料到她不仅会甩棍还是巴柔地面技术的高手。

和林厌在一起待久了，自然有一番默契在，看见敌人倒地，段城下意识地就扑了上去，抄起老虎旁边的那把匕首朝着他的胸口狠狠扎了下去。很奇怪，一年前段城还是一个对犯罪嫌疑人下不去手的小警察，如今却也可以面不改色心不跳地对着敌人的要害出手了。

这样的改变令人心惊。

温热的血溅了出来。

宋余杭踉跄着倒退了几步，抹了抹嘴角溢出来的血沫，又抄着拳头扑了上去。

两边同样陷入了苦战。

库巴在挨了她几拳之后，终于找到机会反击，按着她的脑袋把人摁进了海水里。

"你很不错，有没有兴趣跟着顶爷干？钱，少不了你的。"

"咯咯……"宋余杭接连呛了好几口水，从口鼻里冒出了气泡，好不容易探出头来，又被人摁了回去。她徒劳无功地挣扎着，柔软的发丝漂在海水里。

四周一片漆黑，她却在这个瞬间看到了光亮，仿佛还能看见林厌张开双臂向她游来。

宋余杭忽然明白这是什么时候的事了，原来在她坠海的时候，林厌曾乘风破浪而来，那么这一次，就轮到她带林厌回去了。

她浑身上下突然充满了无穷无尽的力量，突然伸手拽住库巴的腿，把人绊了下来，用脑袋死死磕上了他的额头。库巴仰面倒去，立马就要游走，宋余杭又追了上去，从后面抱住他的腰把人往回拖。

库巴不停用肘关节击打着她的腹部要害，宋余杭嘴里冒出了气泡，脸上的表情痛苦不堪，却仍没松手。

若论水性，宋余杭没有林厌好，但比库巴这个旱鸭子强了不少。

在水下时间一长，他逐渐感到胸闷气短，迫不及待地想要浮上水面去呼吸。

宋余杭既然已经察觉到他的弱点，就不会善罢甘休，依然死死拖着他要往深处游。

情急之下，库巴的招式难免乱了章法，一个不察他就被宋余杭逮到破绽，胳膊肘勒上了他的脖子。余光瞥见旁边有一块大礁石，她死死拖着他游了过去，摁着他的脑袋往上撞去。

库巴一阵眼冒金星，手脚发软，周围的海水里渗出了淡红色的血迹。

宋余杭杀红了眼，无论是体力还是耐力也都到极限了，眼前一片空白，压根意识不到自己现在在做什么，只是机械性地重复动作，揪着他的头发一遍遍地往礁石上撞。

起先库巴还能挣扎两下，到最后逐渐没了动静，等她回过神来的时候，礁石上全是血液混合物。她一撒手，库巴就沉沉坠向了海底，砸在海床上，尘沙漂浮了起来，鱼儿受惊游向了远方。

死了？

她有些疑惑，游到他身边摸了一下他的颈动脉，嘴角突然露出了极大的笑容，浑浑噩噩的脑子总算清醒了一些。

宋余杭开始向上游，可是也不知道是体力消耗殆尽还是受的伤太严重了，一阵阵咳嗽着，每咳一声嘴角就会溢出血迹，海水涌进肺里，带来新一轮的咳嗽，循环往复。

明明刚刚她还能看见天光的，现在怎么黑了呢？

宋余杭游啊游，却始终看不到天亮。她似漂浮在永恒的黑暗里，望不到尽头。

她划着划着水就没力气了，只能随着浪花漂浮，漂着漂着就有些困了，即将睡过去的时候，"咚"的一声，救生圈扔在了她旁边。

薛锐坐在船上，爽朗的笑容浮现在她眼前。

"宋队，增援到了，快上来吧。"

"喂，不是说好了吗？我帮你提供消息，你告诉我我妹妹在哪儿？喂，喂……"不管男人再怎么焦急地询问，手机那头也只是传来了忙音。

顶爷不可能再回答他了。

武警大部队团团围住了他们，撤走的是特警，而武警一早就埋伏在这里，瓮中捉鳖。

跟着顶爷的几个喽啰纷纷放下武器，举起了双手投降。

增援部队赶到的时候，老虎已经死了。

段城一击没击中要害，反而惹得老虎疯狂挣扎起来，掀翻了林厌，死死捏着她的脖子。

两个人困兽犹斗，你来我往，互不相让，双方浑身上下都是血迹。

段城咬着牙扑上去，死死抱住老虎的腰把人往后拖。林厌抄起那把匕首飞身扑上，刀光一闪而过，径直割断了他的颈动脉，血流如注，他再无回天之力。

段城一撒手，老虎就跪倒在地，头埋入了海水里，丝丝缕缕的血色飘散开来。

前来增援的武警部队人员都愣了，老虎和库巴一样，都是国际通缉犯，头号危险人物，就这么死了？

有人不信，跑上前去摸了摸他的颈动脉，这一刀深可见骨，只剩一点皮肉连着脑袋，如果不是对人体足够了解的人，是做不到这个程度的。

武警队长看着林厌的眼神顿时肃然起敬起来。

眼见老虎真的死了，段城浑身脱力，踉跄倒退两步，仰面倒在泥水里喘着粗气，嘴角却挂上了笑意。

"担架，担架，有警员受伤！"

林厌也因为失血过多又接连受到重创，体力透支得厉害，"扑通"一声跪倒在地，"哇"的一下吐出了一大口淤血。

有人要过来扶她去救护车上接受治疗，林厌摆摆手，抹了抹嘴角的血渍，咬牙站了起来。

"顶爷还没死，我要过去。"

第 129 章 青蘋之末（1）

电话没有接通便被挂掉，男人心里顿时涌起了一股不好的预感。他微微咬了咬牙，回头看了不远处树林里的指挥车一眼，下定决心，把手机卡拆出来折断，将手机扔进了旁边的水塘里，自己戴上口罩，准备转身离去的时候，被一杆枪顶住了后脑勺。

他浑身一僵，缓缓回头，一个身穿迷彩服的士兵站在他身后，脸色冷峻地说："郑警官，和我们走一趟吧。"

树林里传来了"沙沙"的脚步声，一群人围了上来，纷纷拿枪指着他。

郑成睿苦笑，举起了双手。

"就地射杀。"胡森吉想到赵俊峰的命令，冷冷挥了一下手。

出乎他意料的是，没有人再听他的命令。他情急之下，猛地抢过别人的枪，枪口对准了顶爷，拇指微微扣下扳机。

"不要！"宋余杭见势不妙，一个箭步冲过去，微微抬起了他的枪口，子弹"砰"的一下射上了天空。仿佛被这枪声惊醒，身边穿迷彩服的武警纷纷将枪口对准了胡森吉。

胡森吉面色一白："这是什么意思？"

第129章 青蘋之末（1）

宋余杭冷笑了一下："自己去跟各位领导解释吧。带走！"

她微微抬了一下手，以薛锐为首的刑警们上前来架住了他，把人往外拖去。

"宋余杭，你不过就是一个片儿警，有什么资格逮捕我？……"

胡森吉还在挣扎，愤怒的咆哮声传出了很远，可是没有人搭理他。

看着面前这场闹剧，顶爷微微扯起嘴角笑了一下。

因为听见枪响，他下意识地抬手去遮挡要害，他手里那个装满钱的箱子漏了出来，钞票散了满地，只有少部分货真价实，其余的全是纸钱。

想也不用想，那海外账户一定也被冻结了，他自以为赢得彻底，却输得惨不忍睹。

宋余杭看他的表情瞬间变得僵硬，随即面色灰白，微微勾了一下嘴角："带走。"

话音刚落，一个人影分开人群跌跌撞撞地跑了过来。林厌当胸一脚踹在他的胸口，把人踹翻在地，又扑上去死死揪住他的衣领摇晃，眼眶全是红的。

她一拳接一拳地挥着："还我爸，还我哥，还初南的命来！"

猝不及防之下，谁也没有料到她会突然出手，顶爷被打得鼻血飞溅，口吐白沫。

林厌从腰后摸出了一把匕首，用来杀老虎的那把，还沾着血腥气，狠狠朝着他的胸口扎了下去。

宋余杭瞳孔一缩，三步并作两步跑了过去，死死抱住她的腰，把人往后拖："林厌！"

有人缠住了林厌，其余人一拥而上把倒地的顶爷扶了起来，戴上手铐，反剪了双手押上了快艇。

林厌仍旧挣扎着、咆哮着、歇斯底里地怒吼着，眼睁睁地看着自己的杀父仇人一脸坦然地从她面前走过，上了警方的船。最后她浑身脱力地跪在了地上，泣不成声。

卫星实时画面到这里就戛然而止了。

赵俊峰长叹了一口气，摘下了老花镜，揉了揉眉心，似有些遗憾，又顿觉解脱。

冯建国站在他旁边，隔了三五步远，指挥室里其他领导也都围在他身边。

指挥车已经被武警们包围了。

冯建国在心里也悄悄叹了口气。

"赵厅，走吧，别让我们为难。"

老人苦笑了一下："你是什么时候知道的？"

"中景工业港，在公安部的安排下，林厌执行的是绝密任务，只有我和她单线联系，知道这个地址的人不是毒贩就是内鬼。"

更久一点的时候，大概是从宋余杭和林厌回江城市遇袭开始的。

赵俊峰自以为做得天衣无缝，可是他手底下的人因为仓促离开现场而遗漏了两枚橡皮弹在车辆上。

宋余杭把那两发子弹拿了回来，谁也不知道她曾去见了他，包括林厌。

布局大概就是从那个时候开始的，只是谁也没有料到林舸会横插一脚，再之后林厌的假死也算是阴错阳差了。开始对宋余杭保密一来是因为她的身体状况不允许受刺激，二来既然是绝密行动，那么自然是知道的人越少林厌越安全。

林厌本以为一切尘埃落定，自己会欣喜若狂，可是现在心里只剩下悲凉的情绪。

海风"呼呼"刮着，吹乱了她的头发，她拒绝了医疗帮助，一个人走远了些，抱膝坐在沙滩上，海浪拍打着她的脚背，背影孤单而寥落。

宋余杭和省厅的刑警办好交接，往那边瞥了一眼，抛下手里的事跑了过去。

有人走到身后林厌也浑然不觉，宋余杭在她旁边坐了下来。

林厌看了她一眼，泪水还在眼眶里打转，眼神依旧是呆滞而无光的，然后转头看着依旧漆黑的夜色："你说，光明真的会来吗？"

或者说，这世上真的有光吗？

宋余杭坚定地回道："会的。"

一行人回到码头上。

赵俊峰已被公安部的人带走，身上的肩章领花尽除，就连春秋常服也脱了，仅仅穿着一件薄衬衣，被海风吹得面色有些发白。但宋余杭并不确定，那是不是因为他看见了自己。

赵俊峰在路过她身边的时候脚步微顿，嘴唇翕动着。

宋余杭以为他什么都不会说的，武警押着人离去的时候，他却又突然转过身来道："不要跟我老伴儿说我被抓了。"

这一句话他更像是在跟所有人说。

她默默退开一步，咬紧了牙关，双手紧握成拳，再也没多看他一眼。

救护车车门即将关闭的时候，从人群里跌跌撞撞地跑出了一个姑娘。

方辛一看就是从市区大老远跑过来的，发丝凌乱，还穿着实验室的制服。

"段城，段城，你在哪儿呢？"

段城透过那窄窄的车门缝听见了她的呼唤，看见了她的鞋子，戴着简易呼吸器，吃力地抬起了身子。

医护人员来摁他，就有人扒上了车玻璃。

"段城，段城，你还好吗？"

车外传来了女孩子焦急的呼唤，医生又拉开了车门："什么事？你是他的什么人？他伤得不轻，得赶快送去医院做进一步的治疗。"

方辛定定神，看看他血迹斑斑的衣服，目光聚焦到了他的脸上。

男人露出两颗大白牙笑了，勉强抬起右手，冲她伸出了大拇指，示意自己还好。

方辛的眼眶一下子就红了："我……我是他的女朋友。"

在短暂休整之后，宋余杭和林厌一起被送到了医院。

两个人检查过后，很快就被安排了手术，两间相邻手术室的灯同时亮了起来。

宋妈妈在门外焦急地徘徊着，季景行在一旁柔声安慰着她。

不多时，医生出来了，摘下口罩："谁是十三床家属？"

"我是，我是她妈妈。"宋母赶忙迎了上去。

医生神色有些惋惜："患者三十六岁，还很年轻，但腹部受到重击，子宫大量出血，我们尽力缝合，如果缝不好出血不止，那就只能……"

他话还未说完，宋母已两眼一黑，瘫软在地。

"妈！妈！快来人啊！"季景行跪在地上托着宋母，焦急地大喊，几个医护人员推着轮床跑过来把人送往了抢救室。

等宋母在病房里醒来的时候，宋余杭的手术已经结束了，子宫保住了，但是生育能力永久受损。

宋余杭最后当然是知道了这个消息，摸了摸自己的肚子，其实没太大感觉，反倒是宋母和季景行泪眼婆娑，尤其是宋妈妈几乎快哭成泪人。

宋余杭轻轻捏着妈妈的手安慰她，戴着氧气面罩，看见林厌在她的不远处的另一张病床上躺着，嘴角就弯了起来。

医生说了，林厌倒是没什么大问题，也没留下后遗症，肩上的皮外伤已经缝合且止血了，唯一需要密切关注的还是格林巴利综合征带来的后续一系列感染问题。但同时医生也说了，她前一个疗程的恢复情况很好，有望恢复正常人的生活，说的大概就是她假死那段时间的疗养过程吧。

只要林厌遵医嘱，按时吃药，保持清洁，注意饮食卫生，感染情况也是可以控制住的。

警方查封林宅的那一天，林厌挣扎着下了床要去看看。宋余杭素来身体强健，倒是比她好得快得多，无奈拗不过她，只好陪她一起去。两个人穿着病号服，林厌坐在轮椅里，由宋余杭推着上了车。

庄园的那一头是林舸家的别墅，警察进进出出，其中不乏穿着"刑事现场勘查"字样制服的技术警察。

林厌微微闭了下眸子，手在发抖，深吸了一口气，看了看宋余杭。

宋余杭会意，上前交涉，得到同意后推着林厌上了楼。二楼就是林舸的书房，林厌也曾来过的，却从没留意到他的房间里立着的那具人体骨骼。

这十四年来她究竟做了些什么？好友未沉冤昭雪，她怀疑父亲，却毫无保留地信任林舸，为了报仇把自己变得人不人鬼不鬼。如果不是宋余杭，自己是不是也会走上这样的道路呢？

也就是在这一天，精神病院传来消息，陈妈妈呼吸衰竭，要不行了。

等宋、林一行人赶到医院，只来得及见她最后一面。

陈妈妈骨瘦如柴地躺在床上，如鸡爪般粗糙的手紧紧攥着林厌的手腕，吃力地抬起身子，似想要说些什么。

林厌轻轻替她摘掉了氧气面罩。

向来疯疯癫癫、人事不知的人眸中罕见地露出了一抹清明神色，老人脸上露出了一丝笑容："谢……谢谢……"

她只说了这两个字便撒手西去，床旁的心电监测仪上的线条变成了一条水平的直线。

林厌愣愣地看着她的手从自己的掌心里滑落，愣了半晌，似难以置信般轻轻晃了晃她的肩膀："阿姨，陈阿姨？"

陈妈妈安详地闭上了眼睛，再也不会醒过来了。

医护人员进来替她盖上白布，撤走了呼吸机，搬走了心电监测仪。

轮床从她眼前挪走，林厌坐在轮椅上，用手捂住了唇，肩膀剧烈抖动着。

第129章 青苹之末（1）

宋余杭走到她身前来，蹲下身轻轻握住了她的手，给予她无声的安慰。

"这些是老人的随身物品，由于她已经没有家属了，就转交给你们吧。"医生递过来一个纸箱，陈妈妈在这里住了很长一段时间，看护着看护着，大家都有感情了，于是他长叹了一口气道，"今天早上起来老人精神很好，也不哭不闹，还自己洗了脸，吃了药，让我们的护士给她理了发，换了新衣服，谁知道晚上就……"

"唉，听说她女儿那个案子破了是吗？也怪不得，她强撑了这么多年，终于到头了。"

宋余杭微笑着点头称是，等医生走远，才打开了箱子，里面的东西不多，几件旧衣服、打了补丁的袜子、一个旧相框、几张她走南闯北寻找初南时留下的火车票以及一个牛皮信封。

宋余杭把那信封拿了出来，上面写着：林厌亲启。

字迹娟秀，陈妈妈没有上过学，那么这多半就是初南的手笔了。

宋余杭又将信封原封不动地放了回去，抱着那个箱子走向了坐在长椅上的林厌，在她面前蹲了下来，握着她的手，把那封信递给了她："给你的，你要看吗？"

目光一落到那几个字上，林厌就仿佛被火烫了一样，往后一缩，肩膀开始抖动，嘴里念念有词："是我的错，是我的错……是我害了她们……"

宋余杭用力攥住她的手，微微加重了语气说道："林厌，不是的，不是你的错。"

"是我……就是我……如果我没有遇到她，就不会和她成为朋友，林舸就不会杀她，陈妈妈也就不会疯……"

"林厌！"宋余杭攥着她的肩膀，迫使她抬头看向自己，眼神坚定，语气斩钉截铁，"人们总是在说受害者有罪论，可是受害者有什么错呢？谁遇见谁，并不是人为能控制的因素，林舸的变化也不是你能控制的，要说有错全部是他的错，他永远也想不明白一点，人生是一条长河，没有人会一直止步不前。他过不了这条河，还停留在原地，所以走错了路，一步错，步步错。

"这些年来，你为初南、为陈妈妈做得也够多了，所以她最后跟你说了'谢谢'，你明白这是什么意思吗？"

林厌泪眼婆娑地看着宋余杭，捏紧了手中这封信。

"代表她已经放下了，可以安心地去了。医生说她还理了头发，换了新衣服，她要去见她心爱的女儿了。在这之前，她一定希望你过得好，一辈子平平安安无病无灾。"

宋余杭说完，自己也红了眼眶："而终有一天，我们都会在那个世界和逝去的人再次相逢。"

捏着好友的这封信，林厌哭得上气不接下气。

这是遗憾的泪水，夙愿得偿的泪水，好友沉冤得雪的泪水，亦是解脱的泪水。

良久以后，往来的医护人员纷纷侧目，林厌终于觉得有些不好意思了，停止哭泣。

宋余杭轻声劝道："我们还有好多事情要处理呢。"

警方那边的手续、陈妈妈的身后事、林又元的身后事、景泰集团未来的方向……这些事情就如大山般压在了林厌身上。

林厌知道现在不是脆弱的时候，却还是微微红了眼眶："嗯。"

宋余杭的目光落到了她手中的信封上："那这信……"

林厌轻轻将信放进了旁边的纸箱里："以后再看吧，等我有勇气也能放下这一切的时候再拆开来看看她跟我说了什么。"

等林厌能下地走路时，横跨十四年的"6·18分阳码头碎尸案"宣布告破。

林厌把初南和陈妈妈葬在了一起，墓地选得很好，依山傍水，松柏常青。

她红着眼睛把纸钱纷纷扬扬地撒上了天，宋余杭则往墓碑前放了一束白菊。

两个人默然静立。

良久之后，宋余杭问："那封信，你看了吗？"

"看了。"

"她说什么了？"

"她说谢谢。"

那封信的最后陈初南是这样说的："小气鬼，从初中到高中，不知不觉间我们已经认识六年啦，这六年里眼睁睁地看着你慢慢长高，慢慢变漂亮，当然，性格还是那么臭屁。

"我时常会想，如果没有遇见林厌的话，我的人生会是什么样子的？大概是按部就班一眼就能看到头的那种吧，就像我妈妈一样，到了年龄，工作、结婚、生子，抚养孩子长大，孩子又重复同样的人生……

"可是因为遇见了你呀，人生开始从不可能变得逐渐有一点点可能了。

"你带我逃课去打电竞，让我知道了原来世界上还有比学习更有意思的事；你偷偷带我去看电影，让我知道了原来世界上还有比江城市更远的地方；你让我见识到了这个世界上原来还有多姿多彩的另一面，让我从不向往变得向往，我也想走出去看一看，像你一样，将来挣好多钱，吃好吃的食物，给妈妈买大房子。

"这个夏天过后，我们即将各奔东西，但无论何时何地想起你来，你都是我的青春里最浓墨重彩的一笔，是我陈初南最好的朋友，这一点永远不会变。

"呜呜呜，本来不想哭的，结果越写越伤感，好啦！今天是你的生日，那就先祝你生日快乐，最后——"

女孩子画了一个大大的笑脸。

"希望你前程似锦，平安、快乐、幸福地度过一生，以及……"

女孩子笔锋稍顿，最后写道："谢谢你，林厌。"

后来的林厌才明白，原来"谢谢"这个词也可以用来告别。

她微微俯身抚摸着墓碑上的照片，嘴角有了一丝笑意。

也谢谢你，初南，让我成为更好的自己。

到了下午，她们还没回去，江城市公安局就派人来请，两个人一起坐上了回城的警车。

审讯室里衣着整洁、穿戴制服的刑警严阵以待，都是生面孔，大概是省厅或者公安部的人，为了避嫌，冯建国也不在。

宋余杭拉住了林厌的手，神色担忧。

反倒是林厌坦然些，回握住她轻轻捏了捏，大踏步走了进去，在他们对面坐下。

铁门合拢，阻挡了宋余杭的视线。

宋余杭正欲踮起脚往里瞅的时候，有警员过来叫她，说是冯局有请。

她只好跟着对方往办公室走去。

"姓名？"

"林厌。"

"年龄？"

"三十三岁。"

"职务？"

"原江城市公安局技侦科主检法医。"

"为什么要去当卧底？"

前面的问题林厌回答得都很顺畅，唯独到这里停顿了一下。

办案人员都看着她。

林厌沉默良久，一直到对面的刑警都有些不耐烦了，拿笔轻轻敲了敲桌子。

她这才懒懒抬起眼帘，嗓音有些不耐烦却掷地有声："保护活着的人和替死者寻求真相是我的职责。"

几个人对视了一眼，又有人问："在卧底过程中有没有被敌方反渗透？"

接下来就是按照程序走了，对方的态度算不上好但也算不上坏，于是她也只是机械性地回答问题，语气不冷不热。

"既然犯罪嫌疑人已经伏法，你又为何冲上去殴打他？你可知，身为公职人员，此举亦触犯了刑法？"

林厌沉默，盯着亮得刺眼的台灯上飞舞着的蛾子，眼睁睁地看着它撞了上去，又被滚烫的灯管灼伤，死气沉沉地落在了桌上。

办案人员有些不耐烦，拿笔重重地敲了一下桌子："回答问题。"

林厌轻轻扯了一下嘴角，抬眸望向他。

问话的人很年轻，和她差不多大。

"你有父母吧？"

对方怔了怔，她又转头看向另一位年纪稍长的刑警："您有孩子吧？"

"当有一天，你的父母、妻儿、兄弟被害身亡，你还能淡然地坐在这里，问出这种问题吗？"

"这把枪的弹道对比结果出来了，和你父亲当年丢失的那把一模一样。"冯建国把装在证物袋里的枪支递给了宋余杭。

"这是……？"宋余杭将枪拿在手里，翻来覆去地看。

老人也有了一些悲痛："林厌的父亲用来自杀的枪。"

宋余杭猛地一怔，脸上的表情有些严肃又有些吃惊，最终五味杂陈。

审讯一直进行到了晚上，林厌才被毫发无损地放出来。

宋余杭松了一口气，迎上去："林厌……"

她还未说完，林厌笑了笑："他们说我随时可以回去上班了。"

"那你想吗？"宋余杭问道。

林厌摇头："不想，我有些累了。"

宋余杭揽住了她的肩膀，和人一起往外走："好，那就不去了。"

等两人走到公安局外，早有人等着她们。

季景行牵着小唯和宋妈妈一起站在路灯下。

秋天的夜晚月朗星稀,梧桐树叶铺满了人行道。

季景行微笑着道:"今天中秋,你们又出院了,妈烧了肉,炖了排骨,一起去家里吃饭吧。"

第130章 青蘋之末（2）

"厌厌，来，多吃点菜。尝尝阿姨做的红烧肉，还有排骨，这土豆烧得又软又烂，可入味了。"宋妈妈说着，往她碗里夹着菜。

林厌抬头，勉强笑了一下："谢谢阿姨。"

说罢她便默不作声地埋头吃饭。

以往的饭桌上她不说是最活跃的那个，起码也是有说有笑的，现在除了有问有答之外，其他时间都异常沉默。

宋母面色有些黯淡，又坐了下来。

宋余杭拍拍妈妈的手安慰她，又从林厌碗里扒拉走了一大口饭菜："你吃不了太多就不吃了。"

林厌没说话，看着她点了一下头，又机械性地往嘴里塞着饭。

季景行给小唯使了一个眼色，小孩子犹豫半晌，在妈妈的鼓励下还是放下筷子跑进自己的房间，从里面捧出一个铁盒，递到林厌手边，掀开了盖子。

"林阿姨，你是不是太难过了？我之前住院的时候也是这样，但是妈妈说，难过的时候吃颗糖就好了。"

小孩子因为上次受过伤，性情大变，没有从前活泼，说话声音也变得细声细气的，脸上带着一抹羞涩内敛的神色。

林厌愣了，却见小唯一直伸着手，眼神是那么干净清澈，似蔚蓝湖泊，不染纤尘。

她垂眸望向那盒子，里面装满了花花绿绿的糖果，有水果糖、奶糖、软糖，全是小孩子喜欢吃的口味。

"林厌，这罐糖给你，你难过的时候就吃一颗。"

她莫名想起她刚到林家的那一年，小小的林舸站在她面前，也是这样虔诚地双手捧着糖，递到了她眼前。

林厌微微弯了下唇，眼眶里迅速积攒起泪花，在小唯期盼的眼神里拿了一颗水果糖："谢谢。"

小唯脸上也咧开了大大的笑容，眼睛几乎快眯成一条缝。

她趁着林厌不注意，索性把那罐糖一下子塞进了她手里："阿姨，你吃吧，小唯好了，不需要了，自己不需要的东西要留给有需要的人。林阿姨，你快点好起来……"

饭后宋妈妈和宋余杭去洗碗，客厅里开着电视，小唯坐在一旁玩玩具，季景行在旁边陪着她。

林厌看着电视机里的女主持人涂得鲜红的嘴一开一合："据知情人士称，景泰集团董事长林又元先生确已去世，但警方尚未向我社透露具体死亡原因。日前景泰集团股票已跌停，于上周宣告破产，数万员工将何去何从……"

画面一转，镜头来到了景泰大厦门口，玻璃屏蔽门前拉着警戒线，除了外面围着的一大堆讨薪的员工外，已是人去楼空。

林厌恍了一下神，仿佛还能看见玻璃门大开，一群西装革履的精英人士簇拥着林又元走出来的画面。

她眨了一下眼睛，那画面就不见了。

小唯拿着遥控器换了台，看起了动画片。

林厌望过去，季景行也在看她。

季景行见林厌望过来，平静地说："我老公去世快八年了，宋余杭失去父亲已经三十多年了，妈独自一个人踽踽大半生，拉扯她和她哥哥长大，我们仍然满怀希望地坚强活着。林厌，我希望你也是。"

林厌微微扯起嘴角，偏过头去，眼底涌起了水光。

次日清早，几辆黑色商务车停在了景泰大厦门口，林厌拉开车门下车，立马就被一拥而上的记者团团围住了。

"林小姐，您父亲真的去世了吗？"

"林小姐，您怎么看待景泰集团宣布破产这件事？"

"林小姐，之前景泰官方不是发布消息称您已去世，且不会继承巨额财产吗？"

"林小姐，林小姐……"

林厌今日罕见地穿了正装，黑色西装、白衬衫，下面是同款西装裤配高跟鞋，腕上戴着一块贵重的石英表，浑身上下除此之外再无装饰，简单利落又飒爽，目不斜视地走了进去。记者再想跟上的时候，就被随后赶来的警察拉起的人墙堵在了外面。

各大股东都在会议室里严阵以待了。

林厌甫一走进去，众人的目光就齐刷刷地投了过来。她抬眼扫过不大的会议室，最上面空了一个位置，那原来是林又元的座位。

她径直走过去坐下，跟着她来的人腋下夹着笔记本，也都站在了她的身后。

"开始吧。"

她话音刚落，已有股东说："当务之急，小姐还是先把您的那部分遗产拿出来补贴公司财务，这样咱们才有机会东山再起。"

下面不少人附和，你一言我一语，有说重整方案的，有要求她出让股权的，有觊觎她的财产的……众说纷纭，唾沫星子都溅到了她面前的桌子上。

林厌任他们说，等众人说得差不多了，才微微前倾身子，双手垫了下巴上。

"我想你们可能误会了，我今天来不是为了重整旗鼓的，而是……"她略略抬起眼眸，"解散景泰。"

空气凝滞了片刻，有人拍桌而起："什么？！林董辛辛苦苦大半辈子的心血就这么毁在了你的手上，叫他九泉之下如何瞑目？！"

"那我的股票、期权怎么办？你赔给我吗？！小丫头片子嘴上没毛，办事不牢，就听董事会的，景泰不能解散！"

"对，对，不能解散，我们还靠着集团吃饭呢！"

…………

众人群情激愤，平时一个个斯文有礼的人都站了起来，对她破口大骂，甚至问候了她祖宗十八代。

林厌讽刺地扯了一下嘴角，看见他们人模人样，西装革履，肥头大耳，戴着名贵手表，浑身上下散发着铜臭味，靠着景泰吃饭的应该是外面的那些人吧？

她冷冷的嗓音掷地有声："我赔，特意叫上了市审计局的诸位一起来查账，各部门的账簿没有问题的话，当场结清离职工资，并按工作年限一次性支付双倍工资。当然了，若是账有问题，吃了多少的人，还得给我吐出来。"

这话一出，众人好似被噎了一下，齐刷刷哑火了。

林厌抢在他们前头开口："至于诸位手上的股票、期权，我也愿意按原价赎回，景泰，我今天是一定要解散的。"

跟着她来的审计局的人把电脑打开放在了桌上，挑了几个空位置坐下来，对她点头示意："林小姐，我们准备好了，可以开始了。"

林厌抱臂靠在皮椅上，挑了一下眉头："谁先来？"

众人面面相觑，一个两鬓斑白的老人颤颤巍巍地站了起来，当着她的面摔了茶杯。

"林厌，我跟着林董创业二十年，从一无所有开始，到如今景泰如日中天，吃了多少苦，受了多少罪，才换来今天的局面？！解散说得轻巧，我们在这里付出了青春，洒下了血汗，半辈子的心血都砸在了景泰，你今天的所作所为就是置我们老员工不顾，置林董一辈子的心血不顾……"

老人家越说越气愤，拐杖在地上戳得"咚咚"响，那茶杯就砸在桌上，茶水四溢，碎瓷划过了她的手边。

林厌面不改色地任他唾骂。

"我宁愿去死也不想看见景泰砸在你这种人手上！"

在他的带领下，越来越多的人站了起来，纷纷对她怒目相视，恶语相向，其中也不乏真情实感地对待景泰的，说着说着就红了眼眶，流着眼泪跳着脚骂她，比如那位老员工。

林厌默默承受了。

她不动如山地坐着，脸上没什么表情，不回嘴，也不动手，甚至没催促他们，由着他们骂了三个多小时。

不少人口干舌燥，却见她一动不动，有些心寒了，看来林厌这次是铁了心要解散景泰了。

那位老人骂得上气不接下气，面红耳赤，却见她还是岿然不动，没办法了，老人家拄着拐杖"噌"的一下站了起来，抬手拿起桌上的会议记录纸就撒了开来。

白纸漫天飞舞着，在日光灯的照耀下，林厌眉目冷厉如霜。

老人痛骂，摔门而去。

"林厌，你对得起你父亲吗？！"

其余人面面相觑，有不少人骂得口干舌燥，也有不少人心怀叵测，不想让审计局的人查账，跟着他一起走了，亦有留下来的寥寥数人主动递上了所属部门的账目。

审计局的人开始忙碌。

一直到下午，这批账簿才算查验清楚，该打账的打账，该结款的结款，有经济问题的人直接被移送市公安局经侦支队。

等屋里人都走完，审计局的人也出去吃饭歇口气了，林厌一个人坐在空荡荡的会议室里，抚摸着这昂贵的办公皮椅，这才感觉到了一丝寂寥情绪。

"小姐，给。"手边有人默默递了一杯热茶给她，林厌抬眸瞥过去："是你啊。"

秘书苦笑了一下："是我。"

"你不是辞职了吗？"

因为破产，公司的账上已经开不出工资来了，不少员工辞职了。

"听说您回来，来看看。"

林厌微微弯了下嘴角，抿了一口热茶润嗓子，把纸杯又放在了桌子上："来得好，叫外面那些人都进来吧。"

秘书怔了怔，还是按照命令走了出去。

不多时，运钞车停在了景泰大厦门口，穿着黑色西装、戴着白手套的银行员工走了进来，把手里拎着的皮箱放在桌上，一一打开来，清点完毕。

林厌要现场发放工资以及离职补偿的消息不胫而走，会议室外排起了长龙。

"姓名？"

"王威。"

"工龄？"

"十年。"

秘书推了推眼镜，敲打着键盘，核查过后算出补偿的数目。

林厌点了点钱，把几大摞人民币交到了他手里。

未料中年人拿着钱走了几步，却又猛地转过身来，冲着她鞠了一躬："虽然不知道小姐为什么要解散公司，但我们尊重您的决定。林董真的是我见过的最好的领导，记得我刚大学毕业来这里上班的时候，家里母亲生了病，部门主管不给假，我偷偷躲在茶水间哭被林董看见了，他不仅提前给我发了当月工资还报销了路费让我回家看望妈妈。他真的是一个很好很好的人，希望您也一切都好。"

男人说完，匆匆走了出去。

林厌微微撇了下唇，眼眶微红："下一位。"

"姓名？"

"吴娟。"

"工龄？"

"五年。"

林厌把钱递到她手里，女孩子迟迟不肯走，红着眼睛说："小姐，林董真的不在了吗？我的部门经理还是他提拔的，当时我被前主管性骚扰，也是他帮我做的主，还让人陪我一起去报了案……"

林厌默然不语，女孩子失望地拿着钱走了出去。

人群缓慢挪动着，从阳光正好到暮色四合再到夜深人静，会议室外排队的人越来越少，箱子里的钱也慢慢空了，后来林厌还让人又从自己的私人账户里取了一部分钱提过来。

最后进来的是个垂垂老矣的清洁工："小姐……"

秘书扶着人在椅子上坐下。

老人五十来岁，有些矮胖，面色和善："我不是来要钱的，就是想问问，林董真的不在了吗？他被埋在哪儿？俺想去看看他。

"当初老伴儿死了，俺儿子、媳妇都不愿意收留俺，大冬天的把俺赶出家门，没办法啊，俺只能自己去找工作。俺找了好几家公司，要么嫌俺年龄大，要么嫌俺是农村出来的，手脚笨，只有林董愿意收留俺，说公司有个什么专项计划，专门招鳏寡失独老人干活，安排一些清洁、整理、食堂收拾盘子之类的工作。

"每个月林董不仅给俺们发几千块钱的工资，还给买了保险，生活一下子就有着落了。"

老人家泪水涟涟，说着说着就握住了林厌的手，情绪激动地要给她下跪。

"林董就是我的大恩人哪，如今他不在了，我也不要公司的钱，就想去拜拜他。"

林厌哆嗦着嘴唇，一把把人扶了起来，说不出一句合适的话，抬手吩咐秘书给老人钱。

老人拿着这钱三步一回头，最终还是弯下腰来："小姐，要是哪天您家里缺用人了，说一声，老婆子还是愿意给您干活。"

林厌挥了挥手，示意她快走。

老人谢了又谢，拿着这钱拜了几拜，这才颤颤巍巍地转身离去。

林厌拿手捂住了眼睛，肩膀微微颤抖着。

秘书小心翼翼地又给她接了一杯热茶："小姐……"

林厌吸了吸鼻子，回过神来："哦，还有你啊。钱在那儿，自己拿吧。"

来的时候鼓鼓囊囊的皮箱如今剩的钱已寥寥无几，秘书数出自己应得的，拿着钱走到了她身边，微微鞠躬。

林厌讽刺地扯了一下嘴角："怎么，林又元也给你什么好处了？"

秘书摇头，起身，走到门口的时候说："小姐，要是您以后开公司了，有需要的地方说一声，我还愿意来。"

林厌挥了挥手，示意他也赶快走。

等人走后，会议室里只留下了惨白的日光灯与一地狼藉。

林厌看着这一切，想笑，想说自己终于解脱了，可还是没忍住，虽然嘴角弯了起来，泪却滚了下来，捂住唇无声哽咽。

第131章 青蘋之末（3）

"0378号，有人来看你了。"铁门"咣当"一下打开，郑成睿没想到的是，都这个时候了，还会有人来看他。

他理了寸头，消瘦了些，麻木地起身跟着狱警一起往外走。

段城坐在一墙之隔的地方等着他。

狱警替他打开了手铐，郑成睿坐下去，又上了手镣脚镣，穿着深蓝色的囚服。因为背后有蓝白相间的条纹，所以囚服常被刑警们戏称为"斑马服"，这样的颜色和警察藏蓝色的制服颜色相近却是天壤之别。

段城看着这样的郑成睿似觉得有些陌生，久久凝视着他胸前本应该佩戴警号的地方，没有说话。

反倒是郑成睿坦然些："来了。"

段城淡淡应了一声，抬眸看着他下巴上新长出来的胡楂，整个脸部隐隐有了些昔日清秀帅气的轮廓，只不过因为在看守所里吃食没有从前好，脸上没什么血色。

"你瘦了。"

郑成睿笑了一下，看起来还和从前一样憨厚："没吃零食，自然就瘦了。"

段城从底下拿出一个塑料袋，交给站在旁边的狱警检查："吃的什么的也带不进来，马上入秋了，我给你拿了一些厚衣服还有日用品。"

隔着一扇透明玻璃，郑成睿看着狱警把那大塑料袋放在桌上翻检着，里里外外包括衣服夹层都摸了又摸。

他把目光挪回来，看着眼前男孩子日趋成熟的眉眼："谢谢，你和方辛？"

提起方辛，段城也笑了一下："带她见过我爸妈了，他们都很喜欢她，现在就剩她父母那边还没同意。"

"挺好的，提前祝你们百年好合，永结同心。"

郑成睿的判决还没下来，不过数罪并罚，应该轻不了，就是不知道会不会……

想到这里，段城眼眶一热，微微侧了下身子。

郑成睿再怎么说比他大一点，对这些事情看得已经很淡了。从他走上这条路开始，就早已做好了身败名裂的准备。

他只是说："回去吧，和方辛好好过日子，别再来了。"

他毕竟罪名特殊，段城常来这里不好。

段城抬起头，红着眼问他："你后悔吗？"

郑成睿似是没料到他会问这个问题，怔了片刻，缓慢地摇了摇头："人最重要的是要一直往前看，哪能老看着身后呢？"

段城似是也料到他会这么说，微微扯起嘴角，偏过头去笑了，眼眶还是红的。

探视时间快到了，狱警开始催促。

段城从上衣兜里摸出一张照片，隔着一扇玻璃，透过最底下的缝隙递了过去。

"林姐让我给你的，在裴锦红家里找到的。"

那是一张泛黄的黑白照，被人撕了半角，只留下了一个扎着羊角辫、笑靥如花的小女孩静静站着。

女孩子的手微微举了起来，她大概是拉着自己的亲人，可惜那半边已经不在了。

郑成睿冷静麻木的表情终于出现了一丝裂痕，捧着照片的手开始发抖。

他哆嗦着嘴唇，抬头看看段城，又看着照片上的小女孩，颤抖得越发厉害。

段城起身，眼底有一丝怜悯与痛惜之色："你说不后悔，可是你知不知道，你把情报出卖给林舸，林舸再转手知会了顶爷，险些害死林姐，也害死了你的……"

他把手撑上玻璃，似不忍再说，微微闭上了眼眸，右手紧握成拳："如果不是……她还能活。"

捏着这照片，郑成睿浑身抖如筛糠，即使被捕入狱也从没红过眼眶的人，"噌"的一下想站起来，又被审讯椅铐着，挣脱不得，手腕在桌上磨着。

两个人高马大的狱警扑上来把人死死摁了回去，郑成睿的头抵在了桌子上。

他睁着眼，眼镜掉了，眼泪顺着脸颊往下淌，流到了桌面上，嘴里发出了类似野兽嘶吼的声音。

段城不忍再看，紧握的拳头松开，转身离去。

身后传出了男人的哀号声以及歇斯底里的哭声。

一直到走出看守所，段城还是浑浑噩噩的，那哭声仿佛就在耳边萦绕不去。

他一脚踏进泥水里，这才留意到外面不知道何时下雨了。

他心里烦，从烟盒里摸了一根烟，很快就被雨水打湿了，打火机也点不燃。

段城想到临走之前郑成睿那绝望的眼神，一股酸涩感径直冲上眼眶，手指一松，烟蒂地掉在了地上。

一双坡跟鞋由远及近地走来，他顺着鞋的主人往上看，雨停了。

方辛替他撑着伞。

自从得到林厌倾囊相授的美容秘方后，方辛摘掉了厚重如啤酒瓶底的眼镜，戴上了隐形眼镜，开始披散长发，学着化妆打扮自己。

昏黄的路灯下，她薄施脂粉，容颜不算特别惊艳，但是很清秀耐看。

她整个人站在这里就将他从那种悲怆的氛围里解脱了出来，更何况她说："走吧，我爸喊我们回家吃饭。"

段城怔了怔，随即狠狠地把人拥进了怀里，头埋在她的颈窝里，肩膀颤抖着。

方辛往后退了一步稳住身形，一手撑着伞，回抱住了他，摩挲着他后背上的毛衣。

隔了一会儿，他才彻底缓过劲来，抹了抹脸，又捋了捋头发，接过她手里的伞："好，那我们去买点东西。"

方辛看着他手里的烟盒："我爸气管炎……"

段城很识趣地把烟盒扔进了路边的垃圾桶里："我戒。"

"我妈脾气不好，爱唠叨……"

"丈母娘说什么都是对的。"

方辛怒："八字还没一撇呢！"

段城揽过她的肩头，两个人同撑着一把伞，路灯下投下了他们互相依偎在一起的身影。

"早晚的事嘛。"

赵俊峰被捕后，宋余杭也曾去省城看过她师母，林厌跟她一起去的。

面前的这扇门，昔日上学的时候她常来，如今却有些近乡情怯，敲不下去了。

宋余杭犹豫半晌，正打算按门铃的时候，门从里面打开了。

老人出现在门后，顶着满头银发，眼神有些呆滞无光，见是她们，这才微微笑了笑，笑容也是虚弱无力的："是余杭啊。"

宋余杭上前一步："是我，师母。"

老人把目光挪向了一旁的林厌："这是……？"

赵俊峰被捕这段时间以来，家里三天两头就会来人调查，因此老人脸上的表情有些困惑和警惕。

"是我朋友。"宋余杭这么回答着，把人拉了进来，林厌把手里的东西放在了桌子上。

宋余杭上学的时候也时常跑来这里吃饭，却从没有带什么同学、朋友来过。

老人又看了林厌一眼，这大概是宋余杭知根知底的朋友吧。

老人转身，麻木地往里走着，嘴里念念有词："来了也好，来了也好，最近除了警察没人往这里跑。"

宋余杭今天不是以警察的身份来的，所以有足够的理由心酸。

她跟着老人进去："我们来看看您，有什么需要帮忙的地方吗？"

老人摇头，拿起电壶要给她们倒水喝。

"没、没，社区里三天两头就有人过来问问，上个月刚送了一袋米还没吃完。"倒了半天水壶空空如也，老人尴尬地将水壶放了下来。

"哦，早上烧的，喝完了，晚上留下来吃饭吧，师母给你做好吃的。"

老人说着，又打开了冰箱门。林厌留意到冰箱后面的电源并没有插，于是冰箱门一打开，一股菜叶子腐烂了的味道扑面而来。

老人微怔，在塑料袋里翻拣了半天："哦，都坏了，不能吃了，那我给你们下碗面吧。"

宋余杭制止了她的动作："师母，别忙了，我们不饿。"

老人黯然地转过身来："你瞧我这，记性越来越不好。对了，老赵呢？在里头好不好？"

她说这话的时候眼底溢出一丝殷切神色，紧紧握住了宋余杭的手。

宋余杭把人拉到沙发上坐下，自己拿电热水壶烧了一壶热水，把开水瓶灌满。

林厌顺手把冰箱电源插上了。

"好着呢，就是快入秋了，天气干燥，有些咳嗽。"

她话音未落，老人"噌"的一下站了起来，颤颤巍巍地往里屋走去："那我再给他找些厚衣服，你帮我捎给他。"

法院判决没下来之前，人被关在看守所里，除了律师和办案人员一律不得会见，就算是家属也不行，更何况是这种大案要案。

段城得以去见郑成睿也是上面的安排，为了让郑成睿尽快说出真相。

"好。"宋余杭应了，跟着她走进去。

老人手有些发抖，打开衣柜，从里面抱出来一大摞衣服。

她对自己的日常生活不怎么上心，丢三落四的，却对赵俊峰的饮食起居如数家珍：

"唉，也不知道里面的伙食好不好，他最喜欢吃我包的白菜猪肉馅的饺子了。

"这是几件秋衣，那年开物资交流会买的，广场里二十块钱三件。"

老人说着，似陷在了回忆里，嘴角有了一丝笑意，将衣服挑出来放在一边："也不知道啥时候才能审查完，还是带几件毛衣吧。

"还有这，单位发的大衣，我都给他洗得干干净净的。"

宋余杭留意到袖口几枚纽扣的颜色不太一样，应该是掉了老人重新缝上去的。

她心里一酸："师母，找个大袋子，我都给装起来吧。"

"哎，好，好，在那衣柜下面的抽屉里，你瞅瞅有没有什么编织袋？"

老人说着，腾不出手来。

宋余杭便走过去帮她翻找，没找到编织袋，却找到了一大堆病历、医学影像资料、各式各样的药瓶、胰岛素笔，塞了满满一抽屉。

林厌抱臂倚在门边，看着宋余杭拿出一张检验报告哆嗦着嘴唇问："师母，这是……？"

林厌把目光转向老人，神色有些怜悯又有些说不出的意味。

老人倒是没怎么放在心上，继续为赵俊峰收拾着衣服："嗐，糖尿病呗，得了几十年了，医生说原本活不了这么多年的，但老赵不信，非要拉着我全国各个医院跑，还要打那个胰岛素针，一针几百块钱呢，天天打……"

宋余杭捏紧了报告单："什么时候查出来的？为什么不告诉我？"

老人没抬头，又为赵俊峰收拾了几件贴身穿的衣物。

"嗐，那都多久前的事了？你还在上学的时候就有了，告诉你也是多一个人操心。"

宋余杭眼底迅速有了潮气。

后面老人又絮絮叨叨地说了些什么，宋余杭再也没能听清。

一行人收拾好东西，宋余杭执意带老人去外面吃顿饭，老人不肯。

"我就在这里，哪儿也不去，万一他回来了，得有个人给他开门。"

末了，老人又握住宋余杭的手，追问："余杭啊，你能不能告诉我，他究竟犯了什么事，怎么审查这么久啊？"

她至今还不知道赵俊峰已被批捕的消息，算是组织上对他网开一面了。

宋余杭勉强撑起笑容："您再等等，再过阵子，我看能不能向上面申请，让您去看看他。"

老人神色一喜，混浊的眼里顿时有了神采，把她们送到了门外，还像往常那样热情地招呼她："哎，好，好，余杭啊，下次再带着你朋友过来玩啊，那时候估计老赵也回来了，他还藏了一瓶五粮液，说要跟你一块喝，师母再给你做些好吃的。"

第132章 青蘋之末（4）

判决书下来那天，是一个寻常的周末。

电视机里播报着新闻。

"日前，滨海省高级人民法院公开宣判原省公安厅厅长赵俊峰涉黑案。被告人赵俊峰以贪污受贿罪、包庇纵容黑社会性质组织罪、滥用职权罪等十项罪名被判处死刑，缓期两年执行，剥夺政治权利终身，并没收全部违法所得个人财产。赵俊峰当庭表示服从判决，不再上诉。"

屏幕上放出了他的照片以及一段视频，年过花甲的老人须发皆白，穿着囚服，佝偻着腰，对着镜头道歉。

女主持人又从桌上拿过一张新闻稿，抬起头来慷慨陈词："对同案的原滨海省禁毒局局长胡森吉、滨海省公安厅刑侦总队副队长聂斌、江城市公安局副局长李威、江城市公安局技侦科网安大队技术员郑成睿等十人分别判处无期徒刑、有期徒刑十五年不等。

"至此，滨海省建省以来最大的一起涉黑案宣布告破，包括黑社会性质组织在内的256人获刑，其头目林觉水被判处死刑立即执行，并剥夺政治权利终身。"

原来内鬼不是一个，而是很多人，怪不得她这么多年来一直寻真相无果。

直到此刻，林厌才恍惚有了一种尘埃落定的感觉。

她眼眶发烫，微微仰起头，泪水滑落了下来。

她嘴角挂着笑，努力想让自己开心起来，泪却越涌越多，最终撕心裂肺地号啕大哭起来。

判决书下来之后，赵俊峰便被移送到了滨海省监狱正式服刑。

宋余杭陪师母去看过他。

两个人忐忑不安地在门外候着。

"赵俊峰，有人来看你了。"

铁门"咣当"一声打开了，穿着"斑马服"、两鬓斑白的老人佝偻着腰走了出来。

他猛地一抬头，见是她们，身子微微一震，颤抖着嘴唇，腕上戴着手铐，转身就走。

"不见，不见……"他嘴里念念有词。

未等宋余杭有所动作，她师母已经扑了上去，拍打着玻璃窗："老赵，老赵……"

那一丝微弱的呼唤终是通过扩音器传了过去。

赵俊峰顿住脚步，仍是没回头。

"回去吧……"他艰难启口，迈步欲走。

宋余杭也走近了一步："师……"

话刚出口，她咬牙，飞快地改了口："你的判决已经下来了，以后还不知道有没有机会再见。"

老人也扒在玻璃上，看着他的背影泣不成声。

这啜泣声仿佛就是对他的谴责。

赵俊峰使劲抠着手，掐红了虎口，最终还是把手铐往里缩了缩，藏进袖管里，转过身来，和自己的爱人隔窗相望。

老人捂着唇，老泪纵横。

宋余杭扶着她，轻轻拍着她的后背替她顺气。

赵俊峰步履蹒跚地慢慢走了过来，手指抚摸着窗户，仿佛就能摸到她花白的发。

也许是连日来没休息好，他的眼睛很红，嗓子有些哑："回去吧啊，好好照顾自己，药按时吃，及时去复查。"

"上次托余杭给你带的衣服都收到了吧？还缺什么，你告诉我，我下次来拿给你。"

赵俊峰笑了，一动腕上的手铐就"哗啦"响。

"还想吃一口你包的饺子，白菜馅的。"

"哎，好，好，等你回来包给你吃，我知道的，皮要薄，馅要多，只吃瘦的不吃肥的嘛。"

老人含泪应了，又拿了一些保暖防寒的衣物给他，事无巨细地叮嘱着：

"天冷了，你的老寒腿，我给你带了膏药。

"还有保暖衣，穿在里面，暖和。

"棉拖带了两双，换着穿。

"洗漱用品也带了点，不够的话，你就托人捎信来。"

赵俊峰本以为她会问自己为什么进来，结果她只字未提，只是一个劲儿地要他照顾好身体，未免微微红了眼眶。

他退后一步，短短数月，已经苍老了太多，身子摇摇欲坠，手也开始发抖了："我知道的……你也回去吧，别让人笑话。"

探视时间快到了，狱警也开始催促。

老人几乎快瘫软在地，全靠宋余杭扶着。

他抬眸看了宋余杭一眼，动了动唇："这些事都是我一个人做的，和她没有关系，你要是得空，就替我去看看她。"

宋余杭未答，赵俊峰嘴角浮起一丝讽刺的笑，摇摇头，转身欲走。

事到如今，他又有什么资格请求她做任何事呢？

宋余杭把老人交给一旁守候着的狱警先扶着，凑近了麦克风，沉声道："我会的，毕竟饺子我也没少吃，不过，你能告诉我为什么要这么做吗？"

她目光犀利如剑，死死盯着他的背影，期望他转身或者回答。

赵俊峰苦笑了一下，抬脚继续往前走着。

宋余杭紧紧攥着拳头，指骨泛白："你还记得第一次见我的时候，跟我说了什么吗？"

时光倒回她十八岁那年。

彼时的她刚考上警校，即使在省运动队有搏击经验，但在这种藏龙卧虎的地方也只是沧海一粟罢了。

开学第一堂课，无论是自由搏击、十米手枪速射抑或是体能她都被虐得很惨。

班上男同学戏谑地说："女人还想当什么刑警，不如考个文职混碗饭吃得了。"

宋余杭红着眼睛，捂着受伤的胳膊，一瘸一拐地走远了，身后众人哄堂大笑。

到了晚上，同学们都回寝室休息了，她又一个人站在擂台上打沙袋，也没戴拳套，直到精疲力竭，从指缝里渗出鲜血来。

她双膝一软，跪倒在地，缓缓往后仰去，躺在地上大口喘着粗气，耳边回荡的还是白天同学们的嘲笑声。

"起来啊，不是省冠军吗？"

"什么冠军啊，水做的吧？！"

"照我说啊，也别来和我们抢名额了吧，趁早回家嫁人生孩子吧。"

…………

宋余杭咬牙，泪水在眼眶里打转。

原本漆黑的体育馆突然灯火通明，她下意识地抬起胳膊遮挡刺眼的光线，一道有些冷厉的声音就传了过来。

"起来。"

她错愕地看着面前站着的中年男人，他穿着一件旧夹克，有一张刚正不阿的国字脸。

"你是……？"

她在学校里并没有见过他。

男人重复了一遍："起来。"

他腰板挺得笔直，身上有一股不怒自威的气场，让人下意识地想服从他。

宋余杭使劲撑起胳膊，男人见她身子都在发抖，嘴角露出一丝笑意，伸手扶了她一把。

宋余杭站稳，还是有些疑惑："这里是警校，不能随便进出的，你是什么人？"

男人并没有回答她的这个问题，只是说："这里是警校，也只有两种人，警察和预备役警察。"

宋余杭愣了愣，他已转身走远，即将消失在门口的时候，宋余杭追了几步："喂，你究竟是谁？"

男人顿住脚步，微微回头，光明和黑暗切割着他的身体。

"以后你会知道的。"

第二天，搏击课上。

同学们换好了白色跆拳道服，人头攒动，有人窃窃私语。

"哎，听说了吗？今天会来一个新教官，听说是省禁毒总队的二级警监，立功无数，还曾在东南亚生擒过毒贩，很厉害的。"

一般这种光鲜亮丽的履历都有作假的嫌疑。宋余杭不置可否地撇了撇唇，缠着拳套带子，猛地一抬头，赵俊峰就走了进来。

他换了藏蓝色的崭新制服，腰板挺得笔直，戴着宽檐帽，肩头缀着两枚四角星花与银色橄榄枝。

那时候的他鬓边还没有白发，身材也没有走样，手指紧挨着裤缝，抬手就敬了礼。

"大家好，我叫赵俊峰，滨海警官学院的客座教授，接下来的一段日子里，由我担任警察体能与警务实战技能训练这门课程的教官。"

那时他的意气风发与如今的苍老颓丧形成了鲜明的对比，尤其是他身上的囚服，更是刺眼。

宋余杭咬牙："你说，在警校里只有两种人，警察和预备役警察。

"后来我毕业参加工作，你特意从省厅赶到江城市来看我授衔，也是你说……"

她略微一顿，微微仰起头，不让泪水滑下来："进了公安局，也只有两种人，已经牺牲的警察和随时准备牺牲的警察。

"你呢，你又是哪一种？"

这话问得他哑口无言，赵俊峰沉寂了很久，盯着自己腕上雪亮的手铐。

宋余杭一直看着他的背影，在等一个答案。

赵俊峰缓缓抬脚，仍是一言不发地往前走，狱警已经打开了铁门。

"师父……"宋余杭心里一紧，红了眼眶，哑着嗓子叫道。

赵俊峰脚步略微一顿，脊背又挺直了起来。末路将至，老人以为这一生除了自己的爱人，再也没有什么能引动他心中的波澜了。

宋余杭是个例外。

年轻人沉稳、聪明、上进，最重要的是有一颗百折不挠的金子般的心。

警校里女生屈指可数，像她这样一门心思要上一线的更是凤毛麟角。

上他的课自然是非常严苛的，宋余杭每每被打到鼻青脸肿，下了课却又留下来独自练习到深夜。

有时候赵俊峰回场馆关门，仍然能看到她在打沙袋，气喘吁吁，汗水顺着短发往下淌。

他站在台下看她："为什么要这么拼命，做后勤不好吗？"

宋余杭喘着气，一拳把沙袋打飞出去："为什么要认输，上一线不好吗？"

赵俊峰摇头："不好，很危险。"

"吃饭有被噎死的风险，喝水有被呛死的风险，就连在家睡觉也会有猝死的危险，难道就因为怕风险，我们就不吃饭、不喝水、不睡觉了吗？"

这是令人意外的答案。像这样豪情壮志的时刻，也许每个警察年轻时都会有。

赵俊峰单手撑地，翻上了擂台。

"你的动作不对，再往后退一步，等沙袋倒回来了再打。

"对，左勾拳。

"右边，下路，鞭腿，沙袋就是敌人，不要让它靠近你。"

....

宋余杭按照他的指令，挥汗如雨，一个小时后完成了全套动作要领，不仅有效率，而且十分有感悟。

她瘫坐在地上喘着粗气，男人笑了笑，递过来一罐可乐："打得不错。"

宋余杭抬眸看了他一眼，伸手一把把可乐拿了过来，拉开易拉罐拉环大口喝着，半晌，抹了抹嘴角："谢谢您，赵教官。"

从那天起，宋余杭晚上再来拳击馆里的时候，多数时间会遇见他。

赵俊峰有时给她喂招，有时指点她的动作要领。她对他的称呼从一开始的教官再到老师，最后到师父。

赵俊峰是她整个学生时代最崇拜的人，是她的理想、灯塔和引路人。

这一声师父，又唤醒了他久违的回忆。

他记得她毕业那天，两个人约了最后一场拳赛，从一开始她打不过他，到两人势均力敌，再到他甘拜下风。

宋余杭用了整整四年。

这四年里她无时无刻不在盼望着这一天，等到真的把人打趴下的时候，却又有一丝怅然了。这代表她长大了，而赵俊峰正在老去。

彼时的他鬓边已经有了几缕白发，身手没有昔日那么灵活了，被她打倒在地，半天爬不起来。

宋余杭伸手扶了他一把："师父……"

赵俊峰连连摆手："不用，不用，关节炎又犯了……"

她把人扶到擂台边坐下，赵俊峰从自己的包里翻出了两罐可乐，递给她一瓶："来，毕业快乐。"

宋余杭怔了怔，也拉开了拉环，与他碰了杯，泡沫溢了出来："毕业快乐。"

末了，又觉得有些不尽兴："四年了，您就请我喝这个？"

赵俊峰哈哈大笑，用力拍着她的肩膀："警校有规定，在校学生不得饮酒。"

宋余杭嘀咕："说得好像上班了就能喝一样。"

说到上班，赵俊峰脸上敛了笑容，神色变得有些意味深长："参加工作，才是你职业生涯的开始啊。"

宋余杭把易拉罐放到一边，活动着肩膀："早就等着这一天了。"

赵俊峰微微一笑，抿了一口可乐便不再喝，医生已不许他喝高糖、高热量的饮料了。

"刑警生涯没有你想象中的那么容易，你会遇到危险，也会经历挫折，甚至……"他略微一顿，"还有很多看不见的诱惑。"

宋余杭似懂非懂，又拿起易拉罐灌了一口可乐："你说的这些，自己都经历过吗？"

赵俊峰沉默半晌，看了一眼手表："不早了，我该回去了。"

宋余杭起身送他，把人从座椅上扶了起来，赵俊峰捡起背包拍了拍灰背好："别送了，你明天不是要去报到吗？早点回去休息吧。"

也不知道为什么，今天的赵俊峰总让她有一丝捉摸不透的感觉。

宋余杭不知道这感觉从何而来，只是追出了拳馆门口，站在夕阳下冲他挥手："师父，再见。"

赵俊峰脚步微微一顿。

她把手拢成了喇叭状："保重身体，无论我走多远、去哪儿，您都是我的师父，我会回来看您的！"

犹如电影长焦慢镜头回放，她永远记得那个黄昏里，赵俊峰缓缓转过身来的模样。

就如同此刻，两个狱警一左一右地架着他，老人艰难地转身，那一瞬间她看见他的脸上浮出了久违的笑容，身上的颓废灰败之气一扫而空。

就如同她二十二岁那年一样，彼时的赵俊峰也是笑着屈指在自己的太阳穴上轻点了一下，动作是那样意气风发，潇洒利落。

他说："余杭，加油，有困难找师父。江城市里谁敢欺负你，让他来找我。"

宋余杭"扑哧"一声笑了出来。她如今的身手不欺负别人已经是谢天谢地了。

未等她再说什么，赵俊峰很快转身离去，挥手示意她别送了，背影消失在校园里。

有人说，十八岁是成人礼，可是宋余杭一直觉得，参加工作的这一年才是。

那之后她遇到了许多挫折和磨难，都咬牙扛过去了，虽然没去找赵俊峰，可她始终记得他的那句话。他把一个二十二岁的成年人还当成学生看，给了她莫大的温暖和慰藉。

她这一记就是许多年。

直到现在，面对已经能独当一面的刑警，赵俊峰再也说不出要关照她的话，也不能再抬起手像当年一样意气风发。

他的眼神有些怅然，又隐含了一丝期盼："余杭，我起不来了，但是……你可以。"

在他叫出自己的名字的时候，宋余杭就忍不住了，头抵在玻璃上紧握起了拳："为什么……这究竟是为什么？"

老人黯然摇头："不入虎穴焉得虎子？要想与黑暗搏斗，就必须深入黑暗里。"

"这就是你和顶爷狼狈为奸的理由？！"宋余杭眼眶通红，咬着牙咆哮。

赵俊峰浑身一颤，哆嗦着嘴唇，慢慢转过了头："你不会明白的……不明白也好……回去吧……回去吧……别再来了……"

宋余杭看着他的背影嘶吼："我与黑暗搏斗，只因为我穿着警服，帽檐上扛着国徽，肩上担着正义。我若是与黑暗为伍，那与犯罪分子何异？！"

赵俊峰脚步一顿，没再说什么，戴着手铐，任由狱警扶着他走远了。

那道铁门又在她的眼前关上了。

宋余杭浑身脱力，坐在椅子上，用手捂住了眼睛，肩膀微微抖动着。

让她没有想到的是，赵俊峰说别再来了，竟然真的就是诀别。

她回到江城市的第二天，就接到了监狱打来的电话，他突发脑出血，送医途中身亡。

宋余杭手里的听筒滑落了下来，身子微微一晃，林厌一把扶稳了她。

她回过神来看着林厌担忧的眼神，勉强笑了笑："我没事……"

她嘴上说着没事，眼眶却红了。

林厌点头："走吧，我们开车去。"

料理完赵俊峰的后事后，宋余杭从殡仪馆领回了他的骨灰盒。她刚走出大门，等候在旁边的老人就扑了过来，抢走了她手中的盒子。

老人佝偻着背，头发全白了，又因为连日操劳没心情打理自己，一缕一缕地粘在了一起。她穿着一件脏脏的旧棉袄，踩着露脚后跟的棉鞋，步履蹒跚地往外走去，嘴里念念有词："老赵……老赵啊……回家……回家了……"

回江城市的路上，林厌开车。等红绿灯的间隙，宋余杭一直偏头看着街边的小卖部。

那里停了一辆面包车在卸货，工人抬着一箱箱饮料，忙碌地进出着。

林厌往那边看去："怎么了？"

宋余杭淡淡地道："想喝可乐了。"

等回到家，她拧开可乐瓶子，喝下第一口，泪就涌了出来。

赵俊峰病逝后，宋余杭每周去看师母一次，风雨无阻，雷打不动。

某个周五，她正准备出发的时候，接到社区打来的电话：老人患老年痴呆，住院了。

她急匆匆地赶到省城的时候，师母已经不认识她了，拉着别的老大爷，一直说着"老赵，老赵，我给你包饺子吃"。

疗养院工作人员埋怨："老太太一个人在家待不住，天天往外跑，还捡垃圾吃，社区实在没办法了，才送到我们这儿来了。我说你们这些当儿女的都是怎么回事……"

宋余杭红着眼说："我不是……"

她的声音小，工作人员没听清："什么？"

宋余杭猛地回过头来："她没有儿女，你们照顾好她，不管多少钱，我出。"

工作人员被吓了一跳，看着她离去的背影摸不着头脑："神经病吧……"

顶爷已被执行死刑，赵俊峰也已身亡，其余人也都受到了处罚，一切尘埃落定。

这天几个人在季景行家客厅里说着话，大门打开，一个中年男人拉着小唯站在了门口。

宋余杭和林厌齐刷刷地转过头去，他居然有季景行家的钥匙！

宋母也从厨房里探出头来："小梁，来了啊，快坐，快坐！"

小唯挣脱他的手，背着书包，身上还带着雪粒子，扑进了妈妈怀里："妈妈，梁叔叔陪我在楼下玩了会儿雪才上来的，他还给我买了滑雪板，说周末的时候带我们一起去雪场滑雪玩。"

男人年纪比季景行大几岁，看着很是憨厚老实，站在一旁拿着个滑雪板，冲她们笑了笑。

"你们好,我叫梁实,之前在律所工作的时候,和景行是同事。"

宋余杭和林厌面面相觑:这也太快了吧。

后来梁实去帮宋妈妈做饭,把老人赶出了厨房,自己系上了围裙煎炒烹炸。

四个女人围着火炉嗑着瓜子。

宋余杭才知道,原来梁实暗恋季景行多年,自己也有过一段失败的婚姻,和前妻有个儿子,儿子已经上初中了,不怎么来往。

也许正是因为有着相似的经历吧,在季景行最无助的那段日子里,她一边替小唯治病,一边还要工作赚钱养家,梁实不仅给了她很多单子,还帮着她照顾小唯,两个人慢慢走到了一起,如今婚期都快定下来了。

第 133 章 青蘋之末（5）

林厌有个尚未了却的心愿，在高原某个地图上都找不着的小村庄里。

她和宋余杭驱车数百公里，星夜兼程，下了高速又走省道，然后是公路，再然后是坑洼不平的石子路，翻过几座山后，是一段黄泥巴土路，车开不上去了。

两个人只好拿着东西下车步行，林厌看见山路上有背着柴的农夫，拿着一张照片走过去问路："你好，见过这家人吗？"

照片有些年头了，彼时的刘志还是个十四五岁的半大孩子，穿着父亲破旧的蓝色布衫，瘦得跟麻秆一样。

旁边站着的是他的父亲和母亲，他身前的凳子上坐了个七八岁的小姑娘，是这满面愁容的一家人里唯一展露了笑容的，伸出手指对着镜头比了个"耶"。

农夫琢磨半晌，猛地一拍脑袋，"叽里咕噜"地说了一大通话，全是当地土话。

林厌没听懂，不过看懂了他手指的方向，微微点头致谢后往山上走去。

宋余杭拎着东西快步跟上她问"走哪边？"

林厌摇头："上山再看吧，刚才那人说什么我也没听懂。"

她一边说着，一边攀着树枝往上爬。

还好出发的时候她没穿高跟鞋，不然这山估计是上不来的。

林厌想着，回头看了宋余杭一眼："我帮你拿一下吧。"

宋余杭摇头，背了个硕大的旅行包，手里还拎着水果、牛奶等给刘志家的慰问品："不用，这小意思。"

她如法炮制，拽住树根，一只手撑了上去，林厌把人扶了起来。

两个人穿梭在山间密林里，俱有些灰头土脸的。

宋余杭和她边走边聊："你还记不记得，我们去小河村那一次，也是像现在这样爬山？那时候，你、我、方辛、段城、老郑都在，就算条件艰苦些，现在想来也还蛮有意思的。"

还记得那晚上山突遇暴雨，一行人包括五里镇派出所的两位民警，都蹲在山坳里围着篝火谈天说地。

跟着那位老奶奶回家之后，他们又帮着她干活，种菜的种菜，施肥的施肥，放羊的放羊，劈柴的劈柴。

那个时候的他们，大概都没想到后来会发生这么多事。

不提还好，一提林厌就微微恍神了，唇边的笑容多了一丝苦涩："是啊，那时候……真好。"

两个人很快就到了半山腰上。

这村子着实不大，只有六户人家，她们拿着照片挨个拜访，很快就找到了山坳最里面的刘志家。

正是早饭时分，凛冬时节，老人穿得分外单薄，露在外面的手冻得通红，正从地上捡起柴火塞进土灶里，灶台上支着一口大铁锅，正冒着热气。

林厌慢慢走过去，觉得嗓子眼有些发干："那个……是刘志家吗？"

老人抬起头来，见两个衣着光鲜靓丽、气度不凡的女人站在茅屋门口，愣了半晌，把人从头扫到脚也没认出来是谁。

他家穷，家人一辈子出过最远的门就是去镇上的集市，哪里见过这样的人物？

老人家磕磕巴巴的，半晌也只吐出几个单音节："啊……啊啊……"

林厌微皱起眉头，观察着他的动作表情："原来是哑……"

宋余杭拉了她一把："您好，我们是刘志公司的，年关将近，他事情多走不开，托我们来看看您。"

老人这才好似回过神来，目光又落到了她们手里拎着的东西上，突然把柴火一扔，黝黑的脸上浮出一抹喜悦之色，一瘸一拐地往屋里走去，嘴里"啊啊"声不断。

宋余杭掀开帘子，跟着人进去。

屋里谷物发了霉的味道和长期卧床病人的体味交织在一起，有些刺鼻，里面并没有比外面暖和多少，几乎没什么家具，四处漏风的门窗，不少是拿报纸糊上的，头顶亮着一个昏黄的灯泡，结满了蜘蛛网。

老妇人窝在床上，闷咳了几声，声音里有掩不住的喜悦："刘……刘志回来啦？"

先头烧火的那位老人站在床边，嘴里念念有词，手也忙不迭地比画着。

妇人看懂了，将目光挪向她们，那狂喜沉淀下来，多了一丝失落，不过眼神是温暖和善的，又有些农村人的朴实和腼腆："坐，坐，你看看这屋里乱的，刘志托人回来也不提前打声招呼……"

林厌看得出来，她想坐起来，可是埋在被子下面的腿是那样软弱无力，甚至都撑不起个形状："您的腿……"

妇人笑笑，头发白了一半，脸也不怎么干净，手上还有冻疮，那褥子也是薄得可怜。

"嗐，刘志没跟你说吗？早些年他还没出去打工的时候，我上山砍柴摔断的。"妇人倒是比她乐观，热情地招呼她们，"坐，快坐，老头，给倒杯水。"

老人从外面烧开的铁锅里舀了一瓢水倒进搪瓷杯子里，颤颤巍巍地端了过来，又拿袖子抹了抹屋里仅有的一张长凳，眼巴巴地看着她们，示意她们坐。

宋余杭把水接过来放在桌子上，那杯子里外都不怎么干净，也不知道用了多久了，却是这屋里能用的日用品之一。

林厌和刘志认识的时间不长，立场又不同，哪里会聊起这些？

她此行不过是想来替他看看他的父母。

"我们就不坐了，一会儿就走了。"林厌谢绝了对方的好意，又想起他还有个妹妹，于是环视了一圈屋内，"他妹妹呢？"

说到这里，妇人眼眶一热，泪就滚了下来："前些年得了一场病，去了。"

老头也站在旁边唉声叹气地揉着眼睛。

林厌来之前已经做好了他们很穷很惨的心理准备，却没想到情况会这么糟。

林厌觉得自己开口说话都有些艰难："你们……告诉他了吗？"

妇人摇头，拿手抹着眼泪："没有，他一个人在外面打工，已经那么辛苦了，这事我们也就没跟他说，况且……"

老人停顿了一下，似有些伤感："也联系不到他，每个月他都会准时寄钱到镇上的邮局里，他爸再去拿，我们也想着给他寄些东西，或者写封信，但不认字。"

207

刘志在刀尖上讨生活，有太多的身不由己，不和家人联络才是对他们最大的保护。

林厌忽地想起二人的最后一次谈话。

她盯着窗户外面逐渐亮起的天光问他："你有特别想回去的地方吗？"

年轻人脸上露出一丝笑意："有，想回家了。"

他年迈的父母还在牵挂着他，可他再也回不来了，娶不到媳妇了。

林厌敛下眸子，掩去了眼底一闪而过的水光。

宋余杭把手放上了她的肩头。

林厌回头看她，勉强打起精神笑了笑，不让二位老人看出端倪。

宋余杭把带的东西拿过去，又摘下背包往外掏东西："四套保暖衣、一床电热毯、两箱牛奶、一些水果、面包、副食、营养品……"

这已经是两个人尽最大努力能拿上来的东西了。

林厌也翻着自己的钱包："这些钱也给你们。"

二位老人看得眼花缭乱，几次张嘴都没找到合适的时机打断两个人的动作。见林厌开始往外掏钱，妇人急了，从床上坐起来拉住她的手腕。

"使不得使不得，你们来我们已经很感激了，钱万万不能收，不能收。"

旁边的老人也把头摇成了拨浪鼓，一个劲儿地"啊啊"着。

林厌手里还捏着红票子，进也不是退也不是。

宋余杭走过来把她手里的钱抽走，端端正正地叠好，塞进了老人的衣兜里："拿着吧，这钱不是我们给的，是刘志给你们的，这是他的工资，年终奖。"

她再三强调，二位老人才勉为其难地收下。

妇人看着她们，又想到那钱，那个数目比他从前寄回来的多了太多太多。

她也不知道为什么，心里有一丝不好的预感："他……他咋不回来……要你们来？"

林厌看着二老黝黑的面颊和通红的双眼，撒了一个善意的谎言："他……他工作很卖力……干得很好……厂里离不开他……"

妇人听到这里，脸上浮出了一抹欣慰之色："不错，他也算是出息了。你告诉他，好好干，别急着回来，家里啥都不缺。"

言谈间，老人煮在锅里的吃食好了，不过几筷子面，都断成一截一截的，用碗装了送到她们面前要她们吃。

碗里没什么油水，漂着寥寥无几的几根咸菜。

东西既然已经送到，林厌便准备离开了，从钱包里又抽出一张照片搁在了床上："饭我们就不吃了，该走了，这张照片还给你们。"

那是刘志出发前带走的唯一一张全家福，现在终于物归原主了。

妇人轻轻抚摸着照片上孩子的脸，翻来覆去地看了又看。

那照片背面写着他的家庭住址，还有小小的心愿：回家。

没有落款，也就没有归期。

宋、林二人一出茅屋，林厌就忍不住了，微微弯起唇拼命向上看，还是哭了出来。

宋余杭揽着她的肩头往前走着。

她们走出不远，身后传来动静。

老人一瘸一拐地追了上来，把一包鞋垫塞进林厌手里，神色有些焦急，比画着手势。

林厌微怔，垂眸看去，那塑料袋包着的鞋垫手工精美，针脚细密，摸起来又厚又暖和。

"这是……？"

老人见她收下，脸上浮出笑容，虽然又穷又脏，穿着丝毫不体面，但是每个皱纹里都溢出了真心实意的感激之情。

他转过身，一瘸一拐地消失在了山林里。

回江城市的路上，林厌一直沉默不语，偏头望向车窗外，霓虹闪烁，车水马龙，仿佛看见了刘志站在灯火中央，含笑冲她挥手再见。

她微微扬起唇，也笑了一下，关上了车窗。

第134章 青蘋之末（6）

这天一个林厌好久未见的人来向她告别："我要回波士顿了，来告别。"

林厌出事后，并没有机会再见到惊蛰，自然也不会嘱咐他把机械棍还给宋余杭。

她只是以为他躲起来了，那么又是谁吩咐他去做这件事的呢？

仿佛有什么在脑海里一闪而过，林厌后退两步，似有些难以置信："你……"

惊蛰点头，取下背上的双肩包，从外侧兜里摸出一个U盘递给了她："林总让我给你的。"

林厌看着那漆黑的U盘咬牙道："你是他的人？"

事到如今，惊蛰也没有什么好隐瞒的了："是。"

"你就不怕我杀了你？！"林厌骤然逼近，提起他的衣领，压低了声音怒吼。

惊蛰轻轻拂开她的手，把人紧紧攥成拳头的手掰开，把U盘搁进去，又握起来："你不会，这里面有一切你想知道的答案。"

惊蛰后退几步，戴上了鸭舌帽："林总说过，等有一天顶爷已死，再把这个秘密交给你。"

林厌突然读懂了他的意思。

这是迟来的诀别，到了这个时候，也就是林又元真正该离开的时候了。

她年少的时候曾无数次想要脱离这个家庭，逃离他的桎梏，却从未有一刻生出如此强烈的不舍情绪。

即使她百般不愿，她的父亲也不会再为她提供任何庇护了。

东西既然已经送到，惊蛰也是时候离开了。

他转身离去："小姐，我的使命也结束了，往后的日子还请多多保重。"

林厌捏着U盘，微微红了眼眶："还会再见面吗？"

惊蛰嘴角勾起一丝微笑："会吧，波士顿的大街小巷、佛罗伦萨的百花大教堂或者墨西哥湾流里的某艘渔船上……只要在人间，我们终究还是会再见面的。"

林厌咀嚼着他的这句话，嘴角终于扬起了一丝笑意，看着他离去的背影道："喂，要是混得不好，还回来做我的保镖啊。"

惊蛰挥挥手没回头，潇洒离去。

而宋余杭也见到了意想不到的人。

宋余杭："我一直以为……"

郭晓光苦笑了一下："和你们分别后，我和妈妈被人暗算，当时我也以为我们死定了。"

宋余杭眼底有一丝疑惑之色。

她和林厌一直以为赵俊峰不想让初南案翻案，所以必须铲除当时的所有知情人。

郭晓光和他母亲只是其中之一，不然又怎么解释就连她和林厌都多次遇袭呢？

赵俊峰丧心病狂至此，即使已死，她还是无法原谅他。

郭晓光接着道："可是那帮人只是把我们关在仓库里，好吃好喝地伺候着，在那里待了一天一夜后，我们就被人放了。"

他至今想起那一幕还是感激涕零的。

当阳光照进破旧的库房里的时候，尘埃也一起涌了进来。

郭晓光下意识地抬肘遮挡光线，铿锵有力的脚步声停在了他面前。

来人冲他伸出手："郭晓光，起来吧，你们可以走了。"

来人背光站着，让人看不清面容。

郭晓光微怔，来人见他迟迟不起，又从兜里掏出一封介绍信塞进了他手里。

"拿着它，去最近的一个派出所，'郭晓光'这个名字你不能再用了，换了户口后带着你妈妈离开滨海省，不要再回来了。"

等他回过神来追出去的时候，来人已经走远了。

他后来改了名字，现在叫郭毅。

"在我爸那事出了之后，为了我上学方便，我妈也曾多次跑派出所要求改名，每回都被搪塞回来，谁知道这回这么容易……"

宋余杭听到这里，微微红了眼眶。

郭晓光停了下来："宋警官，您怎么了？"

宋余杭勉强笑了笑："没事，最后那个人有没有告诉你他叫什么名字？"

郭晓光想了想。

在他拿着介绍信追出厂区，总算拦下对方，并且再三央求对方告诉自己名字，日后好报答的时候，来人终于缓缓转过身来，鸭舌帽下露出了一撮白发："我姓赵，报答就不必了，是我……对不起你们。"

最后半句话他说得语焉不详。

郭晓光没怎么听清，等他还想追问的时候，老人已经拉开路边停放着的一辆车的车门，坐了进去。

车子很快就从他眼前开走了，他连个车牌号都没能记住。

郭晓光还在喋喋不休地说着，脸上满是喜悦激动神色："托姓赵那位大伯的福，我才能改头换面，还凭着手艺进了一家大酒店当学徒。

"也托您和林法医的福，我爸得以沉冤昭雪。新闻我们都看了，我妈当时就激动地扔了拐杖起来走了两步，还说要是能再见到您二位，一定要给你们磕头。"

宋余杭肩膀剧烈抖动着，已泪流满面。

郭晓光终于察觉到一丝不对劲："您怎么了？"

宋余杭连连摆手，哽咽着说："没……没事，我就是……高兴。"

郭晓光终于后知后觉地回过味来："您认识那位姓赵的大伯？"

宋余杭摇头："不认识。"

郭晓光眼底有一丝怅然神色："他可真是个好人啊，我还想着有朝一日能当面报答他的恩情呢。"

宋余杭笑笑，不置可否。

直到最后她也没有告诉他，他爸爸是因为谁才蒙冤入狱的，不是不能，而是不忍。

这世上残忍的事太多了，就让他的内心保留着最后一片净土吧。

如果时光能倒回去，宋余杭也希望赵俊峰永远是那个赵俊峰，是她心里亦师亦友又似父亲般的存在，也是郭晓光眼里的大好人。

可惜啊,韶光已逝,他终究是要为他的所作所为付出代价的,不然何以慰亡灵?何以慰孤魂?何以慰那些怀揣着痛苦,仍然选择坚强地活下来的人?

这之后冯建国来找宋余杭了。

宋余杭留意到他的肩章上银色橄榄枝绕了半周国徽,已经是副总警监衔了。

她笑着道了一声:"恭喜。"

冯建国也笑了笑:"喜从何来?不过是去收拾烂摊子的,有那时间,还不如回去多陪陪我孙女。"

宋余杭也笑:"我知道您,嘴上说着不愿意,可还是会出一份力的,坐这个位置您实至名归,底下的公安民警和普通老百姓也可以放心了。"

冯建国看着她道:"差不多一年了,你还想赋闲到什么时候?"

宋余杭笑笑,并未答话。

冯建国把密封好的文件递给了她:"想好了再给我答复。"

宋余杭垂眸看去,那文件上封口缠线的地方盖着公章。

她再熟悉不过了,这是省厅的调任函。

宋余杭微愕:"冯——"

冯建国脚步一顿:"我不知道你是怎么想的,是要继续回来工作也好,还是放弃这份职业去过普通人的生活也罢,但是我想,我们警察是行走在黑暗中的人,就像天边的萤火、伫立在路边的灯。"

"这样的人越多,星星之火汇聚成万丈星河,光明终究会驱散黑暗,你觉得呢?"

宋余杭捏紧了这一份调任函,微微点头:"谢谢您,我会慎重考虑的。"

213

第135章 青蘋之末（7）

林厌把玩了那个U盘很久很久，才把U盘插进电脑里，点开文件。

冗长的黑暗过后，往事掀开了序幕。

林又元二十岁的那个夏天，仗着父亲在政府任职，在十里洋场里混得风生水起。

他是天生的流氓，欺善怕恶，欺软怕硬。

总算有一次他栽了，搞到了另一个富二代的头上。那女子长得花容月貌，身段婀娜多姿，还是梨园戏子，有钱有势的富二代早就看中了她，结果被林又元捷足先登。

当晚林又元仗着醉意衣衫不整地从酒楼里出来的时候，就被人堵在了巷口里。

对方带的人不少。

林又元懒懒地抬眸，系紧了裤腰带："哟，怎么的，要打架啊？"

对方抄着棍棒一拥而上，林又元毕竟喝了酒，晕晕乎乎的，挨了好几下。

他把面前的人踢开，转身去捡掉在地上的木棍，猝不及防间后脑勺被人重重砸了一下，他一下子扑倒在地，摔了个狗啃泥。

"妈的，给我打！"富二代怒不可遏，抬脚就踹了下去。

众人耳边突然传来尖厉的哨子声："干吗呢？！"

一束手电筒光照在一群人脸上，穿着深棕绿色制服的巡警跑了过来："怎么打人呢还？有什么事跟我回派出所解决。"

一干混混把棍棒甩上肩头，看着他都笑了。

为首的那个人从兜里掏出烟点燃，对着年轻的巡警吐了口烟圈："你知道我是谁吗？多管闲事，爷今天就是要打死他。"

林又元趴在地上，啐了口带血的唾沫，牙也掉了，一起吐了出来。

小巡警把烟雾挥开，打量了一下为首那人，耿直又憨厚地摇头："不认识，你们打人，跟我回派出所了解情况。"

那男人把烟扔在了地上："不识抬举，给我打！"

小巡警大概也没回过神来，看着这人衣冠楚楚、人模狗样的，怎么说动手就动手啊？

等他回过神来的时候，已经被一干人围在了中间。

那男人又点了根烟，看着那巡警被围攻，还不时叫好。

林又元从地上捡了块板砖，径直砸向了富二代的后脑勺："狗东西，让你打老子！"

板砖在他的掌心里裂成了两半，富二代直挺挺地倒了下去。

陷在包围圈里鼻青脸肿的小巡警回头，就见林又元往地上啐了口唾沫。

"呸！"

富二代躺在地上纹丝不动，也不知是死是活，一干人等面面相觑，动作慢慢停了下来。

林又元冰冷的目光瞥了过去。

有几个人退了几步，咽了咽口水，扔下木棒跑了。

林又元抄起家伙跌跌撞撞地扑过去，衬衫袖子挽至手肘。昨夜刚下过雨，那上面沾着泥浆和血渍。

"来啊！！！"少年提气大吼，几个人回头看了一眼，落荒而逃。

他"呸"的一下又往他们逃窜的方向吐了口痰："欺软怕硬的东西！"

回转身来，林又元看着巡警，表情不屑，吊儿郎当。

"就这功夫你也敢出来当警察，不怕被小偷打啊？"

小巡警憨厚地笑了，把手铐戴上了他的手腕，"咔嚓"一声按下，仿佛没听出他话中的讽刺之意一般："不怕，反正俺皮厚。"

林又元对他没设防，猝不及防之下被人铐上，顿时破口大骂："你给老子解开，知道我是谁？我爹是谁吗？"

小巡警摇头，掏出对讲机叫支援："不知道。你打人了，得跟我走一趟。"

等一行人回派出所，那男的也醒了，伤不重，头上缠了一圈纱布坐着。

林又元在审讯室里坐了没多久，就有人进来递烟："抱歉啊林少爷，手底下的人有眼不识泰山，大水冲了龙王庙……"

林又元吊儿郎当地将腿架在面前的桌子上，由着他敬了一根烟："我哥来了吗？"

"来了来了，大少爷在门口等您呢。"

林又元这才起身，把外套甩上肩头，跟着来人一起往外走。

出了审讯室，他没走两步，就见一个穿灰色西装的高大男人背对着他站在大厅里和派出所的人说话，那侧脸温润如玉，带了几分歉意。

林又元面上现出一抹欣喜之色来："哥。"

男人回过身来，当着众人的面弹了一下他的脑门："又打架，跟我回家。"

林又元额头通红一片，嘀嘀咕咕的，却不敢大声抗议："回家就回家，你是不是又告我状了……"

林觉水跟所长告别，带着自己不成器的弟弟往外走。

"哈，哪还轮得着我告状？您林家二少爷的诨名早就传遍大半个江城市了好吗？"

林又元不服："我怎么了？我怎么了？不过就是喜欢个女人，这事你情我愿，谁也管不着，偏偏那小子不识好歹要来打我，我自然要让他吃不了兜着走！"

他一边说着话，一边踢着路上的石子，石子滚到了旁边的角落里。

林又元顺着石子望过去，派出所二楼侧面的阴影里立着两个人。

那训话的警察一边说一边拿手拍打着巡警的脑袋，巡警佝偻着腰，帽子都掉了。

"你知不知道你今天晚上带回来的那二位是什么人物？一个是市长家的二公子，一个是新辉实业的大少爷。嘴上没毛办事不牢，净给我惹事！"

他骂得狠了，巡警往后缩，捡起掉在地上的帽子，拂去国徽上面的灰："可是……他们持械斗殴违反了……"

上级警官又是一巴掌拍过去。

小巡警偏过头去，红了眼眶。

"那就让他们打，反正是狗咬狗，一嘴毛，咱们只需要收拾烂摊子就完了，由得着你在这儿狗拿耗子多管闲事，抓不到狐狸还惹得一身臊？！"

林觉水停下脚步等他："在看什么？母亲做了饭在家等我们回去。"

林又元兴趣缺缺地收回视线，在心里给此人下了定义：不是疯子就是傻子。

"没什么，走吧。"

二人走到车前，秘书替他们打开了车门，林又元正欲坐进去的时候，富二代从里面一瘸一拐地走出来了，那目光阴狠又毒辣，毒蛇般黏在兄弟二人身上。

"林又元，你嚣张不了多久了，早晚有一天你会跪在我面前叫我一声大爷。"

林觉水眉头一皱，只觉得对方的眼神意味深长，这番话也叫人心惊肉跳。

他正待开口，林又元已经吹起了口哨："哟，兔儿爷吗？擅长推拿还是唱曲啊？"

对方勃然大怒，又狠狠瞪了他几眼，拂袖而去，坐进了自家车里。

林家车子也缓缓开了出去。

林觉水回头看着自己整日游手好闲、不务正业的弟弟，微皱起了眉头："你又何必激怒他？"

林又元肩头披着外套，"噌"的一下坐直了，舔了舔唇，说得眉飞色舞："你是不知道，那新辉大少爷就是个变态，不仅……"

林觉水的眼神越发严厉了。

林又元轻咳一声，把即将脱口而出的不入流的话咽了回去，改为做手势："什么女人落到他手里能有好下场啊？"

林觉水看得好笑，又转过身去："那也轮不到你管。"

林又元俯身扒上前面的座椅："嗐，我也不想管啊，可是美人垂泪，楚楚可怜，我不得不……"

林觉水白了他一眼："你最好想想，回去怎么跟父亲交代。"

想到这个林又元就头大，一阵牙疼，嘀咕着："提他干吗？反正他十天半个月也不回家。"

林觉水又伸手弹了一下他的脑门，力道倒是比刚才轻得多："休得胡说，回去爸骂你，你不许顶嘴。"

林又元还惦念着他刚刚说的妈做好了饭在家等他们呢："不说这个了，妈做了什么好吃的啊？"

林觉水微微一笑："不知道，我刚从学校回来还没着家就接到了你的电话。"

林又元不满："合着你没回去啊？我还以为你能给我带点吃的呢。"

"饿了？"林觉水从外衣兜里掏出一袋用手绢包好的荷花酥递给他，"给你，从理工大门口那家带回来的。"

林觉水大学考在外地，报到的时候林又元也曾跟着去玩过，在他们校门口吃了一次荷花酥就爱上了，从此念念不忘。

虽然那家老字号糕点店每次都排老长的队还限量供应，但林觉水每次回来荷花酥都不会缺席，这么多年了从无例外。

那时候林又元还是个半大孩子，如今身量也快和林觉水差不多高了。

林又元嘴上嫌弃，眼睛却望着糕点："我又不是小孩子了……"

林觉水把手帕合拢："不吃算了。"

坐在后座上的人劈手就将糕点夺了过来："我吃，我吃，谢谢哥！"

彼时的林家兄弟二人，尚不知道等待他们的不是母亲丰盛的饭菜，亦不是父亲严厉的批评，而是一场浩劫。

林又元说到这里，手扶在轮椅扶手上，微微颤抖着。

林厌看见他闭上了眸子，似有些不忍再去回忆多年前的那一幕。

"那晚我回到家……"

"妈，妈，我回来啦，又做什么好吃的啦？！"林又元把外套甩上肩头，满眼都是兴奋之色，"砰"的一下推开了自家雕花的铁门。

林觉水微笑着摇头，跟在他身后。

目之所及的场景，让兄弟二人浑身的血都凉了。

一院子的兵，手里拿着长枪齐刷刷地转过头来。

在他们身前跪着院里的用人，个个抱着脑袋，面色灰败，不少人在垂泪。

少年血气翻涌，将外套一扔，撸起袖子就要往上冲："敢动我们家的人！"

对方一枪杆砸在他的脑袋上。

林又元倒退两步，摸着脑门上的血，咬牙又要往上冲，被林觉水一把拽住了。

林觉水死死拉着林又元的胳膊，面沉如水。

"哥，你别拉我，他们什么人啊？居然敢来我们家里撒野，还敢打我？！"

林又元"呸"的一下往地上啐了一口唾沫。

"我……"林又元感觉一股火直往脑门上蹿，正欲再冲上去的时候，别墅门开了。

几个人押着被五花大绑的父亲走了出来，身后跟着跌跌撞撞地哭喊着的母亲。

在他母亲即将跑下台阶的时候，又是几杆枪拦住了她的去路。

在林又元的记忆中，母亲向来是端庄优雅的，从未见过她哭得如此撕心裂肺。

他的心也在这样的哭喊里被反复拉扯着。

少年意气，血气翻涌，林又元拨开拦着他的几个人就冲了过去："爸、妈！放开他们！！！"

林觉水跟着扑了过去，拳头雨点一样落在了他们二人身上。

母亲哭喊得越发歇斯底里。

林又元被打趴在地上，嘴角流着血，已鼻青脸肿。

他透过面前的积水看见，在他们心里庄严伟岸的父亲跪了下来磕头求饶。

"别打了，别打了，求求你们放过我的家人，事情都是我一个人做的，我认，我认，他们什么都不知道，别伤害我的家人。"

那"砰砰砰"的声音响彻他心里。

林又元被人用脚踩着脑袋，泪滚了下来。

为首的人看打也打了，骂也骂了，目光滴溜溜地在搜出来的金银珠宝上面一转，捧起一串珍珠项链塞进了自己怀里："行了，我相信林市长说的都是实话，把其他人都放了吧。"

按着林又元的人这才撒手。

林觉水爬过来扶起他："大元，你怎么样？没事吧？"

大元是林又元的小名，大家从小叫到大的。

林又元哑着嗓子目光一转："哥、爸、妈……"

林父看过来，翕动着嘴唇说道："求求您大发慈悲，再让我和他们说句话。"

那人擦了擦刚抄家翻出来的鼻烟壶，对着路灯照了照："行吧，反正今晚你们家的人是要跟我们走一趟的，女眷不行就男丁，大的不行就小的，也不怕你耽搁时间，哥几个有的是闲工夫。"

他这话的意思，已然是说除了林父以外，还得有一个人跟他们走一趟接受审查。

林父转过脸来，看着自己的两个儿子。

大儿子在外地读书，马上研究生毕业，念的是全国数一数二的大学，前途无量。

小儿子吃喝嫖赌，不学无术，只会混吃等死。

这是一个说容易也容易、说艰难也艰难的抉择。

林又元最终睁开了眼："本来是我去，林觉水主动去了，这是我对不起他的第一件事。

"那之后，父亲下狱，他接受审查，不让人探视，音信全无，家里什么东西都没留下。我和母亲相依为命，勉强找了个棚屋栖身。

"母亲身体不好，加上受了刺激，我卖了身上所有值钱的物件来给她抓药看病，她仍是在饥寒交迫里去了。

"林觉水走之前说，短的话，我把荷花酥吃完他就回来了，长的话也就三个月，到时候他带着我和妈妈去外地，就住在理工大旁边，天天买荷花酥给我吃。

"可是他食言了，直到母亲去世，他也没能回来看她最后一眼。

"这是他对不起我的第一件事。

"那之后，我又遇见了两个人，一个是你的母亲，另一个则是……宋余杭的父亲。"

林又元顿了顿，接着道："我至今想来，虽然穷困潦倒，但那仍是一段很快乐的日子。在一次街头斗殴中，我身受重伤，被宋余杭的父亲宋亦武捡了回去，送到了医院里。在那里，我结识了你的母亲，当时的她在中心医院里做一名普通的护士……"

"十三床，伤口拆线啦，回去之后记得三天以内暂时不要沾水，有不舒服的地方及时来就诊。"

护士说着，轻轻按住他的脑袋，把缠在上面的纱布拆了下来。

离得近，林又元看见她的胸牌上写着简简单单的两个字：苏悦。

他亦能闻到她身上的淡淡香味。

自从林家失势后，围着他转的那些莺莺燕燕都销声匿迹了，他再未近过女色。

少年咽了口唾沫，心猿意马的，又说了几句荤话调戏人家，惹得小护士面红耳赤，把纱布往托盘里一扔扭头就走了。

"护士长，十三床那个病人又……"

"嗐，那人啊，出了名的泼皮无赖，警察都管不了，赶紧让他出院走吧。"

听着一帘之隔外医务人员的小声抱怨，林又元得意地吹了声口哨，把刚刚从小护士身上顺来的钱包装进了兜里。

不多时，还是那个小护士进来："手续办好了，你可以走了。"

林又元一瘸一拐地下地，走出病房大门，末了又似突然想起什么似的，多嘴问了一句："那我的医药费呢？"

小护士没好气地道："那天送你来的那位警官交了。"

林又元顿时一阵牙疼。

"嗐，就是那位。"

宋亦武还穿着他那套黄不黄绿不绿的老式制服，手里拿了个笔记本走过来。

林又元扶着墙和他擦肩而过："别以为你给我垫付了医药费，我就会感激你，这钱是你自愿给的，我才不会还给你呢。"

宋亦武停下脚步，哭笑不得，当然还记得不久前林又元在警察局里吆五喝六的那一幕。

宋亦武也因此挨了训，不过年轻人并没有将此事放在心上。他心胸豁达，人也敞亮。

"不要你还，但是当时打架的那几个人还没落网，需要你协助调查。"

话音未落，林又元已扶着墙走远了。

警官摇摇头，笔记本在掌心里拍了两下。小护士见真的是他，迎上来，面色一喜地说道："警察同志，我们科室商量过了，这钱也不能要您的，给您退回去。"

宋亦武摆手往后退："不成不成，看病哪有不出医药费的？"

苏悦这才想起自己的钱包，伸手一摸兜，没了，顿时面如土色："钱……钱……钱没了……"

宋亦武皱眉："没事，不着急，慢慢说，怎么回事？"

小护士结结巴巴地说："我……我一上午都在医院没出去过……钱包就放在右侧兜里，里面还有其他同事的捐款，要一起退给您的……"

宋亦武用牙齿咬开了笔帽，一边听一边记："从早上到现在接触了哪些人？尤其是能和你近距离接触的外人。"

小护士听他这么说，突然想起方才她给病人换药时，林又元趴在她胸前，手也不安分。

她还以为他是在揩油，谁知道是……

小姑娘涨红了脸，宋亦武也看着身后的走廊，想着刚刚走过去的那个背影，猛地把笔记本一合，拔腿就跑。

"抓小偷啦！"苏悦也跟在身后狂奔，张嘴就喊。

林又元听见身后的动静，连滚带爬地跑下楼梯，摔倒在医院门口，爬起来就往前冲。

他到底是个有伤在身的人，跑出去没多远，就被人摁倒在了花坛边上。

宋亦武从他手里夺过了钱包，交给一旁的护士："拿来吧你，看看，有没有少什么东西？"

说是钱包，就是手工缝制的绒布袋子。

苏悦捧着这有些破旧的脏兮兮的布包,拉开了系带,喜极而泣。

钱都在,最重要的是,里面的一张二寸照片也没丢,那是她妈妈唯一的一张遗像。

小姑娘拿起照片看了又看,拂去上面不存在的灰尘,这才又装了进去:"一分都没丢,谢谢您,宋警官。"

宋亦武把人铐了起来:"我说你啊,一天天地不务正业,不是偷鸡摸狗就是持械斗殴,干这些能填饱你的肚子吗?啊?"

彼时少年已经落魄,头发乱成鸡窝,结成一绺一绺的,身上穿的衣服还是入院时的病号服,短了一大截,露出长满冻疮的手和脚脖子,因为长期不洗澡,浑身上下散发出了一股难闻的气味。

林又元红着眼睛咆哮道:"要你管!你算是哪根葱……"

他话还未说完,一辆豪车停在了院门口。

富二代打开车门,扶着打扮得光鲜靓丽的女人走了出来,正是那位梨园戏子。

双方对上视线的那一瞬间,女人有些不自在地挪开了目光。

男人把烟头扔到了林又元的头上:"哟,这不是我们江城市赫赫有名的林二少、林公子吗?怎么沦落到这步田地了?还叫人拿手铐铐住了,啧啧啧,实在是可怜。

"只是不知道这回,你爸、你哥还会不会为你出头了?"

他不提还好,一提这事林又元心中就涌起滔天恨意,气血翻涌,挣扎着爬过去,目眦欲裂道:"是……是你陷害我爸!我哥呢?!我哥怎么还不回来?!"

"那谁知道?兴许是死了吧,不过这又关我什么事呢?"男人说着蹲下身来,拍了拍宋亦武的肩膀,"我说警官,这人可有前科,父兄至今还在被审查,你可不能掉以轻心,得好好查,查好了加官晋爵,前途……"

他话音未落,那小姑娘"噔噔噔"地跑了过来,眼睛瞪得溜圆,神色有一些气愤:"他有前科不代表现在犯了法,今天这事是你误会了,钱包还在,他没偷,你要是把他弄进去,安一个莫须有的罪名,那就是你犯法!"

小姑娘说这话完全是因为想到了自己含冤而死的母亲,同仇敌忾罢了。

林又元却没想到,竟然还有人愿意替他说话。

他愣了愣,看着她瘦小的背影,在那一瞬间,迸发出了无穷的力量,心为之一震。

大概年少的时候,对一个人表达谢意和喜欢的方式,总是拙劣和小心翼翼的,林又元开始惦记她,时不时在市中心医院附近游荡,等着她下班,再默默陪着人走上一段路。

"你干吗老跟着我？！"女孩子气愤地问。

林又元吊儿郎当地笑："我也住这附近啊。"

"你放屁，宋警官说你根本就不住这儿。你再不走我报警了。"

林又元咬牙切齿，又是他，阴魂不散，搅人姻缘。

"那我从前不住这儿，不代表以后不住这儿，法律没说不让人搬家吧。"

林又元染着一头黄毛，嘀着烟，斜着眼笑，挡去了她的去路。

小护士一脚跺在他的脚背上，拿包拍开他，继续往前走："无赖，流氓！"

林又元把烟举起来看着她的背影笑得邪性："哎，流氓喜欢你啊，怎么样，考虑一下？"

那人已一溜烟跑没影了。

林又元把抽完的烟扔在地上，这才扭头离开。

那之后又过了不久，一个下着雨的深夜，苏悦照常下班，林又元没再跟来了。

女孩子稍稍松了一口气，却在回家途中遇见持刀劫匪，危急关头，是林又元冲出来制服了歹徒。宋亦武接到群众报警后，把人一起带回了派出所里。

女孩子坐在里面做笔录。

宋亦武给林又元倒了一杯水，往里望了一眼，努了努嘴："难得你小子进局子不是因为偷鸡摸狗，怎么，喜欢她啊？"

林又元把纸杯一叼，抿了口水，窝在椅子上坐没个坐相，站没个站相的："放屁，我会喜欢她？老子路见不平拔刀相助不行啊？"

宋亦武微微一笑，拍了拍他的肩膀："老实说，如果真的想追女孩的话，你这个样子，又没份正经工作，不行。"

林又元嘀咕："老子怎么了？老子一人吃饱全家不饿……"

铁门"哐当"一声响，女孩子出来了。

林又元余光瞥到，赶忙把纸杯放下，"刺溜"一下站了起来。

宋亦武送他们到门口："最近辖区里流窜着一个盗窃团伙，你们小心点，这是我的联系方式——"他给一人递了一张名片，后面这话却是冲着林又元说的："要是有什么线索，也可以找我。"

毕竟他混迹在市井街巷里，三教九流的人都接触过，消息来源也广。

林又元拿着名片，翻来覆去地看了一番，依旧没个正形："怎么，帮警察同志抓到罪犯的话，有什么奖励吗？"

宋亦武微微一笑："既然是通缉，提供线索，能顺利抓住人，自然是有赏金的。"

出了派出所大门，林又元就大摇大摆地走在了前面，彼时夜空又飘起了毛毛雨。

他抬头望了一眼，就被一把伞遮住了。

女孩子递过来一方蓝色手帕："这个给你，擦擦吧。"

林又元抹了一把额上的伤口，见指尖有血，笑了笑："不用……"

话音未落，柔软的布料已经塞进了他手里。

女孩子脸色微红地说："今天的事，谢谢你。"

那是林又元第一次感受到做一个好人的喜悦。

少年眉眼弯起，却又不想表现得太明显，拼命压抑着脸上的笑意，扭头就走："哼，不用谢，我说了我家也住那边，不过是路过，举手之劳罢了。"

"雨下大了，我先送你回去吧。"女孩子捏着伞柄，和他同路。

林又元两手插兜盯着面前的水洼溅起雨滴："哪有女人送男人回家的道理？你先回吧，我自己走。"

"不成，你身上有伤，发炎了怎么办？"

林又元眉头一皱，把伞从她手里抢过来："哪儿那么多废话？带路，我先送你回去，这伞我拿走，改天还你。"

"那之后，我、宋亦武、你妈妈，三个人就成了好朋友，后来又加入一个赵俊峰，彼时的他刚入职，因为是农村出身，性格木讷不怎么爱说话，作为老宋的搭档的他，和我们一起出生入死过几次，很快就打成了一片……"

在他缓慢的陈述里，林厌仿佛也能看见那段充满欢笑、血与泪的岁月。

林又元用混迹在市井街巷里打探来的消息，帮警方抓捕了很多通缉犯。

他这样游走在黑白两道之间，自然不招人待见，时常被打得遍体鳞伤。

不过也只有在受伤的时候，他才会得到某些特殊待遇。

不上夜班的时候，几个人会在苏悦家碰头，拎几瓶酒，凑钱买些肉菜，由她下厨做一顿酒菜。

几个人围着饭桌喝酒划拳，就连性格最内向的赵俊峰往往也喝得面红耳赤。

苏悦系着围裙在灶台边忙活，土灶烟气熏天，锅碗瓢盆"叮咣"作响，她切一大把辣椒和葱花，趁着油热一股脑倒进去，一边被呛得捂着嘴咳嗽一边上菜，有卤肉、鸡腿，还有满满一盘河虾，丰盛地摆在桌上。

"哟，不错啊，今天居然有虾。说，你是不是又涨工资啦？"林又元刚拈起一只，还没塞进嘴里，就被人拿筷子拍掉了。

"去去去，你身上有伤，不能吃虾，吃点素的，专门给你炖的萝卜汤。"苏悦把一大盆汤菜摆上了桌。

宋亦武点了一根烟笑道："苏悦说得对，你还是少吃为妙，回头又发起来。还不是过年，那点津贴发了，想着吃点好的，犒劳犒劳大家。"

赵俊峰拿手抓了只虾进碗里，大快朵颐，直看得林又元口水直流。

"一大早我跟武哥去农贸市场买的，新鲜，好吃，悦悦的手艺真不错！"

林又元咬牙切齿，拿筷子敲他的手："吃吃吃，就知道吃，也不知道给我留一点！"

苏悦从厨房里端菜出来，踹了他一脚："就知道欺负人家老实人，喝你的汤！"

林又元不情不愿地坐回来，半晌，又挤眉弄眼地说："哎，你把工资都花在请我们吃饭上了，哪里来的钱娶老婆啊？"

宋亦武也老大不小了，家里人正操心这事呢。

他把烟摁熄在桌上，拿鞋底抽林又元："吃你的饭，少说两句行不行？"

他俩一个追一个逃，赵俊峰也被迫加入了战局，一屋子人闹成一团的时候，苏悦指着窗外说道："看，放烟花了！"

几个大男孩"呼啦啦"地跑上了天台。

苏悦家住在江边，是外婆留下来的老房子，那个时候的江边不像现在早就建成了江景房，动辄贵得令人咋舌，住在这里的都是渔民或者穷人。她的妈妈原先在村里的小学教书，和林又元的父亲一样，被关进去审查，结果再也没能放出来。

至于她的父亲，一次捕鱼的时候失足落水，被捞起来的时候浑身上下都缠满了渔网。

自那时候起，苏悦就再也没离开过这里，一直守着这栋老房子，等着爸爸妈妈魂兮归来。

几个人趴在生锈的栏杆边上，脚下渔村里没亮几盏灯，偶尔响起几声狗叫。

巷子里几个小孩成群结队地推着铁环跑过，隔壁的男人在骂自己的老婆。

不远处亮着灯的一间屋子里放着黑白电视，隐约传来"嗯嗯啊啊"的声音。

江面上传来悠长的汽笛声。

焰火升上了夜空，照得对岸灯火辉煌，宛若白昼。那里已经有了高楼大厦，那是富人们住的地方，和这里天壤之别，也是林又元从前的家。

少年看着看着眼眶微湿，把酒瓶一砸，伸手指向老天爷："我，林又元，一定会有钱的！！！"

苏悦也迎着风,学着他的模样吼:"我,苏悦,一定会有一段好姻缘的!!!"

宋亦武把手指放在唇边,打了个呼哨:"我,宋亦武,一定要当一个好警察!!!"

赵俊峰挠了挠脑袋:"我……我没什么大的愿望,就是希望我的家人、朋友都平平安安。"

彼时少年们相识于微末,几个孤单又脆弱的灵魂逐渐靠拢,在那一瞬间,他们每个人看着对方通红的脸,都觉得他们会是一辈子的好朋友。

可他们不知道的是,那个冬夜曾站在天台上对着江水和焰火许愿的少年们,最终都得偿所愿,却也都违背了初心。

第 136 章 回忆终结（1）

"开春之后没多久，我没想到林觉水会再回来。那天我和宋亦武他们一起里应外合捣毁了一个贩毒窝点……"

林又元把那天的事记得清清楚楚的。

将人关进局子里之后，宋亦武找到了他当时的顶头上司，给人递了一根烟："李队，你看，小林都当了这么久的线人了，也蛮危险的，跟着弟兄们一起出生入死，不如就吸收进来，刚好咱们也缺人手。"

上级领导瞥了那劣质香烟一眼，没接，给推了回去，皮笑肉不笑地说："不是我不想吸收，你也知道，他身份特殊，家庭成分不好，我也劝你一句，当线人可以，别跟他走得太近了。"

赵俊峰在旁边听着，捏紧了手中的文件，冷不丁来了一句："这都过去多久的事了？再说他爸爸……"

话音未落，他就被人拿文件夹拍了一下脑壳，上面的金属夹砸在脑门上，脑门立即通红一片。

"上级说话哪有你插嘴的份儿？别忘了是谁把你特招进来的，还不干活去？！"

赵俊峰把掉落在地上的纸张一一捡起来收好，红着眼睛抱走了。

林又元在公安局门口等了半天，总算见着他们出来了，把烟一扔："怎样？"

宋亦武沉默半晌，拍了拍他的肩："我再想想办法，看能不能争取让你见你爸和你哥一面。"

林又元知道，他入警队的事多半是没戏了。少年抹了一下脸，转过身去平复心绪。

"大元……"宋亦武叫了一声他的名字。

林又元摆手示意自己没事，转过身来的时候却瞥见了赵俊峰脸上的印子："你这是怎么弄的？"

赵俊峰往后退了两步，摸了一下，磕磕巴巴地说："没……没事……"

他们那个上司专门欺负底层小警察也不是一天两天的事了。

林又元勃然大怒，就要往里冲。

赵俊峰拦腰把人抱住："小林哥，别去，别去，他不待见我，不关你的事！"

宋亦武也过来扯林又元："行了行了，这次不成还有下次，我一定想办法帮你，你在这儿闹下去也没什么用。走吧走吧，今天刚发工资，叫上悦悦，咱们下馆子去！"

"那顿饭还没吃完，林觉水就带着我父亲的尸首回来了。因为他还是戴罪之身，所以丧事未能大操大办，和我妈一起，被埋在了乱葬岗里……"

彼时的林又元看着林觉水掘起一铲子土扬在棺材上，红着眼眶恶狠狠地扑上去打了林觉水一拳。

"你还回来干什么？！你不是说……不是说最长不超过三个月，还要带着我和妈去外地的吗？不是说你在里面会好好照顾爸的吗？啊？！"

林觉水穿着一身纯黑的中山装，头发剪短了些，看起来比以前更瘦了，被打得偏过头去。

苏悦一把把人扶住："大元，有话好好说，别打人……"

林觉水回头看了这个女孩子一眼，漆黑的瞳仁在雨水的洗涤下越发明亮。

和林又元放荡不羁的性格气质不同，林觉水苍白着唇，发丝被雨水浇湿了，整个人带着一股文质彬彬的脆弱感，很容易就能激起人的保护欲。

苏悦被他死气沉沉的样子惊了一下。

林觉水回过神，勉强笑了笑："没事，谢谢，你……你叫……？"

"我叫苏悦。"

当时一心沉浸在悲伤里的林又元并没有意识到，他缠了苏悦很久，苏悦也没有主动告诉过他她的名字，而她和林觉水不过才第一次见面而已。

宋亦武也上前来拉他："大元，当务之急还是让伯父入土为安。"

赵俊峰已经捡起倒地的铁锹开始干活，闷头往坑里填着土。

雨越下越大，林又元跪在泥泞里叫了最后一声"爸"。

那声音是如此撕心裂肺，就连苏悦都忍不住背过身去抹起了眼泪。

当晚，林觉水带他回了新的住处。

林又元抱着自己那床破破烂烂的被子。

林觉水替他铺好床铺，又拿鸡毛掸子掸了掸灰："你住的那地下室我瞧了，阴天下雨四处漏水，没法住，你先在这里将就一晚上，明早咱们启程去外地。"

林又元环视着这雕花门窗："这是你的宅子？"

林觉水闻言收拾东西的手一顿，没回头："一个同学的，借住几天。你也别光站着，那桌上有给你买的吃食，还有几件新衣服，你试试看合不合身……"

林又元看着他："哥，我不是小孩子了。"

林觉水依旧没回头，替他铺着枕头："这我当然知道，衣服不合身的话咱们再改。"

林又元把被子一扔，攥上他的衣领："你知道我在说什么，别跟我装蒜。这些日子你去哪儿了？！爸又是怎么死的？！你下狱之后我也去求过你的同学，人家避如蛇蝎，又是谁这么好心借你宅子住？啊？！"

林觉水垂着脑袋任由他发脾气不答。

林又元把人搡开，抓起他放在桌上的包袱就扔在了地上，东西散落了一地，从油纸袋里滚出了几块糕点。

"还有这些东西，你一个刚出狱的人，哪里来的钱？说啊！你给我说清楚！"

林又元知道他的脾气，他不愿意开口的话，把人打死都没用。

对峙良久之后，林又元抱起自己的脏被子转身摔门而去："不干不净的东西，我不要。"

他走之后，林觉水慢慢蹲下来，从地上捡起滚落的糕点，轻轻放进嘴里尝了一口。

半晌，他摇头笑了："呵，果真是长大了，只是这脾气还是一点没变。"

第二天，一行四人在江边碰头。

宋亦武递了一坛劣质白酒给林又元："这么说，你要去外地了？"

林又元抿了一口酒，呛得说不出话来，一转头，见几个人齐刷刷地看着他。

他受不了这种眼神，连连摆手："哎哎哎，干吗啊？你们不是早就受不了我这臭脾气了吗？再说了，我去外地能干吗啊？外地又没有……"

他说着，嗓音低下来，看了一眼苏悦又收回视线，抿了一口烧酒，顺手把瓶子递给了赵俊峰。

他们几个人都穷，即使是几毛、一块的劣质白酒也不能人手一坛。

赵俊峰仗着年纪小，回回喝得最多，这回却摆了摆手："不了，身上有伤，不喝了，给亦武哥。"

林又元眯起眸子："你们那个浑蛋上司又打你了？"

宋亦武接过酒来灌了一口递回给他："仗着自己市里有亲戚，他就会欺负新人。"

赵俊峰委屈地红了眼，却又抹抹脸，努力扬起一个微笑："算了，毕竟是他把我提拔上来的，忍忍熬到转正就好了。"

很多时候，我们信奉的人生信条不过是"算了"和"忍忍"，想着退一步海阔天空，可是命运从来不会给我们后退的机会。

那之后不久，林觉水再一次找到了林又元："真的不跟我去外地吗？"

林又元正忙着把货车上的饮料卸下来，脖子上挂着一块白毛巾："不去。"

"那你留在这里，难道想打一辈子零工吗？"

林又元被他给气笑了，把手里的箱子重重往车厢里一放："爸妈尸骨未寒，你就这么着急离开他们？"

林觉水舔了舔唇，辩解："我当然不是，江城是咱们的家，我迟早会再回来的。"

林又元转身继续卸货，咬牙道："你总算是说了句人话，不是迟早是一直，爸死得不明不白，妈也急火攻心去了，我得留下来替他们讨回个公道。"

林觉水跟着他走，嘴皮子都快说干了："你留下来可以，我不强求你跟我走，问题是你这样吃了上顿没下顿的生活还要过多久？我给你找了份工作……"

林又元搬着货箱撞开他："我乐意，爷上一天班歇一天，还有比这更轻松的工作吗？"

林觉水站到一边去，看着他忙碌："是为了你那几个朋友吗？"

林又元身形一顿，把货箱放在了车厢里，拿毛巾擦了擦汗，终于开口叫了他一声"哥"："你就别管我了，我不是以前那个整天跟在你屁股后面要糖吃的跟屁虫了，你要去就去，我留在江城。"

最终，林觉水也没能去外地，他回不去了。因为父亲的事，学院对他下了处理决定，开除了他的学籍。

彼时的林又元因为这件事，对他始终怀有一丝歉疚之意。直到很久以后林又元才明白，原来林觉水选择留下来不是因为无法继续学业，也不是为了陪他这个唯一的弟弟，而是另有难言之隐。

林觉水下狱后不久，他那个有钱的同学就找到了他。

"一张配方，换一条命，值，你觉得呢？研究可以再做，人没了可就真的没了。"

化工专业出身的林觉水当然知道对方在说些什么，那是他的心血、他的毕业设计，如果能成功研发出药物，救人一命胜造七级浮屠，反之亦能害人无数。

他咬牙道："你做梦。"

同学透过栅栏拍了拍他的肩膀，转身离去："没关系，我有的是时间等你考虑清楚，就是不知道，你那年迈的父亲、流落街头的母亲和弟弟，等不等得起。"

向来温文尔雅的人红着眼疯了一般扑上去，透过栅栏伸长了手臂嘶吼着。

赶来的人一枪托把人砸了回去。

如他同学所说，他年迈的双亲果真没有等到他回去的那一天。

林觉水冲出牢房的时候已经迟了。

"犯人劳改的时候不小心被从山上滚落的石头砸到了头，抢救无效去世。"医生的嘴一张一合。

林觉水抱着父亲瘦得脱了形，已经变得冰冷的身体号啕大哭。

"你出去吧。"他的同学吩咐道。

"是。"医生恭敬地鞠了一躬，转身掩上了门。

男人递过来一串钥匙："房子在东大门街三号，钱已经给司机了，他一会儿转交给你，回去看看你弟弟吧。"

林觉水霍地转过头来，咬着牙道："你们……你们要那配方干什么？"

"这你就别管了，反正是发财的生意。对了，我会派人'保护'你的，制作过程中若有什么特殊情况，还得请你多多指教啊。"

"当然，彼时的我并不知道，他已经和毒贩达成交易，他作为我在这个世界上唯一的亲人，能选择留在江城，我自然是很开心的。"

在短暂悲伤愤慨过后，林觉水的出现，让林又元有了一丝家的感觉。

231

两兄弟还像以前一样喝酒划拳，关系好到能睡同一个被窝。

苏悦想着他们两个以前是养尊处优的大少爷都不会做饭，便常来给他们送些吃的，后来慢慢地，包括与宋亦武等人的聚会地点也变成了东大门的宅子。

逝者已逝，活着的人毕竟还要生活。

林觉水学着做饭，苏悦在厨房里当师父并掌勺，看着他有模有样地切辣椒。

"想不到你学得还挺快。"

林觉水把切好的辣椒放进碗里："学会了你也能少跑几趟，大元晚上收工回来也能吃上一口热饭菜。"

苏悦便笑："你对他倒是挺好的。"

林觉水苦笑，拿起细嘴油壶往锅里倒油："是放这么多吗？没法子，谁叫他是我弟弟呢？爹娘不在，我更应该承担起……"

苏悦从灶台前添好柴火站了起来："哎，等一下——"

她话音未落，还有水渍未干透的锅里"嗞"的一下冒出了白烟。

林觉水往后缩了一下，手背上通红一片："嗷……"

"哎呀！"苏悦暗道不好，一个箭步冲过去抓过他的手拿水瓢舀起凉水冲着。

林觉水虽比林又元年长，但从不混夜店，这还是头一次被姑娘抓着手。

苏悦也没考虑那么多，热心肠惯了，直到两人四目相对，彼此脸上都浮起了红晕，才闪电一般松开手："对……对不起……"

林觉水笑笑，她刚刚摸过的地方还是滚烫的："没事，继续吧。"

他们在厨房里做饭的时候，宋亦武环视着屋内，又敲了敲梁柱："哟，不错啊，这房子得花不少钱才能盘下来吧？你哥做什么的呀？"

林又元把酒坛封泥拍开，倒了一碗酒给他："嗐，他大学学化工的，说是江城市的某家公司不计前嫌聘请他去做技术员，这房子也不是他的，找他同学借的。"

宋亦武绕了一圈，又在桌前坐下来："也好，你们两兄弟住一起互相也有个照应。"

林又元举起瓷碗和他碰了一下："小赵呢，今天怎么没来？"

烈酒入喉，宋亦武抿了一下唇："接到群众报案，辖区内一所住宅里有可疑人员出入，并且时常散发出刺鼻气味，怀疑是有人在制毒，小赵和其他同志一起蹲点去了。"

林又元皱了一下眉，没等他开口说话，苏悦和林觉水端着菜出来了。

宋亦武把酒碗放下准备走了。

苏悦："亦武哥，吃点再走啊。"

宋亦武笑道："不了，还有任务，得赶过去接小赵的班。"

林觉水也说："就是，再怎么忙工作，饭总是要吃的，我不在这段日子多亏你们照顾大元，尝尝我的手艺。"

反倒是林又元揽着宋亦武的肩头往外走："得了，哥你们先吃，我送送亦武哥。"

西南盛夏多雨，两个人走到门外，天空又下起了淅淅沥沥的小雨。

林又元从门房的阴影里取了一把伞给他。

宋亦武撑着伞站在雨幕里看他，男人的眉眼被雨水冲刷得越发棱角分明。

宋亦武扬起嘴角笑道："我说你现在住的地方也有了，就缺一份正经工作，要不就还回去考个大学，抓紧点，悦悦这么好的姑娘可别……"

林又元啐他："得了得了，你说你一个一米八几的汉子怎么比媒婆还啰唆？快滚。"

宋亦武摆摆手离去，那晚幸亏他去得及时，赵俊峰和另外两个蹲点的同志泄露了行踪，被不法分子报复，伤得很重。

林又元再一次见到赵俊峰是在医院里。

苏悦正给他扎针。见林又元来了，赵俊峰吃力地抬起了身子："小……小林哥。"

林又元摁住他："别动，谁把你打得这么重？我……"

宋亦武把人拉起来："去外面说，让小峰好好休息。"

两个人走到僻静的走廊里。

宋亦武点了根烟，皱着眉头说道："他去蹲点的事，只有我和队里几个主要领导知道。"

林又元顿时红了眼，拳头捏得"嘎嘣"作响："谁他妈这么缺德？"

宋亦武摇头："这不是缺德的事，这是大事。小峰拼死从现场带回了一包白面，纯度很高，我一定要亲手抓到这帮人送他们进去。"

林又元想到赵俊峰躺在床上动弹不得的惨样，咬牙切齿地说："这几天我去探探消息。"

宋亦武拍了拍他的肩："辛苦你了，等这事结束，我一定向上级申请正式让你……"

林又元笑了笑，抖落他搭在自己肩上的手："得了吧，我才不在意那些。我只是想为我的好兄弟报仇，他不能白受这么重的伤。"

233

等人都走后，苏悦替赵俊峰扎好针，也准备离开了，轻柔地把他的手塞进被窝里。

"这么严重的伤你也不让我们告诉你爸妈，晚上我炖点鸡汤给你送过来补充营养。"

苏悦为人很好，是真的好，古道热肠，又开朗活泼，赵俊峰嘴上叫着悦悦，实际上一直把人当姐姐看。

他眼眶一热，轻轻点了点头。

苏悦替他盖好被子便出去了。

赵俊峰却失眠了，一直仰头看着天花板，耳边反复回响着那些话。

对方狠狠一脚踹在他的胸膛上："也不看看自己是个什么货色，还敢来查我们？哟，还敢瞪老子？给我打！"

对方人多势众，对他一阵拳打脚踢之后，为首的男人死死踩着他的手掌，脚尖用力地上蹑："知道为什么别人都不来，叫你来吗？因为你就是个废物，堵枪眼的炮灰啊。"

"你是不是在奇怪，为什么绝密行动会泄露呢？你猜猜，是谁告诉我们的呢？是你的好大哥，还是你的好兄弟？"

雪亮的刀锋拍上他的脸。

"小子，谁断我的财路，我就杀谁全家，你最好识相点，做个聪明人。还有啊，别拿这种眼神看我，愤怒吧，不安吧，仇恨吧？你只有更强大，才能杀死一切阻挠在你面前的敌人。"

"今天给你个教训……"男人用刀在他脸上划了一道，收回脚，"别听见谁的命令就往前跑，想想对方是在帮你还是在害你，再有下次落到我手里，可就没这么容易放过你了。"

——你只有更强大，才能杀死一切阻挠在你面前的敌人。

赵俊峰咀嚼着这句话，目光掠过这屋子，他手背上连着苏悦刚扎上的输液管，旁边的床头柜上放着林又元和宋亦武买来的东西。

那烧酒贵得他们以前只敢在商店里看看。

少年弯唇笑了一下，知道不是他们。

他不知道那歹徒的真实身份，也不知道究竟是谁泄露的消息，可是那歹徒有一句话说得没错，要想保护他爱的人，他就要比他的敌人们更加强大。

小林哥因为他父亲的事即使功劳累累，也得不到公正的待遇。

亦武哥在警队干了这么多年，从巡警开始做起，至今也还是一个小组长，每年升迁的名单上都没有他的名字。

远在家乡一心盼望着他出人头地的父母亲人、像悦悦姐一样善良热心的普通人……他们，都不该是这样。

少年喉头滚动，缠着纱布的手捏皱了床单，渗出斑斑血迹来。

谁能想到几十年后，被全网媒体痛批为"吸血虫""贪官""公职人员中的败类"，恶贯满盈的赵俊峰，此时此刻的念头不过是想保护自己的朋友？

"林觉水每个月总会往返外地几次，他说是正常工作需要，我从没怀疑过，直到后来才知道，他出狱之后被迫娶了他同学的妹妹，那人家里是富商，父亲做进出口外贸生意的，有些人脉，亦和境外犯罪团伙有扯不清的关系。

"他们看中了他聪明的头脑和技术，拉一个人入伙最好的方式不是威逼利诱，而是让他成为真真正正的自家人。

"他们用自由，用父亲母亲和我的安危，换来了林觉水终其一生也摆脱不了的枷锁。"

林又元说到这里，眉头微微抽动着，似咬着牙，眼中迸出一丝恨意。

"事情发展到这里，依然是我对不起他，如果当初进去的人是我，他可能就不会面临如此艰难的抉择，可是千不该万不该，他竟然爱上了苏悦……"

有人说，兄弟姐妹之间总是会有奇怪的联系，林又元和林觉水的默契不光体现在日常生活里，就连喜欢的人都如此契合。

不过也是，苏悦这样的女孩子谁不喜欢呢？

她沉静如水，动若脱兔，又善解人意，温柔可亲。最妙的是她和林觉水还有一丝知识分子的惺惺相惜在里面。

毕竟是教师家庭出身的子女，苏家虽然穷，但也绝不会穷在教育上。

苏悦自幼饱读诗书，博闻强识。她和林又元说"一去二三里，烟村四五家"，大概他只会回她"五魁首啊，六六六，七个巧啊八仙寿……"

林觉水则不同。

他身上有她所向往的读书人的气质，可以高谈阔论，也可以小桥流水。

彼时的苏悦看着他儒雅谦和的样子，有一种灵魂相通的错觉，这感觉让她怦然心动。

她转身跑出去的时候，正好和林又元撞在一起，男人赶紧把扯好的花布往身后藏去。

"哎，你跑这么快干吗？赶着去投胎啊？"

苏悦没好气地跺脚，脸有点红："不会说话就把你的嘴闭上，下午给你们做了点红烧肉送过来，好心被当作驴肝肺！"

说罢，她又一溜烟跑得没影了。

林又元看着她离去的背影挠着脑袋笑："死丫头，以前来得可没这么勤。"

林觉水听见动静从屋里出来，看着他手里的碎花布，嘴角浮起一丝笑意："给苏悦的？你是不是……"

林又元把嘴张成了一个夸张的"O"形："我？她？哥你别开玩笑了，我喜欢谁也不会喜欢上她啊，凶巴巴的母夜叉。"

"凶吗？"林觉水回忆着她的一颦一笑、一举一动，"挺温柔的一个女孩子啊。"

林又元把布往他怀里一扔："这不过是之前我受伤时她照顾我的谢礼，她下次要是来了我不在家，你就帮我给她吧，老子可不想欠别人人情。"

爱情这回事来得很快，又总是莫名其妙，即使林觉水在心里一而再再而三地告诫自己离苏悦远点，可还是不可避免地坠入了情网里，尤其是在听见了弟弟的这番回答后。

他心里一松，想着帮那帮人把最后一批货弄完，就收手跟那个女人离婚，再回来光明正大地追求苏悦，顺便帮弟弟物色一门好亲事。

彼时的林觉水还未丧失对这个世界的最后一丝美好愿景，坚信只要自己够努力，一定可以冲破黑暗，心向光明。

只是在这之前，他需要时间。

三年五载弹指一挥间过去，宋亦武听从家里长辈的安排结婚了，对象家境并不富裕，但长得很是可爱，性格也开朗活泼。

林又元嗑着瓜子问他："究竟喜欢对方啥啊？"

向来憨厚老实的人脸一红："就……就……嗐……我也不知道！"

赵俊峰叫起来："我知道，我知道，他俩还没好上的时候，嫂子天天中午做好饭送去公安局门口……"

宋亦武穿着新郎官的衣服扑过去捂他的嘴："就你小子知道得多！"

苏悦推着打扮好的新娘进来："拜堂啦，拜堂啦，都让让！"

那晚婚礼上大家都喝得有些醉。

林又元趴在他家阳台上透气，宋亦武又拎了一坛酒进来，递给他一个瓷碗。

林又元抬眸看了一眼，有气无力地摆手："嚯，不喝了，实在是……"

婚宴上林又元作为伴郎帮宋亦武挡了不少酒，宋亦武微微一笑，从坛子里给他倒汤水。

"你嫂子知道你喝得多，特意熬的醒酒汤，客房给你收拾出来了，喝完了早点睡。"

"还是嫂子疼我。"林又元眯起眸子笑，明明拿着的是醒酒汤，还是和宋亦武碰了一下。

宋亦武也抿了一口媳妇做的醒酒汤，趴在栏杆上吹风："我说，小赵也有喜欢的人了，你呢，和苏悦还是……？"

林又元翻了个身，胳膊肘撑在栏杆上，看着远方的路灯："嗐，你知道的，我没少提。"

"我的意思是，让你郑重其事地跟人家表明心意……"

宋亦武话音未落，林又元把目光挪到了路灯下的光圈里。

冗长的小巷里静静站着两个人。

苏悦把手里的信封塞到了林觉水手里，又鼓足勇气踮起脚亲了一下他的侧脸。

林觉水微怔，她已扭头跑了出去。

宋亦武偏头看林又元："你怎么了？"

林又元收回视线，转身把瓷碗里的醒酒汤一饮而尽，尝出了一丝苦涩味道，把瓷碗递回到他手里。

"酒足饭饱，回家。"

"那之后，我和林觉水之间爆发了一次有史以来最激烈的争吵。我要他娶苏悦，他不愿，又不告诉我为什么，急火攻心之下，我动手了，恰巧被下班路过的苏悦看见了……"

"林又元，快住手，你疯了吗？！"女人扑过来的一瞬间，他手里举起的棍子放了下来。

林又元喘着粗气说："你让开，我今天打死他……"

苏悦看了一眼倒在地上浑身是血的林觉水，扑过来扒林又元的胳膊："为什么啊？你哥做了什么对不起你的事，你要把人打成这样？他对你那么好！"

林又元把人搡开："滚，不关你的事，你再拦我，我连你一块打！"

苏悦气红了眼："林又元，你就是个神经病！！！"

林又元也暴跳如雷："我神经病，神经病才会喜欢你！我呸！你擦亮眼睛看看，他有什么好的？和你卿卿我我，暧昧来暧昧去他却不愿意娶你，苏悦，你脑子进水了吧？！"

苏悦怔了怔，脸色青白交加，未开口泪就落了下来。

林觉水从地上爬起来，把人拉到身后："悦悦，你别管，这是我跟他的事。"

林又元看着他满脸是血，再看看苏悦默默垂泪却仍坚定地站在他那边的样子，咬紧牙关，把棍子一扔，扭头就走。

林觉水跌跌撞撞地追了两步："大元，你去哪儿？你听我说……"

林又元回头看了他一眼，也是在透过他的身影看苏悦："不用你管，照顾好她，否则我跟你没完。"

"那之后我心灰意懒，便决定离开江城，走之前去跟宋亦武道别，要他多照顾苏悦，别让人欺负她。"

宋亦武抽着烟，愁眉苦脸地说："这叫什么事！"

赵俊峰抹着眼泪走上前来："小林哥，你别走了，我们帮你把悦悦姐抢回来。"

林又元嗤笑了一声："想什么呢？那是我哥。"

如果可以，他还是希望他哥能幸福，他们能幸福，如果他哥是因为顾忌着他而不愿意和苏悦结婚的话，那他走就是了。

宋亦武把烟头摁熄在礁石上："你要南下也好，发财的机会多，说不准就让你小子遇上了，只是有一件事……"

林又元聪明过人又心思机敏，一下子就猜到了："上次那个案子吧。"

"嗯，有点眉目了，跟着他们的运输车到了瑶州市，那边离东南亚近。这是个大案子，上面的意思是先不要打草惊蛇，我们需要个线人往来传递消息，不过我觉得……"

宋亦武说到这里，皱起眉头，似不想让他去，反倒是林又元痛快地答应下来。

"我去，发家致富的机会不要白不要。"

赵俊峰也担忧地看着林又元："亦武哥的意思是，那边不太平，你过去孤身一人，还是别了……"

林又元拿起放在礁石上的酒坛灌了一口酒，抹了抹唇："不太平好，不太平才能浑水摸鱼，闯出个名堂来。"

宋亦武微微一笑，也拿过酒坛来灌了一口酒："知道劝不住你，这活啊还就你能胜任，只是大元……"男人叫了他的小名，语重心长地拍了拍他的肩，"咱哥几个在一起这么久了，什么事能做，什么事不能做，什么钱能收，什么钱不能要，其实你心里跟明镜一样。

"若是遇到困难，多想想我，想想小峰，想想悦悦，想想你哥，是男人就咬咬牙扛过去，人活一辈子不止一个'钱'字，还得有点别的追求，你觉得呢？"

林又元知道，他这是怕自己误入歧途。

说来也奇怪，宋亦武应该是他最不喜欢的那一类人，可是后来对方屡次救自己于危难之中，相处着相处着就多了一丝亦师亦友的感觉。

直到后来自己功成名就，坐拥万贯家财，宋亦武与世长辞，随着年岁渐长，就连宋亦武的相貌都模糊了，林又元还是会不时回想起初次见面，宋亦武不畏强权，轻轻拭去国徽上面的尘土时的样子，以及刻骨铭心的这段话，曾无数次将他从徘徊的十字路口上拉回来。

他和赵俊峰不同，即使泥足深陷，心中仍然保留了一丝微弱的火种。

当时的林又元想着，只要自己挣够了钱就回来，和好兄弟们住在一起，继续过着吃五喝六谈天说地的日子，而他立了功的话，说不定父亲的事也会平反。

幼年时，他拿了街上小贩的一串糖葫芦，都会被父亲打手心。

即使事情已经过去很多年，他仍然坚信，父亲不会是贪污受贿的人。

只是他没有想到的是，等他再回来的时候，一切都变了，天翻地覆。

"我潜伏了五年，偶尔回江城看看，通过种种迹象表明，林觉水和那个制毒、贩毒组织有着千丝万缕的联系。我虽不愿意接受这样的现实，却不得不和他站在对立面上。"

林又元说到这里，转动了一下拇指上的绿扳指，神色有些深沉："林厌，你一定很奇怪，我这样的人，这么贪财，怎么不去贩毒、制毒，做违法生意？明明那样才是能快速敛财致富的方法。

"你能这样想很好，说明你没有见识过真正的瘾君子是什么样子的，也没有见识过真正的黑暗是什么样子的。那些吸毒的人根本不配称之为人，可以为了一包白面做出任何事情，卖儿卖女、抢走父母一生的积蓄、出卖自己的身体……都

第136章 回忆终结(1)

是常事。

"我曾目睹在一个小村子里，吸毒的父亲打残了自己的女儿，让她出去乞讨来给自己赚毒资。

"一对二十出头的小夫妻来城里打工，丈夫染上毒瘾，又带上妻子吸，因为多人共用针头双双染上艾滋，更不幸的是，女人怀了孕，没有钱去医院流产或者做阻断，更没有钱去给孩子买奶粉只好母乳喂养，于是孩子成了艾滋病患者和瘾君子。我们去解救孩子的时候，他抱着妈妈已经冰冷的身体不撒手，正常的奶粉根本喂不进去……

"你要是见识过这样的人间，就不会也想变成这样的人……"

林又元说到这里，抬起头，脸上的皱纹舒展开来，冲着镜头笑了一下。

"当然，我希望你永远也不要见识到这些，更不要变成这样的人。"

也许是因为坐的时间太长了，林又元开始咳嗽，也稍稍加快了语速，略去了一些细枝末节。

他想告诉林厌的，是后来发生的事，关于她妈妈的事，也是自己这一生最后悔的事。

"赵俊峰结婚了，我在婚宴上见到了悦悦。她瘦了一大圈，很憔悴，脸上再不复昔日明媚的笑颜。我追问她怎么会变成这样，她不告诉我，万般无奈之下我找到宋亦武，再三追问，他才勉强告诉我说，大约半年前，他的妻子带孩子检查身体，偶遇她一个人从妇产科出来。那天，她是去做人流的。"

宋亦武为什么能知道得这么清楚呢？因为在那个年代，未婚先孕这种事是瞒不住的，苏悦也因此受了医院的处分，丢了工作。

赵俊峰知道这事后怒发冲冠就要去找林觉水算账，苏悦哭着从床上扑下来抱住了他的腿。

"求你们了，别去……别去……是我心甘情愿的……也别告诉大元……"

"所有人都瞒着我这事，但我最后还是知道了，嫉妒、愤怒、满腔的仇恨和酒精冲昏了我的头脑，我抄着刀要去找林觉水算账，苏悦追上来，哭着从身后死死抱住了我，那天晚上……"

林又元沉默了一下，脸上的表情变得有些不自然，皱着眉头又有些后悔和难过的样子。

林厌便懂了，她大概就是那个时候作为一颗受精卵来到这个世界上的。这也难怪为什么她一出生后妈妈就带走了她，宁愿四处流浪也不肯回林家。

即使对着视频，她也没忍住脱口而出道："这个老浑蛋……"

画面中的老浑蛋又咳嗽起来，缓了好一会儿才说："也就在这个时候，我在林觉水的家中发现了一些蓝色晶状物，那些东西我再熟悉不过了，在瑶州潜伏的时候见人抽过。是的，你没猜错，那玩意儿的成分和你拿去让手下检验的试管里的蓝色液体，有七八成相似，所以我有理由怀疑，这东西就是他搞出来的。

"我曾经以为，我和林觉水会是一辈子的好兄弟，不，我们就是。可是直到那一刻，发现自己心爱的女孩被他欺骗，发现他一直在瞒着自己做一些违法乱纪的事，我动摇了。在警方布局之前，我找过他。

"林觉水第二天回到江城，似是没料到我会突然回来，很惊喜，与此同时还有一丝紧张，环视了一圈屋内才放下心来招呼我。"

林觉水从随身携带的包里往外掏着东西，满脸都写着高兴："怎么突然回来了？几年不见晒黑了些，有没有找到心仪的姑娘啊？对了，我带了些荷花酥回来，本来是给苏悦买的，她倒是和你一样，喜欢吃甜食。"

林又元被这个名字刺了一下，冷冷地看着他："你为什么不和她结婚？"

林觉水怔了怔，继续往外掏东西："嗐，悦悦是个好姑娘，我配不上她。"

林又元冲过来提起他的衣领，目眦欲裂："你知不知道，知不知道，她？……"

林觉水这才看着他的眼睛道："我知道。"

林又元一拳挥在他的脸上，声嘶力竭地吼："畜生，你究竟还有什么事瞒着我？！"

林觉水无法回答，也不能回答，只能用缄默来对抗他的声嘶力竭。

在他看不见的地方，他的哥哥脊背挺得笔直，可是一直紧紧攥着拳头，手微微颤抖着，直到林又元摔门而去。

林觉水跌坐在椅子上，用手蒙住了脸，肩膀剧烈抖动着。

他不能说，不能说他已经结婚了，还有了一个孩子；不能说他其实和贩毒团伙勾结，常年为他们制毒在境外敛财。

他用这些钱来买房买车住上了大别墅，也给了苏悦她想要的生活。在知道她怀孕的时候，林觉水也曾想过要金盆洗手再也不干了，并且和那个没有丝毫感情的女人离婚。

女人的哥哥把他踩在脚下，用枪顶着他的脑袋说："不干了，可以啊，最后一批货还没做实验吧,就用那个女人做好了。"

林觉水看着他手里苏悦的照片,歇斯底里地吼:"你别动她!!!"

就如同林又元没想到他会去制毒一样,林觉水也没想到自己的弟弟会出卖他。

"他们在多地都有工厂,林觉水以为我回瑶州了,实际上那段日子我一直在跟踪他,摸清了他们大部分的工厂地址,就这样,我把他卖给了警察。"

林又元说这段话的时候面无表情,但林厌还是从他有些僵硬的语气里听出了一丝痛苦和挣扎之意。

"可惜天不遂人愿,我在提防林觉水的时候,对方也在提防他,察觉到有人跟踪之后,不动声色地抓了苏悦,要他在我和这个女人之间做个选择。

"杀了我就放他们走,也可以和他的妹妹离婚。对了,那个时候他的同学也叫顶爷。

"反之,他要么就眼睁睁地看着苏悦被折磨致死,那种痛苦不光是精神上的,还有……"

林又元说到这里,脸部肌肉都在微微抖动,咬牙切齿地说:"有哪个男人受得了自己心爱的女人在自己面前被……林觉水疯了,甚至想自杀。那些人当然不会让他如愿,于是他们就开始打我,我的腿就是那个时候被活生生打断的。"

林觉水说到这里,甚至没有什么过多的表情,但林厌相信,他是麻木了。

"他是个懦夫,既救不了自己心爱的女人,也救不了自己的亲弟弟,但在当时,有一点我是很奇怪的,警方明明派了人跟在我后面却迟迟没有出现。我知道,这是他们内部出了问题,当时负责带队的组长分别是宋亦武和赵俊峰,那几年赵俊峰升迁得很快,我并没有将此事放在心上,直到……"

第137章 回忆终结（2）

"眼看着他们要把他亲手制出来的毒品喂苏悦吃下去，林觉水还是动摇了。他从地上捡起枪对准了我，而这个时候，援兵迟迟没到。大概赵俊峰也没想到，他耽搁的这几分钟里，宋亦武会死。

"当时警方高层给他们的命令是原地待命，宋亦武一个人脱离了大部队来找我，枪声刚响，他就冲了出来。"

林又元说到这里，轻轻闭上了眼睛，肩膀微微抖动着。

林又元拖着两条已经残废的腿爬过去，血水顺着裤管往下淌，把身下染红了一大片。

他扶起宋亦武的脑袋："哥，哥，亦武哥，醒醒啊！醒醒！别睡，你别睡！我带你去找医生，嫂子和孩子们还在等你回家呢，哥！！！"

男儿有泪不轻弹，那一天的林又元把自己这一生的眼泪都哭干了。

源源不断的血从宋亦武的身体里涌了出来，那一枪打在他的喉咙上，射穿了他的声带和颈部大动脉，留下了碗口大的疤。

林又元替他捂着伤处，宋亦武已说不出任何话来，随着他的一声声咳嗽，殷红又温热的血顺着林又元的指缝流到了地上。

宋亦武拼尽最后一丝力气，握住了林又元的手，只勉强吐出了几个单音节："走……你……嫂子……孩子……"

林又元痛哭出声，拼命点头："我知道，我知道，哥，你别说话，我带你走，带你回家，你会没事的啊，会没事的啊……"

他一边说一边想把人抱起来，可是他的腿已经使不上一丝力气，宋亦武的手臂从他的手上滑落了下去，两个人一起摔倒在了泥泞里。

"哥！哥啊！！！"林又元声嘶力竭的哭喊声和警笛一起响了起来，大部队终于赶到了。

那是一场混战。

枪声、爆炸声、脚步声、往来人员对讲机的声音……林又元通通听不到了。

他只听见了自己和苏悦的哭声。

他在为宋亦武哭，苏悦却在为了另一个害死宋亦武的人痛哭流涕。

"不要，小峰，不要，不要杀他！"

赵俊峰正拿枪对着林觉水，那一双眼睛也是通红通红的："他杀了亦武哥，要么投降要么死！"

苏悦扑过去抱住了赵俊峰的大腿："小峰，求求你，让他走，让他走好不好？没有人会看见的，我保证他不会再回来了，不会再作恶了……"

林又元怀中抱着的宋亦武的躯体已经冷了，流出来的热血没能融化冰雪，变成了一层坚硬的冻土。

他手指抠着这染血的泥土，抓到了一个不知道谁扔在这里的燃烧弹，也许是那些仓皇逃窜的犯罪分子留下来的。

如同林觉水冲他扣下扳机那一刹那般慢镜头回放一样，林觉水的瞳孔里也映出了那个燃烧着冲他飞过来的玻璃瓶。

两兄弟的眼睛里写满了同样的不甘、愤怒、震惊与痛苦。

被淹没在火海里的时候，苏悦扑了过去要和林觉水同归于尽，被赵俊峰死死拉住了。

林又元看着林觉水的头发、衣物开始起火燃烧，看着他挣扎着、呼喊着、踉跄后退着，倒进了一片谷物堆里，随即被火海吞没。

他哭着哭着就笑了起来，笑着笑着却又哭了。

林又元仰头看着纷纷扬扬落下来的鹅毛大雪，那些雪劈头盖脸地砸下来都带着血腥气，开始他还能看清这是白色的，然后视野逐渐变红，最后到一望无际的黑。

他昏迷前干的最后一件事是捡起宋亦武的配枪，藏进了自己的怀里。

"我醒过来已经是半个月后了，这半个月里，医生用尽了各种办法也没能阻止我的双腿感染和发炎，万般无奈之下只好截肢。那之后，赵俊峰来找过我，按照规定，牺牲刑警的枪支一律要上交。我不知道他用什么办法留下了宋亦武的配枪，但显然，那个时候的他已经有了这种能力。"

年轻人换了崭新的制服，看样子是又升官了。

赵俊峰把配枪放在了桌上："亦武哥的配枪，我看你昏迷的时候也抱着，给你拿过来了。"

林又元漆黑的眼睛盯着他，一动不动。

赵俊峰被这眼神看得有些不自在起来，摸了摸鼻子："我还给你带了两坛花雕酒，不过咱可说好了啊，伤好了才能喝。"

林又元的目光落到那酒坛上，又麻木地转回到了赵俊峰的脸上。

"为什么不早点来？"他刚醒，气还很虚，哑着嗓子问道。

赵俊峰没太听清，又往床边凑了一步，想要替他盖被子："小林哥……"

"你别叫我哥！"躺在床上的人猛地激动起来，拽住了赵俊峰的衣领，把人拽到自己面前来，目眦欲裂道，"你为什么……为什么不早点来啊？！"

他喘着粗气，脸色因为激动而浮起不正常的潮红，输液架摇摇欲坠。

"我……"赵俊峰艰难启齿，话还未说完，林又元又直挺挺地倒了下去，抽搐起来。

"医生，医生，快来啊！"赵俊峰把人扶稳，回过头去叫医生。

不多时，一帮身穿白大褂的人跑了进来，把赵俊峰推出去，拉上帘子开始抢救人。

赵俊峰徒劳地看着自己的双手，明明那双手除了有些茧子之外，什么都没有，他却总觉得从那一天起，他的手上就沾满了无形的血迹。

半晌，医生出来通知抢救成功，赵俊峰垂在半空中的手才缓缓滑落下来。

他留下一句"好好照顾他，有什么情况打这个电话"，便转身离去。

那一天，包括直到现在，林又元也不知道赵俊峰究竟干吗去了。

赵俊峰买了以前常抽的五块钱两包的劣质香烟，又买了烧酒，来到了苏悦家门前，这里已经人去楼空了。

破旧的门板上缠满了蜘蛛网，在风中晃荡着，透过窗子他可以看见屋里陈设依旧，可是再也没有那几个把酒言欢的少年少女了。

他拎着酒下了楼，路过几个推铁环的小孩身边，穿过冗长的小巷，径直来到了他们常去的江滩上。林又元去瑶州前，他们就是在这里道别的。

赵俊峰在寒风里点了一支烟，放在旁边的礁石上，酒也拍开了封泥晾着。

暮色降临下来，他抽一口，放在礁石上的烟就被风吹短一截。

他想起了那天的最后一段对白。

林又元准备走了，拍了拍他的肩："你小子加油啊，我回来要看见你升官发财，别再被人欺负了。"

宋亦武勾着他的脖子笑："那当然，小峰比我聪明，又会来事，要当官一定是好官。"

当时的少年是怎么答的呢？

"嗯，我要是当上大官了，一定替小林哥平反，也不会让任何人再欺负你们！"

如今数年过去，少年完成了他的承诺，替自己好友的父亲平反，亲自主持了自己的好兄弟的追悼会，代表组织追授他为"公安英模"，享了生前没有享受过的荣光，甚至亲手把当初招自己进来的队长送进了监狱。

他很早以前就知道和犯罪团伙有联系的就是队长了，韬光养晦一直等着这样一个机会。那道原地待命的命令其实不是他下的，他当时只是想，就等两分钟，只要两分钟就好，如果犯罪分子因此逃脱，他的队长必将承担这个责任，并且永世不得翻身。

事实证明，他是对的。

赵俊峰连着之前搜集到的证据一股脑地越级举报给了高层领导，队长果真下了狱。

今天便是检察院正式下发文件要求批捕队长的日子。

赵俊峰想到这里，烟头烫到了手指。

他的泪滚了下来。

亦武哥，我给你报仇了。

一阵风过，放在礁石上的烟头明明灭灭，烟灰像骨灰一样飘进了江水里。

"那之后，赵俊峰功成名就，调任去了禁毒支队步步高升。我派人去找过苏悦，她没有留下只言片语就消失了。我仗着以前混社会攒下来的人脉开始做生意，又因为曾经帮着警察做事,在黑白两道都吃得开,很快生意就有了起色。林诚就是那个时候来到我身边的。对了,他不是我亲生的,是我从孤儿院里带回来的,他父母都因为吸毒去世了。

"我收养他,一来是为了自己的名声,二来也是想替过去造下的孽还债吧。

"那个时候我以为林觉水已经死了,毕竟那一场大火将他的尸体烧得面目全非,所以当林舸的妈妈抱着他来投奔我的时候,我没有拒绝。我看着孩子稚嫩的脸蛋心想:这就是我在世界上唯一的亲人了。"

老人说到这里,咬肌微微颤动着,林厌不难看出他在咬牙切齿。

"可是我没有想到竟是养虎为患。你还记得你六岁的时候吗?"

那一年夏天发生的事,因为太过痛苦,林厌选择了生理性忘记,从不向人提及,在林又元的提醒下,记忆排山倒海而来。

那是她来到林家的第三年,和林舸关系很好,两个人同在一所贵族学校的小学、初中部上学。

因为离得近,林舸放了学会顺道来接她回家。

下课铃响后,林厌背着书包在校门口的榕树下等了很久,直到夕阳西下,人潮散尽,他也没有来。

小孩子无聊地扒拉着地上的泥土,又捡了树枝去划拉正在搬家的蚂蚁。

猝不及防间,一块石子砸在了她的头上。

林厌捂着脑袋站起来:"谁?谁打我?"

林诚从树背后跳出来:"哟,怎么今天就你一个人?你不和林舸一起回家了?"

"要你管!"小女孩气势汹汹地把树枝扔过去砸在了他的校服上。

男孩子也不恼,只是不耐烦地皱皱眉,拂干净衣服上的灰。

"喂,马上天就要黑了,天气预报说晚上有雨,你要不要跟我一起回家?"

女孩子还记着他经常欺负自己的事,气鼓鼓地看着他。

林诚无奈地摊手:"我就搞不懂了,我也是你哥,你为什么只跟他一个人好?好好好,不领情就算了,我自己回去。"

男孩子说着拎起面前的书包甩上了肩头,正准备转身离去的时候,面前投下一片阴影。

他顺着鞋尖看上去,来人五大三粗,有着一张刀疤脸,正不怀好意地看着他。

他转头冲着林厌喊:"快跑!"

话音未落,他就被人一记手刀劈晕在地。男人拽着林厌的衣领把人提了起来,

247

林厌剧烈挣扎着一口咬在他的手腕上。对方吃痛,她摔倒在地,爬起来就跑,没跑两步就撞上一堵人墙。她抬眸看去,对方提起她的衣领,把一块沾了药的帕子塞进了她的嘴里,她很快就失去了意识。

她再次醒来的时候就是在废弃工厂里了。

林厌回忆到这里,微微咬着唇,眼底渗出水光来,浑身颤抖着。

林舸向来是一个很守时的人,不会无缘无故地失约。他说是老师拖堂所以迟到了,原来不是这样……

那个时候的林舸在干吗呢?

他是三好学生,又恰逢值日,等所有同学走完之后,他打扫完卫生,擦干净黑板,背起书包准备离开,刚锁好教室门,转身就看见男人站在不远处等他。

那是一张完全陌生的面孔,男人戴着鸭舌帽,让人看不清脸,唯一露出的下巴上布满了瘢痕。

"你是……?"少年看了看空无一人的走廊,警惕地往后退着。

男人看着他和自己极为相似的脸,尽量使自己的语气听上去柔和一些:"我知道你父亲的事,跟我来。"

林舸看着他转身离去的背影,犹豫半晌,还是抬脚跟了上去。

在他和林觉水谈话的那半个小时里,林厌遭受了此生的第一场浩劫。

彼时的少年什么都不知道,沉浸在知晓了自己父亲生平往事的喜悦里。

他妈妈和林又元从不告诉他这些。

男人离去时,他追问:"你……你究竟是谁?叫什么名字?"

林觉水回转身来,似是想抬手摸摸他的脑袋,又觉得突兀,收回了手:"叫我顶爷吧。"

林舸心中生出一股强烈的不舍感觉:"我们会再见吗?"

男人淡淡道:"会的,任何你需要的时候。还有,今天的事不要告诉任何人,尤其是你叔叔,你要对他保持十足的警惕,他并不像表面看上去那样好相处。"

等林舸急匆匆地赶到学校门口的时候,太阳已经下山,林厌的书包掉在了地上。

"林诚的死确实是个意外,尸检报告显示他是在挣扎的时候被钝器砸在了太阳穴上一击毙命……"林又元说到这里,揉了揉眉心。

"算了,不提了,人老了总是容易想起从前的事。接着说,你被救回来之后,警方也查了学校附近的监控,发现林舸在那个时间段,本应该去找你会合回家,却跟着另一个男人走到了监控死角处。虽然只有一个模糊的背影，但我仍觉得，那可能是他，他回来了。巨大的恐惧感席卷了我。"

他说到这里，林厌其实已经明白了。

林舸对她有愧，所以后来才会变本加厉地对她好，几乎是有求必应，做到了一个哥哥所能做到的一切，甚至因为这种愧疚之心而生出了变态的保护和占有欲，进而导致后来一切悲剧的发生，包括初南的死。

而林又元因为这种未知的恐惧，也为了保护他自己唯一的血脉，被迫牺牲了和她之间的亲情，疏远了她。

事实真的是这样吗？

其实林厌只猜对了一半。

明明她被绑架的事已经过去几年了，她和林舸也都双双转到了别的学校，可是少年还是时常会听到这样的声音：

"喂，林舸，叫你那个妹妹出来陪我们玩玩呗，反正周末也没事干。"

"周末要上补习班。"少年平静地把书装进书包里，起身往外走去。

不怀好意的同学拽住了他的书包带子："装什么装啊？"

他话音未落，迎面一拳砸在了鼻梁上。

同学倒仰过去，撞翻了几张课桌，抹了抹脸上的鼻血："妈的，给我上！"

一阵拳打脚踢后，林舸倒在地上，护着脑袋，也不知道谁往他的下腹上狠狠地踢了几脚。

他眼前一黑，有人举起凳子砸在了他的下半身上，一阵剧痛袭来，少年惨叫出声。

这件事除了林妈妈，没有人知道，他直到死也没有告诉林厌自己其实是个残疾人的事实。

至于林又元和她的感情，林又元也不是没有想过去弥补，但工作太忙，无暇顾及，等回过神来的时候，林厌已经像风吹过的野草一样迅速长大了。

经历过那件事的林厌变得更加难以亲近，加上又到了青春期，性格十分叛逆，目中无人，嚣张跋扈。

林又元，一个虽已到不惑之年但尚没有学会怎样去爱一个人的中年男人，又怎么会教育女儿呢？

他想破了头，也只能拿出生意场上的那一套，给她钱，给她想要的一切，哪怕是天上的星星。而在那个时候，这些恰恰是林厌最嗤之以鼻的东西。

249

两个人就以这样的方式渐行渐远，直到死也没有亲近过。

当然，不可否认的是，林又元有意放任这种裂隙越来越大，只有这样，林厌才更安全。

他深知自己能力有限，百年以后也不会再有人保护林厌，她能依靠的只有自己的力量。

雏鹰在刚生下来还不会飞的时候，就会被父母叼起来从悬崖上扔下去，只有适应了这种变化，并且成功起飞的雏鹰才能顺利地活下来。

这是适者生存，物竞天择，也是一种变态又畸形的爱。

这种爱会让人变强大，也可能会毁了一个人的一生。

其实听到这里，林厌很想问问他："你后悔吗？我要是摔死了怎么办？"

屏幕里的老人笑了笑，靠在轮椅里，面上露出了一丝祥和神色："那天宋余杭从我面前带走你的时候，其实我很高兴。林厌，你长大了，不再是那只跌跌撞撞起飞的雏鹰了。"

他说完这些，又轻轻咳嗽了两声，转回到话题上来："本来是想跟你告个别，谁知道不知不觉就说了这么多，我接下来要说的，你应该猜到了。"

林厌瞳孔一缩，果然。

"是关于陈初南的事。你一定很好奇我为什么不把林舸逐出家门以绝后患，可是事实上，如果你到了我这个年纪，也只会做出和我一样的决定。一来没有决定性的证据表明那个模糊的背影就是林觉水，二来林舸自小跟着我长大，我把他、他妈妈和你都当成了家人，要我为了一个莫须有的猜想抛弃自己的亲人，我做不到。

"我能做的就是送他出去留学，使他远离你，甚至是春节我也没有让他回来过。但现在想来，我给了你和他足够的钱，却从来没有给过足够的关心。

"你十八岁那年暑假，是个例外，林舸偷偷订了机票跑回来要给你过成人礼，我猜你也知道了，陈初南确实是死在他手里的，只不过同案犯是林觉水。"

林厌深深地记得那一天发生的所有事，哪怕灵魂湮没也不会忘。

6月18号，她的生日，也是高考录取通知书下达的日子。

那一天从早上开始就下起了绵绵细雨，到下午的时候变成了瓢泼大雨。

她吃过午饭出门去武馆练习巴西柔术，大约两个小时之后和初南约在学校见面，晚上一起去看电影吃火锅。因为过了这个暑假就要各奔东西，所以她们还约好了一起去喝酒唱歌，不醉不归。

两个小时之后，雨势渐大，她撑开衣服遮在头顶，站在廊下躲雨。手机还有5%

的电,她和初南讲了最后一通电话。

"喂,林厌?"

"嗯,是我,你在去学校的路上了吗?"

林厌能听见雨滴砸在伞布上的声音。

陈初南怀里抱着书包,深一脚浅一脚地走着:"嗯,你在哪儿呢?"

"我在武馆门口,雨太大了,可能得晚一会儿到。"林厌看看表,这么回答她。

对方笑笑,即使瓢泼大雨也没能打影响她的好心情,声音一如既往般甜美:"没关系啦,我快到啦,要不帮你一块儿取了吧?你一会儿就别过来了,反正你家离学校也不远,你直接回家吧。"

"那怎么行?你一个人……"

女孩子笑:"寿星才有的特殊待遇哦。"

手机要没电了,林厌看看表,把目光投向不远处停放着的一辆自行车上,车子没上锁。

她咬牙跑了过去:"行,那你就在我家门口等我,我叫管家下去接你。"

挂掉电话之后,她想给管家打电话,抹去手机上的雨水时才发现因为没电手机已经黑屏了。

林厌暗骂,把手机揣进兜里,骑上自行车开始往家赶。

到家之后,家门口并没有她想见的人,林厌浑身都湿透了,跑进屋里。

"初南,初南呢?"

"你有没有看见初南,我同学?"

"一个年纪和我差不多大、瘦高瘦高的女孩,你有没有见过她?"

她问了管家、下人、清洁工,甚至跑到隔壁去问林舸,得到的答案都是没有见过,并没有这么一个人来过。

在她惊慌失措的时候,也是林舸在安慰她:"你别怕,说不定是雨太大,她还留在学校没有过来呢,我派人去找。"

林厌愣愣地点头,换了一部手机不停地给初南打电话,可是对方始终是关机。

而那个时候的她因为太过焦心忽略了林舸袖口上沾着的零星血迹。

那天她找了很久,从学校到常去的小卖部、书店、咖啡馆、电影院甚至是江边,都没有初南的身影,甚至也没人见过初南。

陈初南就像凭空消失了一样。

到了晚上,初南妈妈就报了警,三天后,林厌在殡仪馆里见到了初南残缺不全的尸首。

初南打给她的最后一通电话，林厌用技术手段保存了下来。

她时常反复播来听。

"喂，林厌？"

"没关系啦……反正你家离学校也不远……"

"寿星才有的特殊待遇哦。"

"嘟嘟嘟……"

那个时候，刚刚对她说完祝福的女孩子，经历了什么呢？

这是后来的林觉水交代的。

那天他趁着林又元不在，照惯例带着自己最成功的实验品去找林舸。

彼时林舸已经成年，接手了部分林家在海外的业务，林觉水需要借着这层关系把东西销往海外各国获利。

林宅外偏僻无人的角落里，林舸把人拉到一边："你怎么又来了？"

林觉水摘下口罩："怎么，我不能来吗？"

林舸咽了咽口水："今天林叔会回来，你有什么事就快说吧，晚上我还要给我妹妹过生日。"

男人取出一根蓝色试管给他："这个，放在你妹妹的酒里，保管她……"

"那个……请问一下，这里是林厌家吗？咦，这不是林舸哥哥吗？看来我没有找错地方，我是来给林厌送……"

女孩子就这样撞破了他们的秘密。

两个人齐刷刷地回过头来，林舸一眼就认出了她是林厌的同学。他去学校接林厌回家的时候，偶尔也捎过陈初南。

寒光一闪而过，林觉水已经从兜里掏出了刀。

林舸扑了过去："不要！她是林厌的朋友！"

"可是她看见了我的脸！"男人压低了声音愤怒地嘶吼着。

陈初南脸上的表情变了，她从兜里掏出手机开始往外跑。不等她把求救电话拨出去，男人甩开了林舸，三步并作两步追了上来，一刀扎进了她的后心里，在林家附近巡视的保镖看过来的时候，把人拖进了灌木丛里。

雨水稀释了地上的血液，很快血水和污水混在一起流进了下水道里。

林厌骑着自行车回到家门口的时候，正巧与装着初南的尸体的垃圾车擦肩而过，司机是林觉水和他的手下假扮的。

到了晚上，林厌被带去警察局问话，林舸则避过众人来到了林觉水在江城市内的住处。

林舸拽着林觉水的衣领咆哮："你把人藏哪儿了？跟我去自首！"

林觉水一巴掌拂开了他，正正衣领，冷笑，看着他气急败坏的样子突然有了一个绝妙的主意："杀了那女孩，不是正中你的下怀吗？我可以去自首，但你脱得了干系吗？你要是进了局子，还怎么保护你妹妹？况且，你的钱、你的学业、你的地位，你才二十五岁，往后的人生都不要了吗？"

看着男青年踉跄着倒退了两步，满脸都是惊慌失措的表情，林觉水快意地笑了。

他就是想恶心死林又元，还有什么比亲手养大视若己出的孩子是个杀人犯更让人心痛的吗？

所谓的兄弟之情，早在林又元对苏悦下手，冲自己扔出燃烧弹的那一刻，就已经随着火焰焚烧殆尽了。

他就是要林又元下半辈子始终活在他的阴影里，要林又元家宅不宁，妻离子散。

林觉水这么想着，揽过林舸的肩头往屋里走去："成大事者不拘小节，听说你学医，来，露两手。我已经安排好了，只要毁尸灭迹处理干净，没有人会发现是我们干的。"

他们干得确实可以称得上是天衣无缝，那个年代摄像头还未普及，没有现场监控视频，没有目击证人，也没有DNA检验技术，现场留下来的痕迹也被大雨冲刷得一干二净。

林觉水动用自己的关系找到了和陈初南一家有过节的屠户成为替罪羊，这当然也都是安排好的。

"我知道这一切是个意外，林舸抛尸的时候并非没有人看见。当天在垃圾桶附近作业的清洁工目睹了一切，并且搭了把手。他和人闲谈的时候无意中透露那天林舸扔了很大的一个行李箱，里面装了很多书，死沉死沉的。

"我知道这事后给了他一些钱，送他回乡下安度晚年，不久后他就病逝了。"

"一个素未谋面的陌生人，和自己亲手养大的侄子，如果是你，你会选谁？"

林厌再也按捺不住，抬手狠狠把电脑扬了出去，电脑撞在墙上，又滚落到地下，零件摔得粉碎，屏幕上裂开了蜘蛛网一般的裂痕。

她红着眼睛喘着粗气，对着空气声嘶力竭地咆哮："你瞒了我十四年，十四年啊，那我这十四年来辛辛苦苦地追寻真相算什么啊？！"

"陈妈妈为了找初南，走遍大江南北，最后疯疯癫癫地回到故乡，又算什么啊？！"

"死在十八岁那年，永远活不过来的人，又算什么啊？！"

她说着还不够，看着电脑还在一闪一闪地亮着光，从床上飞扑下来，要把它摔得粉碎。

"你心疼你从小养到大的侄子，那谁来心疼初南呢？她那么好，那么优秀，对未来满怀憧憬，她才十八岁……十八岁啊……

"我们约好了要一起过生日，即使各奔东西也要常联系，最好每年都能出去旅游一次，将来买房买在一块，要做邻居，做一辈子的好朋友，如果有孩子一儿一女就定娃娃亲，如果不是就让他们拜把子……

"林又元，你也是凶手，凶手！！！"

不堪重负的电脑发出了临终前的电流噪声，屏幕一闪一闪的，林厌逐渐看不清他的脸。

"厌厌，爸爸对不起你，回家吧，老宅子里秋千架下给你留了东西。"

"林又元，你个浑蛋！你……你别走……回……回来！"

林厌伸长了胳膊去够他，未等她的指尖触摸到屏幕，电脑已经寿终正寝。

"林又元，你给我滚回来！滚回来说清楚！凭什么？！凭什么你做了那么多错事就这么一走了之？你休想！休想！我不会让你快活的！我要让你死也死不安宁……"

林厌嘴里念念有词，从地上摸到什么就砸过去："你说话啊……说话啊……"

说到最后她的声音已然带了哭腔。

她为了复仇，一意孤行地把自己弄得人不人鬼不鬼。

陈初南的妈妈为了寻求真相，颠沛流离，最终晚景凄凉地死在故乡。

朱屠夫在狱中冤死，郭晓光母子要战战兢兢地隐姓埋名过下半辈子。

还有她亲手解剖过的那些人，写在千纸鹤上的那些人：

白灵。

吴威。

何苗。

丁雪。

李诗平。

…………

谁来赔他们的青春和曾经鲜活的生命？

林厌很快接到了拍卖行打来的电话，之前委托他们拍卖的林宅有眉目了，让她过去收拾一下东西。

随着雕花铁门缓缓在眼前打开，林厌仿佛还能看见昔日的门庭若市。

林又元由管家推着出来，身后跟着一大群西装革履的精英人士。

两个半大孩子在花园中打闹，保姆跟在身后追。

"林舸，快跟上，我们去那边玩。"

"小姐，小姐，别跑了，池子里的金鱼不能逮啊，那是老爷花大价钱买回来的……"

眼看着保姆就要追上来，小女孩从池塘里扬起水泼了她一身，自己怀里抱着活蹦乱跳的金鱼跑走，没想到踩在青苔上脚下一滑，摔了个狗啃泥。

金鱼在地上蹦跶着。

女孩子摔在轮椅边上，被人一只手提了起来。

林又元冷着脸，沉声道："带下去，关禁闭，什么时候知道错了再放出来。"

"放开我，放开我……浑蛋！"

…………

林厌一眨眼的工夫，那些画面就消失了。

跟着过来的宋余杭拉着人走进去："秋千架在哪儿？"

林厌垂着眸子回道："后花园里。"

林氏豪宅后面有一片人造林，栽满了香樟、白桦、银杏以及桂花树，一年四季各有各的景象，风吹过树叶发出了沙沙的声音。

因为无人打理，去年秋冬落下的树叶在脚下形成了一层腐烂又松软的泥土。

两个人深一脚浅一脚地走着。

那秋千架就搭在白桦树下，落满了灰尘，在半空中微微晃动着。

林厌抚摸着旁边那棵白桦树上的勒痕："这里原本是没有秋千架的……"

"那……"宋余杭好奇地道。

林厌笑了笑："小时候我和林舸在这里玩，突发奇想要拿麻绳在树上绑个秋千，什么防护措施都没有，结果摔了个四脚朝天。"

"第二天，这个秋千架就搭起来了。"

宋余杭拿纸巾擦去座椅上的灰尘："要坐坐吗？"

林厌的目光从秋千架上落到下面厚厚的落叶层上,轻声道:"不了,挖吧。"

宋余杭找来铁锹,林厌也找了根粗树枝跟着一起刨土。

约莫十分钟后,宋余杭额头上渗出了豆大的汗珠,一铲子下去挖不动了。

她扔掉铁锹,用手刨着土。

"找到了。"

两个人扒拉出了一个已经生锈的铁盒子。

宋余杭把上面的泥土抹干净递给她:"就是这个了吧。"

林厌伸出手又瑟缩了回来,半晌,在宋余杭的鼓励下才接过铁盒子,用力掰开来,从里面掉出了十几根金条以及一张已经泛黄的照片。

照片上林又元揽着自己两个好兄弟的肩膀站在礁石上,苏悦则靠着礁石站着,拽过了林又元的衣领,使他的表情有些扭曲和搞怪,但每个人都是笑着的。

那种毫不掩饰的明媚笑容让林厌眼眶一热,她把照片翻过来看了一下,上面写着:"很抱歉,林厌,这是爸爸唯一拥有的一张你妈妈的照片。

"不要怪你妈妈给你起的名字,她要是不爱你不会把你生下来,更不会在弥留之际把你留给我。

"当你看见这些的时候,就说明爸爸已经不在了。金条给你以做不时之需,不过希望你没有用到它的时候。

"最后,厌厌……爸爸爱你。"

落款是"林又元"三个字。

林厌盯着盯着,眼底迅速聚起了泪花。

宋余杭则从那盒子底下又扒拉出几根木棍,以及连在上面已经破破烂烂的字条:"这是……?"

只消一眼,林厌就认出这是什么了。

"林舸,你说他会喜欢吗?"

"会的,我们厌厌做的灯笼,是世界上最好看的灯笼。"

"玩物丧志,拿去扔了,从今天开始不准出去玩了。"

…………

那盏本应该被丢进垃圾桶里的灯笼,却出现在了这里。

涂着红色颜料的纸已经褪色,灯笼骨架也坏了,跟垃圾并没有什么区别,他却将其跟他的金条、他的宝贝放在一起,郑重其事地埋在了这里,用这种方式告诉她她长久以来想要的答案。

林厌捧着这个盒子，跪在地上，肩膀微微颤抖起来。

江城市西郊陵园，林又元就埋在这里。

林厌抱着一束白菊走过去的时候，却没有想到已经有人在了。

冯建国拧开一瓶好酒，洒出来些许，剩余的全放在了墓碑前。

林厌一眼就看见了他："你来干什么？"

他听见身后的脚步声，没回头："来道别。"

林厌嗤笑一声，把手里的白菊放在墓碑前就准备离开了。

冯建国站着没动："你还是不能原谅他吗？他或许算不上是一个好父亲，但绝对是一个称职的线人，是无名英雄。"

林厌退后两步站直，看着墓碑上林又元的黑白照片，淡淡地道："我可以原谅他，我妈能原谅他吗？十八岁的林厌能原谅他吗？死去的初南和陈妈妈能原谅他吗？冤死狱中的朱屠户能原谅他吗？隐姓埋名大半辈子的郭晓光母子能原谅他吗？

"他要是能早点供出林舸，说不定那些无辜的人就不会死。

"我有什么权利替这些人原谅他呢？

"当犯罪事实成立，尸体摆在我面前时，就意味着一个鲜活的生命永远被按下了暂停键，无论是他还是林舸，或者是任何人。

"我绝不原谅。"

宋余杭走到她身后，轻轻拍了拍她的肩以示安慰。

林厌回过头苦笑了一下，随即将目光转移到了墓碑上，从自己胸前取下了一枚功勋章。

"但是，作为法医和人民警察，我衷心感谢他为抓捕贩毒团伙所做的一切努力，无论是过去还是现在，有千千万万个家庭因此幸免于难，这荣誉该有他的一半。"

林厌微微俯身，把自己的功勋章放在了供品前。

烛火摇曳着，朝阳万里，墓碑前的三个人齐刷刷地举起右手放到了太阳穴边。

市公安局。

宋余杭要走马上任江城市公安局副局长的消息早就不胫而走，这是实至名归，她人还没到，段城几个就已经摩拳擦掌地要给她好好庆祝庆祝了。

等人下了车，刚推门进办公室，一水儿的鲜花、气球、彩带，几个人身上还挂着迎宾用的绶带。

左边一条：海阔凭鱼跃，天高任鸟飞，恭喜宋队小人得志，再展宏图！

右边一道：今天更比昨天好，一天更比一天妙，宋队翻身农奴把歌唱，喜上眉梢！

林厌要笑疯了："这都什么乱七八糟的？！"

宋余杭脸色青一阵白一阵的："乌烟瘴气，三分钟之内给我收拾干净，全体人员会议室开会，迟到者扣当月工资绩效！"

一干人等大眼瞪小眼，将东西一扔，顿时作鸟兽散。

"等等我啊，等等我！"

"不是，这绶带怎么取不下来了？！"段城急出了一脑门汗，"方辛，方辛，帮我一下！辛！辛啊！"

在他的哀号声里，方辛早已脚底抹油，端了杯茶，快步往会议室走去。

"叫魂呢？！自己弄！"

段城痛心疾首地道："明明出主意的时候你也有份……"

林厌从自己的工位上拿起钢笔和文件夹，从她身前走过，把文件拍在了她的胸膛上："哟，宋局长好大的排场啊。"

宋余杭微微一笑，和她一起往会议室走去，放低声音说道："这帮小兔崽子和我瞎混惯了，不给个下马威以后还怎么管啊？一会儿会议上，给我个面子。"

话虽如此说，林厌这个暴脾气，会议上想法不合，还是一点就炸，偏偏也就她敢和宋余杭叫板，一个公安局副局长，一个主任法医，唾沫星子四溅。

大家感觉仿佛又回到了两年前她们针锋相对的时候。

底下围观群众瑟瑟发抖：我是谁？我在哪儿？发生了什么？

到了下午，宋余杭的办公室也收拾好了，小警员正要把一块牌匾拿出去，想着新来的是个年轻领导，应该不喜欢这些老气横秋的东西吧。

令他万万没有想到的是，宋余杭就站在他身后，看着那块牌匾上的字出神：

铁肩担道义，丹心筑警魂。

这是赵俊峰留给冯建国的字，冯建国完好无损地挂在了办公室里，直到离任去省厅报到也没带走。

小警员吃力地把牌匾横了过来，正要抱出去，一只手牢牢扶稳了他。

宋余杭："留着吧，还挂那里。"

第138章 薪火相传（1）

三年后。

下雨天，一辆公交车缓缓驶过来停在积水里，人群鱼贯而入，女孩子也收了伞跳上去。

夏天清晨早上的车厢里人挤人，即使开着空调肌肤也是黏腻的。

女孩子一只手拽着拉环，跟着车辆起伏摇摇晃晃，另一只手翻着手机查找路线。

她刚把江城市公安局这几个字打出来，公交车上的车载电视响了起来。

"今天凌晨，在我市江北开发区一在建楼盘下挖出了数十具骸骨……"

职业敏感性让女孩子猛地抬起了头，盯着电视。

记者穿着雨衣，手一指，摄像机也挪了过去："现在现场的挖掘机已经停止作业，再往前走不远就可以看到一个深坑，那是正在开发的北新房地产公司的楼盘，就在那里挖掘出来数十具骸骨。警方正在清理现场，等待专业人士的鉴定。"

雨水"噼里啪啦"砸在记者撑着的伞上，背景音里也传来了警笛的声音。

"据悉，江城市公安局领导对此高度重视，副局长宋余杭也已率队赶赴现场。"

一辆写有"现场指挥"的警车风驰电掣般停在了楼盘前面。

车门打开，锃亮的皮鞋露了出来，同时有人撑开了一把伞，替人扶着车门。

记者一窝蜂地围了过来。

"宋局，宋局来啦，宋局，说说这个案子吧。"

"宋局，这些骸骨究竟是不是人体骨骼啊？"

"宋局，我是江城日报的记者，可以占用您一点时间就这个案子进行一个简短的采访吗？"

江城市公安局副局长宋余杭是个传奇，不仅仅因为她是鲜少站上政治舞台的女性，更因为她屡破奇案，只身缠斗毒贩的光辉事迹早就不知道传了多少个版本了。

民间传得神乎其神，这人却鲜少在公众场合露面，更是从来不接受采访，尤其是歌功颂德的那种。

用她的原话来说就是："浪费时间，有那个闲工夫还不如多破几个案子。"

向来神龙见首不见尾的人，这一次好不容易在案发现场现身，一干媒体记者摩拳擦掌，打算从她嘴里挖些猛料。

宋余杭从车里出来，一只手摔上车门，把宽檐帽戴上，正了正衣襟，春秋常服穿得一丝不苟，冷着脸皱着眉头："愣着干吗？封锁现场！"

给她打伞的人愣了愣，还没回过神来，她已大踏步淋着雨走向了坑边，顺手从兜里摸出手套，迅速又专业地戴上了。

先前一批到达现场的派出所民警好似才回过神来，拉起警戒线，把人往后推。

跟着宋余杭来的警局精锐也围了上来，一个个淋着雨，眼神锐利，站成了人墙。

"退后，退后，保护现场！闲杂人等一律不得靠近！"

薛锐几个也从车上跳了下来，拉开警戒线钻进来，身后跟着段城、方辛等人。

"宋局，宋局。"

宋余杭蹲在坑边，看着下面的情况，略一点头："干活。"

"即将到站，锦华商业中心。"车厢里到站提示音响了起来，车辆猛地急刹车停下，女孩子被惯性一搡，手机差点飞出去，这才从车载电视上回过神来，抓起雨伞往外跑。

"师傅，师傅，有下，让一让，让一让。"

好不容易从人堆里挤出来，女孩子松一口气，看着完全陌生的街景傻眼了。

不是吧……自己去报到第一天就坐过站迟到会不会被开除啊？

她犹豫半晌，还是掏出手机给当初招她进来的人打了电话。

"喂，段老师……"

她还未说完，那厢传来了雨点声夹杂着男人的咆哮："你到了吗？没到的话就别去公安局了，缺人，直接来现场报到！"

随即电话就被"啪"的一声挂断了，女孩子瞠目结舌，眼瞅着出租车滑了过来，赶紧伸手拦下，报出地名："江北开发区，北新房地产公司。"

段城挂了电话，把手机在袖子上干的地方抹了两下才揣进兜里。方辛从他旁边走过，瞥了一眼，本来没什么意思，那人却赶紧举起了双手。

"哎，这回真不是小姑娘，技侦新招进来的实习法医，我直接让她来现场了。"

方辛拎着勘查箱，小心翼翼地从两具骸骨中间跨了过去："我说真够有你的，上班第一天就让人家来现场看尸体。"

段城笑，蹲下来从勘查箱里拿家伙："比起林姐摁着我的脑袋在解剖台上观察巨人观尸体现象，我这个啊可温柔多了。"

方辛一哂，不再跟他贫嘴，专心提取现场痕迹物证。

几个围着骸骨拍照的小技术警察窃窃私语："这么大的案子，你说林姐会来吗？"

有人摇头，又凑上去拍了一张骸骨特写："不会吧，毕竟……"

话音未落，警戒线外传来了一阵喧哗声。

"让我进去……我……我是今天新来的实习法医。"

负责清场的刑警皮笑肉不笑地说："记者吧？下次换个理由哈。"

女孩子急红了脸："哎，不是，我真的不是记者……"

段城起身，朝那边瞥了一眼，挥了挥手："让她过来，技侦新来的。"

负责拦人的刑警这才摸了摸鼻子，替她拉开了警戒线："进去吧，不怪我们，实在是这些记者忒烦人……"

小姑娘点点头，抱着自己的包走到坑边往下瞅了一眼，顿时脸色一白。

坑不大，大概一百平方米，有一米多深，七八个穿白色防护服的技术警察在忙碌着。

随着他们一点点耐心地清理，从坑底又刨出了更多骸骨，散在坑里，毫无规律。

她往下瞅的时候，段城旁边铺了张蓝色无菌布，手里正拿着一个刚清理出来的头骨轻轻放在上面，那黑漆漆的眼窝直直瞅着她。

女孩子心里一惊，生生往后退了一步。

段城叫起来："拿装备，下来啊，没看正忙着呢？来帮忙！"

"喔，来了，来了。"女孩子从旁边技术警察手里接过口罩和手套，利落地戴上了鞋套，却在下坡的时候因为紧张几乎是连滚带爬地摔了下去。

技侦一干人回头，发出了几声窃笑。

段城也乐了，又清理出一块人骨放在了无菌布上面："第一次见尸体啊？"

女孩子嗫嗫嚅嚅地说："学……学校里……见……见过大体老师。"

方辛拿胳膊肘捅了段城一下，给了个眼神示意他别欺负实习生。

段城轻咳一声道："得了，去那边帮忙扛摄像机，刑事拍照记录总该会吧？"

女孩子点头如捣蒜，挨着坑边走过去："会会会，段老师放心。"

薛锐正在对目击证人——几个开挖掘机的工人做笔录，宋余杭旁听，有下面分局派出所的人想给她递烟，被她摆手谢绝了。

这位是出了名的油盐不进。

派出所所长面色讪讪，猛地一转头，楼盘前面的路上车灯大亮，又是一辆写有"现场勘查"的警车开了过来。

宋余杭循声望去，接了身边警员的伞走过去，看样子是去接人。

小实习法医弓着身子拍了半天照，好不容易才告一段落直起腰来，看见那个身影时，兴奋地拉住了旁边同事的衣角："那……那不就是宋局长？我在学校的时候就听过她的传闻……之前江城市特大的那个制毒、贩毒案就是她破的，还有十七年前的分阳码头碎尸案……"

旁边同事白了她一眼，得，又是一个冲着宋局来的小姑娘。

"我们啊，都听过她的传说，干活吧新人，很快你就会知道宋局虽然人长得好看又和气，但破起案来容不得丝毫马虎。"

初出茅庐的小法医还在踮起脚望眼欲穿，宋余杭一手拉开车门，把人迎了出来。

待那人走得近了，小法医才看见她也穿着春秋常服，肩章上缀着银色橄榄枝和两枚四角星花，棕色鬈发在脑后扎成了一个低马尾。

小法医吞咽着口水，话都说不利索了："她……她……她是……"

江城市公安局刑侦支队技术大队队长兼法医室主任林厌，同时也是公安部物证鉴定中心的高级研究员，曾多次参与国家级疑难案件的侦破，是真真正正的教科书级人物。

小法医还在滨海大学法医学系学习的时候，也曾听过林厌的解剖课。

女孩子没想到一下子能见到两位偶像，激动得话都说不出来了。

第 139 章 薪火相传（2）

十八年后。

"后来的后来啊，小法医成了独当一面的大法医，当初带她入行的姓段的老师也成了业界权威，而她的师父的师父，那位大名鼎鼎特立独行的美女法医鬓间也有了白发。在两代人的共同努力下，江城市公安局技侦科从一个寥寥数人的科室变成了拥有数十名精英成员以及全国超一流 DNA 实验室、标准化理化实验室、视频侦查实验室等多学科的出色队伍，在科技高度发达、犯罪手段日新月异的今天，成了一支斩破黑暗的利剑。

"说到这里，就不得不提到那位宋局长，在她在任的二十余年间，江城市内命案全破，没有出现一例未结案件及冤假错案。

"今天，就是她们要退休的日子了。"

报刊亭老板戴着眼镜翻着手里厚厚的一本书，正看得入神，几个年轻小姑娘跑了过来，叽叽喳喳的，满脸都是兴奋神色。

"老板，老板，还有没有《首席女法医》这本书？"

老板赶忙放下手里的书，从报刊亭里给她们抱出了新的："有有有，昨天刚到的，最后一卷，大结局了。"

"我要，我要！"

"我也要，老板，给我来两本。"

面前递过来花花绿绿的票子，老板笑得合不拢嘴，将钱一一收好，把书装在塑料袋里递给她们。

"走走走，签售要开始了，一会儿去晚了就没位置了。"

几个女孩子接过书抱在怀里，三步并作两步跳上了到站的公交车。

初夏清晨的街心公园里生机盎然，戴着耳机跑步的年轻人从喷泉旁边跑过，扬起的水雾变成了一道彩虹。

广场上打太极拳锻炼身体的老人、跳广场舞的大妈、奔跑玩闹的小孩、叫卖氢气球的小贩、练歌拉嗓子的学生，以及形形色色的普通人，构成了最热闹的人间烟火画面。

整点到，时钟敲响了八下，广场上的 LED 巨幕亮了起来。

"早间新闻播送完了，观众朋友们，感谢收听。接下来是娱乐时间，在国内多个热门文学网站上连载了六年的《首席女法医》一文已于上月宣布完结，并出版了最后一册。作为热门作品，《首席女法医》不光被翻译成了多国语言远销海外，其影视版权也以千万成交额卖出，相信在不久的将来宋警官和林法医一定会以另一种形式呈现在观众朋友们眼前。同时今天也是六年来作者解兰舟首次在签售会上露面，下面跟着我们的镜头一起去看看《首席女法医》的签售会盛况吧……"

画面一转，新华书店门口排起了长队，一派人山人海的景象。

"哎，《首席女法医》最新章你看了没？六年了，那楼盘藏尸案终于破了。"

"那可不？看了看了，呜呜呜，今天签售，我也好想去。"

"听说这还是作者第一次公开露面，不知道是男是女，长得帅不帅，要是个大帅哥……"有女警捧着书做陶醉状，亮起了星星眼。

"要是个美女怎么办？"有同事戏谑地问。

"美女？美女也不错啊……"

几个同事凑在一起正说得兴奋的时候，段城腋下夹着笔记本，端了一杯咖啡从门口走过："干吗呢干吗呢？别扎堆了，收拾收拾准备开会。"

几个人站直身子，敬了个标准的军礼："明白，这就来！"

宋余杭从更衣室换好衣服出来的时候，林厌也带着人由远及近地走来。

擦肩而过的那一瞬间，林厌像往常一样，把文件夹砸在了宋余杭的胸膛上："最后一次了，合作愉快。"

宋余杭嘴角浮起笑意："合作愉快，林法医。"

那一天，林厌像往常一样开会，听着手底下的人进行案情汇报。她经手的最后一桩案子也结了，应新来的法医邀请，又给他们上了最后一堂解剖课。

面对大体老师，她像从前一样，把手术刀垂直放于胸前，微微闭上了眼睛默哀。

有人打开了摄像机。

良久之后，林厌也没睁开眼。

"林老师……"有人小声叫道。

在闭上眼的瞬间，林厌的内心竟然生出一丝不舍和隐秘的痛感。

她要……告别解剖台了吗？

林厌睁开眼，看着面前一双双求知若渴的眼睛，嘴角浮起了一丝笑意。

不过没关系，她相信，会有人把这份事业传承下去的，就像当年的她一样。

"可以站近点观摩，先别急着下刀，观察尸表现象也是法医学中的重中之重。

"详细记录尸温、尸斑、尸僵、腐败程度之后，观察体表各部状态，一般要求是，从头到足、从前到后、从左到右都要详细检查并记录：头皮及头发状况（有无血肿、肿块及斑秃等），两侧瞳孔是否扩大，结膜是否充血（出血），鼻腔及外耳道有无内容物流出，牙齿是否脱落，背部及腰骶部有无褥疮，腹股沟淋巴结是否肿大，四肢有无损伤或疤痕，体表有无畸形等，都会成为我们破案的重要线索。

"以上检查步骤缺一不可，甚至在实际操作中会做得更多，当你检验完尸表现象之后，如有疑点或者仅凭尸表现象无法推断出死因的时候，可向上级部门申请遗体解剖。

"在解剖过程中,方式方法我已经讲过无数遍了,今天只说最重要的一点——"

她抬起头，护目镜下的眼神是那么锐利滚烫，让人为之一振。

"尊重死者。

"现在躺在你们面前的，不是一具冷冰冰的尸体，而是一个曾经鲜活的生命。他和你们一样，有父母妻儿、兄弟姐妹和亲朋好友，也曾和你们一样满怀希望地活着。

"当你第一次在案发现场看见尸体的时候，会生理性不适，恶心呕吐，手脚冰凉，脸色惨白，浑身冒汗，这都是正常的。随着解剖次数增加，不适的感觉会减轻许多，但我希望你们无论出过多少次现场，解剖过多少具遗体，永远、永远不要麻木。

"要始终记得当你第一次看见死者时的紧张、害怕、担忧和恐惧，记得这种感觉，然后去为他寻找真相。"

林厌一边说一边做，动作很快，全部示范完成后，摘掉了手套，像往常一样走到了白板前拿起笔准备记录。

众人屏息静气，等着她的结论，那人却一笔一画地写了八个大字：为生者权，替死者言。

有学生动容："林老师……"

"林老师，别走，留下来吧。"

"就是，退休了还可以返聘嘛。"

"林姐，大家在一起这么久了，我们离不开你。"

亦有人眼含热泪。

林厌回过身去看着面前这一张张或稚嫩或成熟的脸，眼底浮起了笑意，轻轻放下笔，转身挥手离去。

"再见。"

法医学的未来，就交给你们了。

安排好手头的工作，和薛锐做好交接，已经是下午了，几缕阳光透过百叶窗洒在了桌面上，宋余杭窝在办公椅里没动。

薛锐动了动唇："宋局——"

她好似才回过神来："哦，工作交给你我是放心的，之前也有外地领导来挖人我都没给，就是想着只有你接我的班我才能安心退下去。"

薛锐面色有些为难："这话本来也轮不到我说，是下面的兄弟们，大家都舍不得你们走，明明还有几年……"

宋余杭摆手止住了他的话头："我意已决，你先出去吧，帮我带上门。"

薛锐无奈，只好戴上宽檐帽敬了个礼，转身出去了。

他走之后，宋余杭看着落在桌面上的光斑越缩越小，越缩越小，出了会儿神。

也不知道是不是年纪大了的缘故，她越来越容易想起从前的事：那些在警校时的日子，去赵俊峰家吃饭把酒言欢的日子，毕业后初出茅庐摸爬滚打的日子……

时光缓慢地流淌过去，那些惊心动魄的刑警生涯变成了抽屉里的功勋章和挂在墙上的奖状。

宋余杭的目光一一挪过去，有当年破获"分阳码头碎尸案"时公安部给的嘉奖，有滨海省公安厅颁给她的年度"最优秀警察"称号，亦有老百姓送给她的锦旗。

锦旗上面写着：刚正不阿，执法如山；正义卫士，社会良知。

落款是某案家属赠江城市公安局局长宋余杭及全体公安民警。

像这样的锦旗年年都会有。

宋余杭走过去，小心翼翼地从墙上将锦旗取了下来，卷起来放进纸箱子里。

江城市烈士陵园。

每年新民警的入职仪式都会在这里举行，同时也会有一批批老公安民警在授衔给年轻人之后，离开自己热爱的岗位。

林厌还记得很多年前，宋余杭也带她来过这里，那个时候的宋余杭说："这里不光是阴阳相隔的地方，也是新旧交替的地方，一代代的刑警长眠在这里，一代代年轻的刑警从这里走出去……"

她说得没错，她们在这里给许多年轻人授过衔，看着他们慢慢成长为优秀的人民警察，也在这里送别过许多战友，能活着站在这里参加荣休仪式的，只是幸运的少部分人。

由宋余杭带头给老前辈们扫完墓之后，众人又列队回到了烈士纪念碑前。

天地间万籁俱寂，陵园里松柏常青，不远处的草坪墙上挂着"公安英烈"四个大字，刻有英雄名字的石柱孤单地伸向天际，在夕阳下反射出冰冷的光芒。

在江城市公安局历年来牺牲的五百一十二名公安英烈以及即将退休的九十七名老前辈的见证下，年轻人举起右手至太阳穴郑重宣誓。

无论他们日后会经历什么，但林厌想，在这一刻，面朝着警徽、前辈和纪念碑，他们的内心一定是满怀憧憬、炙热和真诚的。

因为她和宋余杭也曾是他们中间的一员，不同的是，她们从需要授衔的人变成了替别人戴上肩章的人。

她跟着宋余杭一路走过去，替年轻人们戴好肩章和领花，把他们皱褶的衣领抚平。

几乎每个人都眼含热泪，绷紧了身子，把手举至太阳穴边，庄严又神圣地敬了个礼："谢谢领导！"

宋余杭和林厌也退后一步，站直身子，回了一个标准军礼。

新民警入职仪式结束后便是老公安民警们的荣休仪式了。

林厌曾无数次厌烦这种繁文缛节，现在轮到自己了，警员捧着铺了缎布的托盘走到了她身边。

薛锐冲她敬了个礼："林厌同志，衷心感谢您为祖国公安事业所付出的一切，请交出您的警官证、臂章、肩章和领花。"

林厌站着一动不动，任由他们摘下自己的臂章放进了托盘里，缀有银色橄榄枝的肩章也被取了下来，最后是领花。

在这个过程里，已经有一些老同志忍不住红了眼眶。

薛锐站着没动："林法医……"

她从兜里掏出警官证递了过去，动作始终有一些缓慢。

夕阳跃动在她的眼角眉梢上，林厌背光站着，谁也不知道她哭了没有。

薛锐只看见她的手即将把警官证放进托盘的时候，又顿了顿，拇指轻轻扫过上面的警徽，随即才轻轻将警官证放了下来。

他从托盘里拿起功勋章别在了她的胸前，随即和两个警员一起退后，郑重其事地敬了个礼："脱帽！"

面前站着的一排即将退休的老警察齐刷刷地摘下宽檐帽夹在腋下，身后的年轻人们也如法炮制，他们同时举起了右手，过去和未来在此刻交会。

"全体都有，向老前辈们致敬！"

时光就这么缓慢地流淌过去，在一个难得清闲的午后时光，林厌坐在藤椅里也读完了《首席女法医》那本书。

在书的最后，作者写道：

我们活在这个世界上，没有一件事是凭空而生的，我们站在光里背后就会有阴影，站在黑暗里心中也可能有光明。我们必须得承认，有一部分人或许丧失了初心，但是也有一部分人用生命践行诺言，就像文中的宋警官和林法医一样。

至此，《首席女法医》六年的连载正式画上句号，但我相信这并不是终点，宋、林的故事也并不会结束，因为还有像她们一样坚守岗位，誓死捍卫公理正义的普通人。

愿逝者安息，这个世界越来越好。

解兰舟

夕阳降临在山间，也照在了落地窗前，风吹起了白色窗纱，放在茶几上的书

本"哗哗"翻着页,最后画面停留在扉页上的一段话上:

"释放无限光明的是人心,制造无边黑暗的也是人心,光明和黑暗交织着,厮杀着,这就是我们为之眷恋又万般无奈的人世间。"

——《悲惨世界》维克多·雨果〔法〕

宋余杭

林厌